rowohlt
POLARIS

W0349460

Stina Lund

Preiselbeertage

Roman

Rowohlt Polaris

Originalausgabe
Veröffentlicht im Rowohlt Taschenbuch Verlag,
Reinbek bei Hamburg, Oktober 2017
Copyright © 2017 by Rowohlt Verlag GmbH,
Reinbek bei Hamburg
Redaktion Katrin Aé
Umschlaggestaltung und -abbildung bürosüd, München
Satz aus der DTL Documenta, InDesign,
bei Dörlemann Satz, Lemförde
Druck und Bindung CPI books GmbH, Leck, Germany
ISBN 978 3 499 29144 9

Preiselbeertage

Prolog

Ina saß auf Jörgs Bettkante und starrte aus dem Fenster, ohne etwas zu sehen. Vor endlos scheinenden Minuten hatte sie den Rettungswagen gerufen. Jörg lag reglos auf dem Bett, sein Brustkorb hob und senkte sich. Vor einer halben Stunde hatte er noch auf der Leiter im Apfelbaum gestanden, doch dann war er plötzlich nach Atem ringend ins Haus gestolpert. Hielt sich mit schmerzverzerrtem Gesicht den linken Arm und brachte kaum ein Wort heraus.

Die Frau in der Notrufzentrale hatte versucht, Ina zu beruhigen, aber von Herzinfarkt war die Rede gewesen. Von Schockzustand. Ina hatte den Telefonhörer wie betäubt sinken lassen. Und jetzt kam und kam der Rettungswagen nicht. Sie hatte keine Ahnung, was sie noch tun konnte. Ob sie Jolante anrufen sollte? Ihre Tochter hatte nur ein paar Straßen weiter ihr Atelier, in dem sie auch wohnte. Sie würde kommen. Sie hätte auch in Leipzig anrufen können, bei ihrer älteren Tochter Ariane, oder gar bei ihren Eltern Benno und Margarethe. Sie würden wahrscheinlich mehr als einen Tag brauchen, um ein Flugticket zu besorgen und herzukommen, doch immerhin wären sie irgendwann da.

Ina blieb einfach auf der Bettkante sitzen und suchte in Jörgs Gesicht nach einem Lebenszeichen. Er war ungeheuer blass, schon fast grau, die Lippen violett. Eben zitterten seine Lider leicht, und Ina beugte sich über ihn: «Ich bin da, Jörg.» Sie sprach sanft und hielt seine Hand fest in ihrer. Jörg öffnete den Mund, schluckte und versuchte sich zu räuspern. Ina ließ seine Hand los, füllte ein wenig Wasser in ein Glas und führte es an seine Lippen. Jörg trank einen winzigen Schluck, der Rest des Wassers lief ihm aus den Mundwinkeln und versickerte im Kopfkissen. Ina trocknete Jörgs Wangen mit einem Tuch. «Kann ich etwas für dich tun?», fragte sie leise.

Wieder öffnete Jörg den Mund, die Lider zitterten stärker. Er röchelte, und es dauerte einen Augenblick, bis Ina erkannte, dass sich in dem Röcheln Worte verbargen. Sie senkte den Kopf noch weiter: «Kannst du lauter sprechen?»

«Das Manuskript … bitte …»

«Welches Manuskript?»

«Du musst dafür sorgen, dass es veröffentlicht wird.»

Ihr Gesicht war dem seinen nun so nahe, dass sein Atem ihr über die Wange strich. «Was für ein Manuskript?»

«Über dich und mich und …» Er brach ab.

«Und was?», fragte Ina. Jörg antwortete nicht. «Was?», wiederholte sie. Sie starrte ihm ins Gesicht, sah, wie die Lider aufhörten zu flackern, wie sich sein Mund, sein Kiefer entspannten. «Jörg!», rief sie, doch er entglitt ihr. Sie fasste ihn an den Schultern, wollte ihn sanft schütteln, wollte ihn aufwecken. Er reagierte nicht mehr. Da bettete sie ihn behutsam zurück auf das Kissen und stand auf. Sie stellte sich ans Fenster und blickte hinaus, konnte nicht begreifen, dass die kleine Straße noch genauso aussah wie gestern und vorgestern. Die Welt war aus den Fugen. Ihre Welt war aus den Fugen und passte plötzlich nicht mehr zu diesem goldenen Septemberlicht, zum Geruch nach Äpfeln und schwerer Erde, zu den Astern, die auf dem kleinen Tisch standen, zu den grünen Walnüssen, die sie gesammelt hatte, um daraus Walnussschnaps zu brennen. Die Straße unter ihr war belebt. Viele Frauen und einige Männer gingen, Henkelkörbe über dem Arm, zum Markt, der jeden Samstagvormittag auf dem Marktplatz in Söderby abgehalten wurde. Die meisten trugen bereits ihre leichten Herbstjacken, obwohl die Sonne in den Mittagsstunden noch so sehr wärmte, dass man die Jacken auch ausziehen konnte. Ein kleiner Junge sauste mit einem Dreirad behände zwischen den Leuten hindurch. Ein Hund hob das Bein an dem Lindenbaum vor Inas Fenster, und auf der Straße rumpelte ein mit Schrott beladenes Auto vorüber, Fahrradfahrer klingelten, und im Café gegenüber saßen die Leute noch einmal draußen und genossen die letzten warmen Sonnenstrahlen. Jetzt hörte Ina eine Sirene.

«Wir wollten doch heute im See schwimmen», murmelte sie leise. «Du hast gesagt, am Wochenende werden wir wohl zum letzten Mal in diesem Jahr schwimmen können.»

Dann drehte sie sich um, ballte die Hände zu Fäusten und schrie so laut sie konnte: «Du hast es versprochen!»

Sie ließ sich auf die Bank sinken, die unter dem Fenster stand, und brach in Tränen aus.

Kapitel 1

Ariane saß im Schnittraum des Mitteldeutschen Rundfunks in Leipzig und bearbeitete ein Video, das sie am Vormittag bei einer Pressekonferenz der Polizei für die Nachrichtenredaktion gedreht hatte. Es ging um einen Vermisstenfall, der viel Staub aufgewirbelt hatte, weil der Vermisste mal in einer Staffel des Dschungelcamps mitgespielt hatte. Von draußen hörte sie das prustende Geräusch des Kaffeeautomaten und Stimmengewirr. Es war Freitagnachmittag, und die Kollegen, die am Wochenende keinen Dienst hatten, überlegten lautstark, wo sie die übliche freitägliche After-Work-Party abhalten sollten.

«Oh nein, nicht schon wieder in der Kümmelapotheke, das ist viel zu weit weg. Ich bin für das Café Puschkin», hörte Ariane David sagen, und schon klopfte es an der Tür: «Ariane, kommst du? Wir gehen ins Puschkin.»

Ariane fuhr den Computer herunter. «Ich komme», rief sie. Eigentlich mochte sie die After-Work-Partys, bei denen alle so viel tranken, dass sie den Samstag vergessen konnten, nicht besonders, hatte allerdings das Gefühl, wenigstens hin und wieder dabei sein zu müssen, weil dort die Aufträge der nächsten Woche verteilt wurden. Manchmal ging sie auch wegen David mit. Sie verbrachten die ein oder andere Nacht zusammen und gingen gelegentlich ins Kino.

Und dabei blieb es. Sie mochte ihn zwar, aber sie liebte ihn nicht, und deswegen fand sie es auch nicht schlimm, wenn er freitags so viel trank, dass er den ganzen Samstag im Bett verbringen musste und sie allein war. Überhaupt war Ariane eigentlich gern allein. War immer gern allein gewesen. Schon als Kind. Und sie glaubte fest daran, dass sie für den Rest des Lebens allein bleiben würde. Diese Vorstellung störte sie nicht weiter, auch wenn sie sich manchmal doch fragte, warum das so war.

«Jetzt komm, Ariane, ich habe eine Überraschung für dich.»

Ariane schnappte sich ihre Tasche, warf sich die Jacke über die Schulter und verließ den Schneideraum.

Im Puschkin war es voll, also stellten sie draußen auf dem breiten Bürgersteig zwei Tische zusammen und wickelten sich in Decken. Es war Anfang September, eigentlich noch warm genug, um draußen zu sitzen, heute allerdings wehte ein kühler, böiger Wind, der durch die Kleider drang. Die Esche, unter der sie saßen, warf ihre ersten Blätter ab, doch da die meisten Mitarbeiter der Redaktion rauchten, waren ihnen die Temperatur und die Blätter im Bierglas egal. Ariane dachte an Schweden, daran, dass die Preiselbeeren bald reif sein mussten. Sie freute sich schon jetzt auf die selbstgemachte Marmelade ihrer Mutter und beschloss, bald einmal wieder nach Hause zu fahren. In ihr schwedisches Zuhause, nach Söderby. Kurz kam ihr der Gedanke, David mitzunehmen, aber sie verwarf ihn sofort. Es wäre zwar gut, auf der langen Fahrt nicht allein zu sein, doch ihre Eltern würden in David gewiss mehr sehen als eine Reisebegleitung. Und das wiederum wollte Ariane ganz und gar nicht.

«Was nimmst du?», fragte Daniel in ihre Gedanken hinein.

«Ich weiß nicht, vielleicht einen Espresso.» Sie musste sehr laut sprechen, denn die Kollegen lachten gerade über einen Witz, den Ariane nicht hatte hören können, weil sie am Rand saß.

«Ach, komm, was soll denn das? Wir sind doch zum Spaß hier. Bestell dir ein Köstritzer oder meinetwegen einen sauren Saale-Unstrut-Wein, aber mach uns mit deinem Espresso bitte kein schlechtes Gewissen.» Pamela, die hochgewachsene, blonde Redakteurin, warf ihr langes Haar über die Schulter und grinste. Ariane war sicher, dass Pamela sie nicht leiden konnte, aber sie wusste nicht, warum, und es war ihr auch herzlich egal.

«Ich bestelle dir einen Hugo», schlug David vor. «Du magst Prosecco, und du magst Holunder.»

Ariane nickte und verdrehte insgeheim die Augen.

Pamela zündete sich eine Zigarette an, blies den Rauch in Arianes Richtung und lachte, als diese mit der Hand wedelte.

Die Kellnerin kam mit einem Tablett. «Ist der Hugo für dich?», fragte sie, und Ariane sagte ja und wollte gerade ein «Aber» anfügen, als David seine Hand auf ihre legte: «Lass es einfach sein.»

«Was soll sie sein lassen?» Pamela deutete mit ihrer Zigarette auf David.

«Nichts. Das ist nur so ein Spruch zwischen uns.» David lächelte Pamela breit an. Ariane wusste genau, was er gemeint hatte: Sie hasste es, von fremden Leuten geduzt zu werden. Sie mochte das weder bei Kellnern in Szenekneipen noch bei Verkäuferinnen in Trendgeschäften.

David war es immer peinlich, wenn sie deswegen eine Bemerkung machte. «Ich verstehe überhaupt nicht, warum du damit ein Problem hast. Du bist in Schweden aufgewachsen. Dort duzen sich alle!»

«Ja, aber auf eine andere Art.»

«Gibt es beim Duzen verschiedene Arten?»

«Ja.»

«Und was ist an der deutschen Art, dass du die nicht leiden kannst?»

Ariane zuckte an dieser Stelle immer mit den Achseln, denn sie konnte wirklich nicht erklären, warum sie das deutsche Szeneduzen als herablassend empfand und das schwedische Dauerduzen als normal.

Die Kellnerin stellte also das Glas vor Ariane, und Ariane nickte nur dankend und hielt ansonsten den Mund. Der Redaktionsleiter Johann Speckhals, der die ganze Zeit auf sein Smartphone geschaut hatte, hob jetzt sein Glas, stieß mit Ariane an und fragte: «Sag mal, kannst du morgen noch mal zur Polizei? Es gibt um elf Uhr eine Pressekonferenz. Kam gerade im Ticker.»

Ariane zog die Stirn kraus. «Eigentlich habe ich schon etwas vor.» Das stimmte zwar nicht, aber Ariane hasste die Pressekonferenzen der Polizei, auf denen immer dasselbe gesagt wurde, sodass sie große Mühe hatte, den Textbeitrag neu und frisch zu schreiben.

«Na ja.» Speckhals nahm sich eine Zigarette aus Pamelas Packung. «Dann muss ich das Thema eben jemand anderem geben.»

«Schon gut, ich mache das. Wann brauchst du den Schnitt?»

«Vierzehn Uhr. Schaffst du das? Dann kann es gleich in die Nachrichten.»

Ariane nickte.

«Und jetzt lasst uns anstoßen», bat David und hob sein Glas.

«Worauf?», wollte Pamela wissen.

«Darauf, dass ich Ariane jetzt einen Antrag machen werde.» David grinste in die Runde, Ariane aber verschlug es die Sprache. Das konnte nicht sein Ernst sein. Doch schon legte er ihr einen Arm um die Schultern und eröffnete ihr vor der halben Redaktion: «Ariane, ich möchte, dass wir zusammenziehen. Ich habe eine Wohnung für uns gefunden. Morgen kannst du sie besichtigen. Willst du?»

Ariane trank hastig ihr Glas aus, versuchte dabei, ihre Gesichtszüge unter Kontrolle zu bekommen, während ihr Hirn sich abmühte, eine Antwort zu formulieren. «Äh, aber ich muss doch arbeiten morgen. Die Polizeipressekonferenz, du weißt schon, Johann hat sie mir gerade aufs Auge gedrückt.»

Pamela lehnte sich grinsend zurück und verschränkte die Arme vor der Brust. «Ich könnte das für dich übernehmen.»

«Siehst du, da hörst du es: Pamela würde es machen.» David gelang es kaum, seine Enttäuschung zu überspielen. Aber er hatte es ja auch gut: Er war beim MDR als politischer Leiter der Nachrichtenredaktion fest angestellt. Ariane dagegen war nur eine freie Bildreporterin und Videojournalistin, die auf Aufträge vom Sender angewiesen war. Sie konnte davon leben, allerdings nicht besonders üppig. Als sie angefangen hatte, für den MDR zu arbeiten, da hatte sie geglaubt, ihre Arbeit wäre interessant und wichtig. Sie wollte Reportagen drehen, die die Welt aufrüttelten. Sie hatte sogar geglaubt, sie könnte sich mit bestimmten Themen in die Köpfe der Redaktionen und der Zuschauer drehen. Sie hatte die Zerstörung der Umwelt zu ihrem Thema machen, die grenzenlose Verschwendung von Ressourcen anprangern wollen. Heute wusste sie, dass Umweltthemen keine Quotenbringer waren.

«Nein. Ich mache das.» Ariane hatte entschlossener gesprochen, als sie sich fühlte. Leiser sagte sie zu David: «Ich danke dir für deine Mühe. Aber lass uns bitte noch einmal darüber reden.»

Davids Gesicht verdunkelte sich noch mehr. «Du willst also nicht?», fragte er. «Willst du mir das damit sagen, ist es so?»

«Lass uns das bereden, wenn wir allein sind. Dein Antrag kommt für mich wirklich überraschend», bat Ariane erneut, doch David hatte sich schon in der Kränkung eingerichtet. «Weißt du, ich habe echt keine Ahnung, was du eigentlich willst. Ich weiß nur eines: Langsam reicht es mir.» Mit diesen Worten erhob sich David, knallte einen Schein auf den Tisch und ging. Die anderen starrten zuerst ihm nach und dann Ariane an. «Willst du ihm nicht hinterhergehen?», fragte Pamela.

«Nein», erwiderte Ariane und kramte nach ihrer Geldbörse, legte ebenfalls einen Schein auf den Tisch und stand auf. «Ich gehe nach Hause.»

In diesem Augenblick klingelte ihr Handy. Sie angelte es aus der Tasche, nahm den Anruf mit einem «Ja?» an, dann ließ sie sich zurück auf den Stuhl fallen, schnappte sich Pamelas Köstritzer und trank es in einem Zug aus.

«Hey, was soll denn das?», wollte Pamela wissen, doch Ariane hörte sie gar nicht. Sie ließ das Telefon sinken, starrte in die Zweige der Esche und sagte langsam und leise: «Mein Vater ist gerade gestorben.»

Kapitel 2

Die Preiselbeertage hatten begonnen. Die weißen Beeren hatten sich tiefrot gefärbt, und Ariane wusste, dass ihre Schwester gestern zum ersten Mal in die Wälder gegangen war, die reifen Beeren, die wie Gummibälle sprangen, wenn man sie auf die harte Erde warf, gepflückt und daraus Konfitüre gekocht hatte. Und sie wusste auch, dass Jolante noch immer sauer auf sie war, weil sie sich geweigert hatte, mit in den Wald zu gehen. Sie hatte das Grün der Preiselbeersträucher pflücken sollen, denn es stand für die Ewigkeit. Jolante und ihre Mutter wollten ein Gesteck aus der Ewigkeit binden, um es heute auf das Grab des Vaters stellen zu können.

Nun warfen sie rote Rosen in die Grube, in die gerade der Sarg gelassen worden war. Die meisten Trauergäste hielten Rosen in den Händen, denn Ina hatte dann doch gewollt, dass ihr Mann, wenn schon nicht unter der Ewigkeit, dann wenigstens unter Rosen gebettet werden sollte. Ariane überlegte, ob er Rosen überhaupt gemocht hatte, aber sie konnte sich nicht erinnern. Großvater Benno gab ihr einen leichten Schubs: «Du bist dran, Schatz», flüsterte er. Ich bin dran, dachte Ariane und fand diesen Satz, gesprochen auf einem Friedhof, irgendwie unpassend. Und dann stand sie am Grab ihres Vaters, blickte auf die Rosen hinab, warf ihre dazu und starrte auf die Schaufel mit Erde, die Jolante ihr hinhielt. Ariane schüttelte den Kopf und verließ den Kreis, den die Trauernden gebildet hatten. Einige sahen ihr nach, zwei schüttelten sogar die Köpfe. Ariane wusste, dass es ein Affront war, die Schaufel abzulehnen, aber sie hatte schon immer gefunden, dass dieser Brauch einfach nur grässlich war. Sie hatte ihren Vater gemocht. Vielleicht hatte sie ihn sogar geliebt, auch wenn sie sich nicht besonders nahegestanden hatten. Auf keinen Fall aber würde sie ihm eine Schaufel Erde ins Grab hinterherschleudern. Da wurde ein Toter in eine Kiste gesperrt, und dann warfen alle Leute, die ihn gemocht oder geliebt hatten, mit einer Schaufel Erde auf diese Kiste, als wäre es ihnen ganz recht, ihn da zurückzulassen. Aber sie würde diese Gedanken für sich behalten, denn sie war sicher, dass niemand sie verstehen würde.

Plötzlich stand sie ihrer Mutter direkt gegenüber. Einen Moment lang wusste Ariane nicht, was sie sagen oder tun sollte, dann reichte sie ihrer Mutter die Hand, murmelte: «Es tut mir leid», wandte sich dann an ihre Schwester, gab auch ihr die Hand und sagte dasselbe. In dem Augenblick, in dem sie es tat, wusste sie schon, wie falsch das war. Sie schloss kurz die Augen. Sollte sie ihre Schwester schnell noch umarmen? Würde das etwas ändern? Würde sie damit zeigen, dass sie ebenso wie Ina und Jolante trauerte? Aber der Augenblick war vorüber, der Nächste hatte Inas Hand ergriffen.

Ariane suchte sich einen Platz etwas entfernt von der Trauergemeinde. Nicht so, als würde sie nicht dazugehören, wohl aber, als gehöre sie nicht zu den engsten Verwandten.

Sie ging und wollte eigentlich mittendrin sein. Sie wollte keinen Abstand schaffen zu ihrer Mutter und ihrer Schwester. Sie wollte nur den schwitzigen Händen entgehen, die ihre pressten, und sie wollte die gemurmelten Beileidsworte nicht hören, und sie wollte nicht diese pseudobetroffenen Blicke in ihrem Gesicht spüren, die die Tränen zählten, um sie danach beim Leichenschmaus gegeneinander aufzurechnen. Sie wusste jetzt schon, dass die alte Frau Bengtzon der mittelalten Frau Larson beim Kaffee erzählen würde, dass Jolante viel mehr geweint hatte als Ina und dass Ariane überhaupt keine Träne vergossen hatte. Und dann noch die nicht geworfene Erdschaufel!

Neben der Mutter stand Jörgs Verleger, Thomas Freund aus Leipzig. In seinem Verlag waren zwei Reisereportagen von Jörg erschienen. Er hatte der Mutter einen Arm um die Hüfte gelegt und hielt mit der anderen Hand ihren Ellbogen. Die Mutter weinte nicht, doch sie war blass, und ihre Lippen zuckten.

Jolante dagegen ließ die Tränen strömen, als hätte es in ihrem Inneren eine Schneeschmelze gegeben. Sie lehnte sich gegen einen großgewachsenen, blonden Mann: Viggo. Und der strich ihr über den Rücken, wieder und immer wieder. Und jetzt fuhr er sich mit der Hand über die Augen. Ariane kannte Viggo kaum, weil er erst nach Söderby gekommen war, als sie schon in Leipzig wohnte. Er war Wildhüter im Elchpark von Sundsberg, der ungefähr fünf Kilometer von Söderby entfernt lag. Hinter ihm standen Benno und Margarethe, Inas Eltern aus Leipzig. Sie hielten einander an den Händen. Ariane stellte sich zu ihnen, legte ihrer Oma den Arm um die Schultern und küsste sie auf die Wange. Margarethe lächelte Ariane an und griff nach ihrer Hand. Von außen schien es so, als ginge ein Riss durch die Familie: Jolante und Ina am Grab und Benno, Margarethe und Ariane ein Stück entfernt.

Ariane konnte sich einfach nicht vorstellen, dass Jörg für immer fort war. Und weil sie es sich nicht vorstellen konnte, konnte sie auch nicht weinen. Als Einzige seiner engsten Familie. Fast beneidete sie ihre Schwester Jolante, die sich mit lautem Schluchzen an Viggo klammerte, während Ina noch immer ganz starr stand und die Tränen nun lautlos über ihre blassen Wangen rollen ließ.

Beim Begravningskaffe gab es Kaffee und Kanelbullar, die schwedischen Zimtschnecken, aber nicht alle Plätze waren besetzt. Viele waren nur kurz zur Beerdigung gekommen und jetzt an ihre Arbeitsplätze zurückgekehrt. Allein die Familie war übrig und dazu die wenigen, die von weit her angereist waren und auch in Söderby übernachten würden. Nicht einmal die Bengtzon und die Larson waren gekommen.

Ariane saß neben Benno und Margarethe, Jolante hatte sich ihr gegenüber hingesetzt, und neben Jolante hatten Ina und Thomas Freund Platz gefunden. Niemand wusste etwas zu sagen, alle waren noch mit ihrem Schmerz beschäftigt. Und die, die es nicht waren, taten wenigstens so. Ariane hätte gern gewusst, wie genau Jörg gestorben war, an welcher Stelle des Hauses er sich aufgehalten hatte, welche Kleidung er getragen hatte, wie sein Gesichtsausdruck gewesen war, welche seine letzten Worte gewesen waren. Doch jetzt wagte sie nicht danach zu fragen. Vielleicht wussten Oma Margarethe und Opa Benno mehr. Sie würde sie fragen, wenn sie gemeinsam zurück nach Leipzig flogen. Sie blickte ihre Oma an, griff nach ihrer Hand und streichelte sie kurz.

Thomas Freund beugte sich zu Ina hinüber und flüsterte ihr etwas zu. Ariane sah, wie Ina verärgert den Kopf schüttelte und Thomas ihre Hand entzog.

Ina klopfte mit dem Löffel an ihr Schnapsglas, dann sagte sie langsam: «Ich erhebe das Glas auf Jörg Bentheim. Skål!» Sie blickte vom einen zum anderen: «Mögen wir alle ihn so im Gedächtnis behalten, wie er war.»

Ariane trank den Schnaps in einem Zug aus, dann schüttelte sie sich. In dem Schweigen, das nach dem Trinkspruch herrschte, schob Ina knarrend ihren Stuhl zur Seite und stand auf. «Entschuldigt mich bitte für einen Augenblick.» Dann verließ sie den Gastraum in Richtung der Toiletten. Auch Thomas Freund erhob sich. Ariane dachte, dass er vielleicht hinauf in sein Zimmer gehen würde, denn der Begravningskaffe fand in einem kleinen Hotel statt, das in einer ruhigen Seitenstraße lag. Sie hätte ihn gern gefragt, was Jörg vor drei Monaten in Leipzig gemacht hatte. Plötzlich war er da gewesen, hatte Ariane zum Mittagessen eingeladen, ohne zu sagen, was er in Leipzig wollte, mit wem er sich traf. Ariane hatte ihn gefragt, mehrmals. Aber Jörg hatte so getan, als wäre der Besuch ein spontaner Einfall ohne Dringlichkeit gewesen, während Ariane sicher war, dass er sich auch mit Thomas Freund getroffen hatte. Und sie ahnte, dass Thomas nicht in aller Öffentlichkeit über das Treffen sprechen würde.

Sie legte die Serviette neben ihren Teller und stand ebenfalls auf. Sie verließ den Gastraum, sie wollte auf Thomas warten.

Da hörte sie Thomas' Stimme. Ariane beugte sich über das Treppengeländer und erblickte ihre Mutter und den Verleger in dem kleinen Vorraum vor den Toiletten: «Was ist mit dem Manuskript, Ina?»

«Es gibt kein Manuskript.» Die Stimme ihrer Mutter klang barsch.

«Jörg war bei mir, hat mit mir darüber gesprochen. Wir haben einen Vorvertrag ausgehandelt. Du weißt, damit habe ich ein Recht auf das Buch. Er hat mir ein Exposé gegeben und gesagt, das Buch wäre spätestens im September fertig.»

«Es gibt kein Manuskript», wiederholte Ina.

«Als ich mit Jörg gesprochen habe, hörte es sich so an, als wäre der Text schon weit gediehen. Jörg sagte mir, er würde ein neues Licht auf die DDR werfen. Es geht um den Zeitraum von 1986 bis zur Wende.»

«Tja. Ich habe seine Unterlagen durchgesehen – nichts dergleichen.»

«Hast du überall gesucht? Vielleicht hast du es nur noch nicht gefunden?», drängte Thomas.

«Sei sicher, ich habe überall gesucht. Es gibt kein Manuskript.»

«Er plante ein Buch über sein Leben. Über ihn und dich und eure Vergangenheit. Eine Art Autobiographie.»

«Ein Buch über unser Leben? Unser ganzes Leben? Nein. Das glaube ich nicht.» Ina klang genervt.

«Doch. Er sagte, dieses Buch könne dazu beitragen, ein anderes Bild der DDR und des Nachwendedeutschlands zu zeichnen.»

«Das glaube ich einfach nicht.» Ina seufzte, als hätte sie es mit einem widerspenstigen Teenager zu tun. «Vielleicht hast du etwas verwechselt, vielleicht meinst du einen anderen Autor. Jörg hat zwar von einem Buchprojekt gesprochen, aber ich bin ziemlich sicher, dass er nichts von einer Autobiographie gesagt hat. Entschuldige mich bitte, die anderen warten sicher.» Als Ina die Treppe hochkam, verbarg Ariane sich in einer Nische. Sie hatte das Gefühl, dass es Ina nicht recht wäre, dass sie das Gespräch belauscht hatte. Als Ina im Gastraum verschwunden war, wartete Ariane noch eine kleine Weile, dann folgte sie ihr, und kurze Zeit später kam auch Thomas Freund wieder dazu.

Noch am gleichen Nachmittag hatten sie einen Termin beim Notar. Ina hatte auf diesem Termin bestanden, weil Ariane extra aus Deutschland gekommen war und am nächsten Tag wieder fliegen würde. Zusammen mit Benno und Margarethe.

Sie verließen das Café, ohne den bestellten Kuchen aufzuessen, ohne noch einen zweiten oder dritten UTÖ zu trinken – ein Mode-Aquavit, der statt mit Kümmel und Anis mit Zitrone und Holunder aromatisiert war. Ina ging voran. Sie trug noch immer das schwarze Kleid und den Hut, der mit seinem halben Schleier ihre Augen verbarg.

Normalerweise hatte sie einen kerzengeraden Gang, aber heute ließ sie die Schultern hängen und stolperte mehr, als dass sie lief, auf ihren hohen Schuhen, bis Jolante ihren Arm nahm. Hinter ihnen gingen die Großeltern. Benno hielt Margarethes Hand, beide wirkten blass und angestrengt. Ariane tat es weh, die zwei so zu sehen. Sie wirkten irgendwie kleiner als in Leipzig, und Ariane hatte fast das Gefühl, sie beschützen zu müssen.

Es war nicht damit zu rechnen, dass sie in Jörgs Testament erwähnt werden würden, doch Ina hatte auf ihrer Anwesenheit bestanden. Den Schluss bildeten Ariane und Viggo. Er machte lange Schritte, denen Ariane kaum folgen konnte. Nach jeweils einem Dutzend Schritten hielt er inne, damit sie aufschließen konnte. Ariane hatte keine Ahnung, warum er mitkam, doch sie vermutete, dass Jolante ihn darum gebeten hatte. Vielleicht waren die beiden zusammen. Immerhin hatte er sie am Grab im Arm gehalten. Und Ina hatte ihr erzählt, dass Jörg und Viggo sich unheimlich gut verstanden hätten. «Ein Herz und eine Seele», hatte Ina gesagt, und Ariane hatte diese Worte wie Herzstiche empfunden, weil Jörg und sie nie so ganz wie Vater und Tochter gewesen waren.

Sie liefen die Hauptstraße von Söderby entlang, vorbei am kleinen ICA-Supermarkt von Herrn Navid Merizadi, den alle nur Herrn Navid nannten, weil sein Nachname so schwierig auszusprechen war und sein Vorname so einen herrlichen Klang hatte. Herr Navid kam aus dem Iran, hatte eine wunderschöne Frau, die immer lächelte, und zwei kleine Mädchen, die fast so schön waren wie ihre

Mutter. Neben dem ICA befand sich eine Pizzeria und daneben die kleine Musikalienhandlung von Inas Mutter. Ariane warf einen Blick hinein und sah Frau Broder, die Aushilfe, im Gespräch mit einem Kunden. Auf der gegenüberliegenden Straßenseite befand sich eine Kaffeerösterei, die Frau Bengtzon gehörte und in der Frau Larson arbeitete.

Der köstliche Geruch frisch gerösteter Bohnen drang bis zu ihnen herüber. An der Bushaltestelle balgten sich zwei kleine Jungs spielerisch, und vor einer Drogerie bellte ein Hund, der an einem Fahrradständer angebunden war. Viele der Häuser in Söderby waren im typischen Falunrot gestrichen, das gut zu dem alten Katzenkopfpflaster der Hauptstraße passte. Jetzt kamen sie am Systembolaget vorüber, einer staatlichen Handelskette für Alkohol über 3,5 %, vor der zwei abgerissene Männer auf die Öffnung warteten. Dann endlich gelangten sie zu dem wundervollen zweistöckigen Steinhaus mit den geschnitzten Balken und der bemalten Tür, in dem die Anwaltskanzlei Sörensen und Sörensen ihren Sitz hatte.

Herr Sörensen senior öffnete die Tür, noch bevor Ina geklingelt hatte. «Herein, herein», rief er und rieb sich die Hände. Er war ein kleiner, etwas dicklicher Mann, den Ariane nie anders als allerbester Laune erlebt hatte. Und sie kannte ihn, seit sie denken konnte. Selbst vor Gericht, hatte Ariane gehört, schien er immer guter Stimmung zu sein, im Gegensatz zu seinen Mandanten.

Er führte sie in ein Besprechungszimmer, das ganz mit Holz vertäfelt war. In der Mitte stand ein großer Tisch aus poliertem Mahagoni, die Stühle drumherum waren mit dunkelrotem Stoff gepolstert. Auf dem Tisch befanden sich Gläser und Wasserflaschen.

«Setzt euch, setzt euch. Nehmt euch Wasser. Oder braucht ihr noch keines? Na ja, warten wir ab, was im Testament steht.» Sörensen strahlte in die Runde und setzte sich, nachdem alle anderen Platz genommen hatten, an die Kopfseite des Tisches.

«Eine schöne Beerdigung war es.» Er wandte sich an Ina, und Ina nickte. Dann sah er die übrigen Anwesenden an. «Wollen wir anfangen?»

«Ja. Bitte.» Ina schloss kurz die Augen, und Jolante nahm ihre Hand und drückte sie.

Ariane saß den beiden gegenüber. Man sieht so deutlich, dass sie Mutter und Tochter sind, dachte sie. Jetzt haben sie sogar die gleichen rotgeweinten Augen. Sie wandte den Blick ab.

Sörensen öffnete seine Mappe, schob die Brille auf die Nasenspitze und begann zu lesen: «Meine Frau Ina soll alle meine beweglichen und unbeweglichen Güter erben. Meinen Töchtern Ariane und Jolante vererbe ich meine Fotos und die Rechte daran sowie das Manuskript …»

Ein lauter Knall unterbrach den Anwalt. Ina hatte mit der Hand auf den Tisch gehauen. «Es gibt kein Manuskript!», rief sie erbost.

«Nun, ich lese nur vor, was hier geschrieben steht», erklärte Sörensen lächelnd und hob kurz die Schultern. «Was ihr daraus macht, ist eure Sache.»

Ina ließ sich langsam zurück gegen die Lehne ihres Stuhls

sinken, musterte Ariane, die ihrem Blick auswich, und danach Jolante, die ihr tröstend über den Arm strich.

Sörensen las weitere Details vor, unter anderem, dass Jörg seinem Schwiegervater Benno seine Sammlung von Olympiabüchern vermachte und Viggo sein Werkzeug, das im Sommerhaus lagerte. Schließlich war alles verlesen, die Familie erhob sich und verließ die Kanzlei.

Am Abend saßen sie alle bei Ina im Wohnzimmer zusammen. Auch Thomas Freund war da. Sie ignorierten die Pfeife auf dem Couchtisch, die noch an Jörg erinnerte, die Whiskeyflasche im aufgeklappten Globus und die Decke, die zerknüllt über dem Sessel hing, in dem Jörg immer gesessen hatte.

Ariane räusperte sich. «Mamma, was hat es mit dem Manuskript auf sich?», fragte sie schließlich. Sie benutzte noch immer das schwedische *Mamma*, wenn sie mit Ina sprach. Ihr war bewusst, dass diese Frage vermutlich die allerletzte war, die ihre Mutter in diesem Moment hören wollte, doch das war ihr egal. Sie hatte die Geheimnisse und die vielen unausgesprochenen Dinge in dieser Familie so satt, dass sie es kaum in Worten ausdrücken konnte. Immer schon hatte es Fragen gegeben, auf die keine Antworten kamen. Immer schon hatte es versteckte Blicke und zusammengepresste Münder gegeben.

«Ich sagte doch, es gibt kein Manuskript.» Inas Stimme klang müde. Sie war blass, und unter ihren Augen lagen dunkle Ringe. Ariane spürte Mitleid, aber glauben konnte sie ihrer Mutter nicht.

«Es muss ein Manuskript geben. Sonst hätte Papa das nicht im Testament erwähnt. Und auch Thomas» – sie nickte dem Verleger zu – «weiß davon.»

Ina und Thomas tauschten einen schnellen Blick.

«Aber ich nicht! Ich habe keine einzige Seite davon gesehen», erklärte Ina kategorisch und erhob sich. «Möchte jemand ein Glas Wein?» Sie ging in die Küche und kehrte mit Gläsern und einer Flasche zurück.

Jolante warf ihrer Schwester einen ärgerlichen Blick zu. «Jetzt lass sie doch erst einmal zur Ruhe kommen, Ariane. Du siehst doch, wie sie sich quält.»

Ariane verstummte und blickte auf die Tischplatte. Sie wusste nichts zu sagen. Da räusperte sich Thomas. «Ina, ich habe es dir noch nicht gesagt, aber im nächsten Monat wird der Wilhelm-Naumann-Preis für Publizistik in Leipzig verliehen. Und Jörg hat ihn posthum bekommen. Wirst du nach Leipzig fahren, um ihn entgegenzunehmen?»

Ina schüttelte den Kopf, als hätte sie nicht richtig verstanden. «Ein Preis? Für Jörg? Was für ein Preis? Hängt das auch mit dem ominösen Manuskript zusammen?»

«Nein. Den Preis bekommt Jörg für seine hervorragenden Reportagen. Wenn du so willst, für sein Lebenswerk.»

«Aha.»

Ariane fragte sich, warum ihre Mutter so abweisend klang. Sie tat, als würde ihr jemand Jörg entreißen wollen.

Thomas betrachtete die Frau seines Autors und trank einen Schluck von seinem Wein. «Hat Jörg immer nur hier gearbeitet?», wollte er wissen.

Ina schüttelte den Kopf. «Nein. Er war dazu meist im Sommerhaus am See.»

«Könnte das Manuskript dort sein?»

«Nein, nein. Es gibt kein Manuskript. Ich wüsste davon, glaub mir doch.»

Thomas nickte und sah dann zu Jolante, die den Kopf senkte. «Und du?», fragte er.

«Ich weiß auch nichts», antwortete Jolante. «Niemand weiß etwas. Also wird es sein, wie Mutter gesagt hat: Es gibt kein Manuskript.»

Kapitel 3

1986

Ina war eine von den Studentinnen, die ein Kind hatten und keinen Vater dazu. Das war nicht ungewöhnlich; die Kinderkrippe der Karl-Marx-Universität zu Leipzig war voller Babys, die gerade mal ein paar Wochen alt waren und immer nur von ihren Müttern abgeholt wurden. Die Kleinsten lagen Bettchen an Bettchen in zwei langen Reihen, dazwischen krabbelten die, die das schon konnten, und im Waschraum rutschte ein halbes Dutzend Einjährige auf ihren Töpfchen über die Fliesen. Es war nicht so, dass es Ina jeden Tag aufs Neue das Herz brach, wenn sie Ariane abgeben musste, denn das, was sie tat, war normal. Sie hätte ein Jahr lang mit Ariane zu Hause bleiben können, hätte dafür sogar noch Geld vom Staat bekommen und hinterher ihr Studium fortsetzen können. Dieses bezahlte Babyjahr war im April 1986 auf dem XI. Parteitag der SED beschlossen worden, aber unter den Studenten gab es wenige, die dieses Angebot nutzten. Warum auch? Es war ja alles bestens organisiert.

Ariane war im März geboren, und Ina überlegte noch immer, ob sie dem Kindsvater von seiner Tochter erzählen sollte. Sie hatte nur ein einziges Mal mit ihm geschlafen, und sie mochte ihn noch nicht einmal besonders. Sie studierte Musikwissenschaften und Gesang an der Hochschule für Musik. Und beim letzten Sommerfest der Kunsthochschulen hatte sie mit einem der Schauspielstudenten getrunken und geknutscht und war anschließend, alles andere als nüchtern, mit ihm im Bett gelandet. Holger hatte er geheißen. Ina hatte ihn hinterher nur noch einmal von weitem gesehen, im Café im Untergeschoss der Hochschule für Grafik und Buchkunst. Da war sie schon schwanger gewesen. In der neunten Woche, und die Frauenärztin hatte sie am Tag zuvor gefragt: «Wollen Sie das Kind wirklich haben? Sie studieren noch und haben keinen Vater dazu. Es wird eine große Belastung für Sie sein. Ich kann für Sie einen baldigen Termin in der Frauenklinik vereinbaren. Sie wären weiß Gott nicht die Erste, die sich für einen Abort entscheidet.» Ina war nicht überrascht von diesem Angebot. Einige ihrer Freundinnen hatten bereits eine Abtreibung hinter sich. Ein Abort, das war eines der ganz wenigen Dinge, die in der DDR rasch und unkompliziert zu haben waren. Ja, sie hatte mit dem Gedanken an eine Abtreibung gespielt. Die Schwangerschaft war ungewollt gewesen, war einfach passiert. Aber wenn Ina an das winzige Wesen in ihrem Bauch dachte, dann dachte sie auch daran, kein Recht zu haben, über seine Zukunft zu entscheiden. Sie war nicht Gott, konnte nicht sagen, du darfst leben und du nicht. Sie hatte mit Holger geschlafen und musste nun die Verantwortung dafür übernehmen. Und sie tat es, auch wenn sie nicht an Gott glaubte. Und dann kam der Mittwoch vor Ostern, und Ina stand in ihrem alten Kinderzimmer bei ihren Eltern auf der Leiter und hatte gerade angefangen, die Wände himmelblau zu streichen, da platzte ihre Fruchtblase, und ihr Vater fuhr sie nervös in die Frauenklinik. Kurz nach Mitternacht brachte Ina Ariane zur Welt, und ein schwarzer Medizinstudent aus Mosambik half ihr dabei. Margarethe weinte, als sie das Baby sah. Sie nahm es so vorsichtig hoch, als hätte sie eine Eisskulptur vor sich, Benno wagte gar nicht, seine Enkelin in den Arm zu nehmen. Die beiden betrachteten Ariane, als wäre sie ein Wunder. Eigentlich war ja jeder Säugling ein Wunder, aber Ariane war ihr ganz persönliches Wunder, das sie dankbar und fast schon demütig machte. Und als Ina sah, mit welchen Augen ihre Eltern Ariane betrachteten, sah auch sie plötzlich anders auf ihr Kind, sah es ebenfalls als ein ganz persönliches Wunder.

Drei Tage später kamen Margarethe und Benno und holten Ina und ihre kleine Tochter nach Hause. Da war Margarethe gerade 43 Jahre alt und stand fest im Berufsleben bei der Sparkasse. Und Benno organisierte mit seinen 49 Jahren als Verkehrsmeister die Auslieferung der Spirituosen an die Gaststätten und Kneipen der Stadt Leipzig. Und für ein paar Flaschen Rosenthaler Kadarka, einen bulgarischen Rotwein, den es nur ganz selten in den Geschäften gab, ließ sich einiges eintauschen, was man für einen Säugling brauchte.

Sechs Wochen nach Arianes Geburt kam die Kleine in die Kinderkrippe, und Ina versuchte, den durch die Geburt versäumten Stoff nachzuholen. Sie brachte Ariane morgens gegen acht Uhr in die «Einrichtung» und holte sie nachmittags zwischen vier und fünf wieder ab. Meist war Ariane dann schon so müde, dass sie im Kinderwagen einschlief.

Zum Abendbrot gab es eine Flasche Ki Na, eine Trockenmilchkonserve aus dem VEB Diätwerk Halle, und anschließend badete Ariane ihre kleine Tochter und cremte sie sehr sparsam mit Penatencreme ein, einem Geburtsgeschenk der alten Nachbarn ihrer Eltern.

Wenn die Kleine in ihrem Bettchen schlief, knipste Ina das Licht der Schreibtischlampe an, hängte ein dunkelgrünes Tuch darüber, damit die Kleine nicht durch das Licht gestört wurde, und lernte. Schwieriger war es, Gesang zu üben. Ina musste täglich proben, aber wie sollte das gehen mit einem Säugling und den dünnen Wänden im Plattenbau? Also schob sie Ariane stundenlang durch den Schönauer Park oder am Ufer des Kanals entlang und sang dabei. Nach einer Weile brauchte Ina nur den Mund aufzumachen und ein paar Töne zu singen, und schon fielen dem Baby die Augen zu. Ina hatte keine Ahnung, wieso Ariane Gesang mit Schlaf verband, aber das war letztendlich auch egal, denn die Hauptsache war ja, dass die Kleine wochentags zeitig zur Ruhe kam. Meist sang Ina Schubertlieder, «In einem Bächlein helle», oder ein paar Stücke aus beliebten Operetten und Opern. Und Ariane lächelte, schloss die Augen, steckte ihr winziges Däumchen in den Mund und schlief ein. Nur bei «Casta Diva», einer Arie aus der Oper «Norma» von Bellini, weinte das Kind. Nun war Ina zwar klar, dass sie keine Maria Callas war, doch deshalb musste Ariane wirklich nicht so schreien. Ina hatte den Wunsch, Sopranistin zu werden. Keine der ganz großen, dafür reichte ihre Stimme nicht. Aber doch eine, die auf Schallplatten und im Leipziger Gewandhaus unter Kurt Masur singen könnte. Ihre

Leistungen waren gut, an manchen Tagen sogar sehr gut, und doch waren es andere, um die sich die Professoren der Musikhochschule rissen. Da waren zum Beispiel die ehemaligen Thomaner, von denen manche wie kleine Könige herumstolzierten und sich einiges herausnahmen, was sich die anderen niemals getraut hätten. Die Thomaner durften das. Sie waren schon als Kinder Reisekader für das nichtsozialistische Ausland gewesen und würden es auch bleiben, während die anderen Studenten sich in ihren gesellschaftlichen Aktivitäten schier überschlugen und reihenweise in die Partei eintraten, um jene tiefe sozialistische Gesinnung zu demonstrieren, die Voraussetzung für ihre Karriere war. Ina war in ihrer Seminargruppe die Beauftragte für die deutsch-sowjetische Freundschaft, kurz DSF genannt. Sie organisierte in dieser Funktion einmal im Jahr ein Treffen mit einem sowjetischen Soldatenchor. Dort sangen erst die Soldaten deutsche Volkslieder, dann sangen die Studenten russische Volkslieder, im Anschluss gab es grusinischen Tee (Wodka war vorsorglich verboten), man schwor sich ewige Freundschaft, und danach musste Ina sich beeilen, um in der Kaufhalle noch gucken zu können, ob es etwas Besonderes gab wie zum Beispiel Zellstoffeinlagen für die Stoffwindeln ihres Babys.

Für andere Dinge blieb ihr keine Zeit. Sie ging an den Samstagabenden nicht zu irgendwelchen Partys, auch wenn Margarethe und Benno ihr immer wieder sagten, dass sie schon auf Ariane aufpassen würden. Sie hatte seit der Sache mit Holger beim Studentenfasching keinen Sex mehr gehabt, und wenn sie las, dann nur Bücher über

Musikgeschichte. Als ihr letztes Studienjahr angebrochen war, war sie froh und traurig zugleich. Froh, bald endlich keine Studentin mehr sein zu müssen und endlich einfach singen zu können, und traurig, weil sie noch immer nicht so genau wusste, wo und was sie singen würde. Wenn sie Glück hatte, bekam sie eine Anstellung als Solistin an einem Opernhaus, einer Operettenbühne oder an einer musikalischen Komödie. Hatte sie Pech, würde sie in einem Opernchor singen müssen, eine unter vielen sein.

Kapitel 4

Ina hatte sich ein Hotelzimmer genommen, weder Ariane noch Benno und Margarethe ihre genaue Ankunftszeit mitgeteilt, und fuhr jetzt allein mit dem Taxi vom Flughafen Halle-Leipzig in die Innenstadt. Das Licht des späten Septembers lag wie eine goldene Haube über Leipzig. Wie immer, wenn sie in ihre Geburtsstadt kam, wunderte sie sich über die Veränderungen. Überall waren Bürgerhäuser liebevoll restauriert worden, die Straßen hatten einen glatten, neuen Belag, die Schaufenster leuchteten so bunt wie in Stockholm. Als sie wegging von hier, da war alles grau gewesen, und über der Stadt schwebte eine dichte Wolke aus Kohlenstaub. Die Menschen gingen irgendwie geduckt und dicht an den Hauswänden entlang, allerdings nicht, weil die Staatssicherheit ihnen auf den Fersen war, sondern weil die dicke Luft aus den Kohleheizungen auf die Seele drückte. Die Schaufenster waren damals fast leer, in einigen hing nur ein Plakat, das verkündete: «Von der Sowjetunion lernen heißt siegen lernen», gerahmt von einer wackeligen Pyramide aus Tempo-Linsen und einer aus Tempo-Bohnen. Die Straßenbahnen hatten in jeder Kurve zum Gotterbarmen gequietscht, und im Winter lagen überall große Berge mit Briketts auf den Fußwegen. Aber das war mehr als dreißig Jahre her, und Ina wollte nicht an die Vergangenheit denken. Und schon gar nicht an das Manuskript von Jörg, das angeblich einen neuen Blick auf die DDR werfen würde. Ina biss sich auf die Unterlippe. Es gab kein Manuskript, ganz gleich, was Jörg auf dem Totenbett gesagt hatte. Und es würde niemals eins geben. Sie musste jetzt erst einmal an die Gegenwart denken – die war schwer genug.

Sie hatte den Eindruck, dass Ariane ein wenig erleichtert gewesen war, weil sie nicht in ihrer Wohnung übernachten wollte, doch sie hatte nichts weiter gesagt.

Ina fühlte sich nach Jörgs Tod extrem dünnhäutig. Es reichte ein Wort – Schuld –, und sie brach in Tränen aus. Und Ariane kannte dieses eine Wort besser als jede andere, wobei Ina nicht glaubte, dass Ariane sich dessen bewusst war. Überhaupt glaubte Ina, dass sich Ariane selbst nicht besonders gut kannte. Das war nur ein Eindruck, den sie nicht mit Beweisen unterlegen konnte, da Ariane schon vor elf Jahren, mit neunzehn, Söderby verlassen hatte, um in Leipzig zu studieren und zu leben. Ariane, ihre fremde, eigensinnige Tochter, die viel mehr an Margarethe und Benno hing als an ihr. Fremd und eigensinnig. So bezeichnete sie sie manchmal in Gedanken. Und manchmal nannte sie sie auch ihre schöne fremde Tochter.

Ariane war nicht besonders groß, aber sehr schmal. Sie hatte dunkelblondes, langes Haar, das sie meist in einem Zopf trug. Ihre blauen Augen strahlten noch immer wie die Augen eines Kindes, obgleich Ariane mittlerweile dreißig Jahre alt war. Dabei verzogen sich ihre wunderbar vollen roten Lippen für Inas Geschmack viel zu selten zu einem Lächeln oder gar Lachen. Ina fand, dass Ariane ihrer Oma

Margarethe ähnlicher sah als ihr selbst. Wie verschlossen, ja schwierig Ariane mitunter war, ganz anders als die offene, unkomplizierte Jolante. Ina würde es niemals zugeben, aber tatsächlich dachte sie so über ihre ältere, fremde Tochter.

Das kleine Familienhotel Prima Vera lag in dem Viertel, in dem sich die Kunsthochschulen befanden, unweit vom Clara-Zetkin-Park. Ariane wohnte in Schleußig, dem Stadtteil auf der anderen Seite des Parks. Margarethe und Benno lebten in Grünau, der größten Plattenbausiedlung Leipzigs. Sie wohnten dort schon seit dreißig Jahren, hatten die Wohnung kurz nach Arianes Geburt bekommen und waren damals sehr stolz darauf gewesen. Endlich eine Wohnung mit Bad und Zentralheizung! Endlich eine Wohnung, in der der Wind nicht durch die Fensterritzen pfiff und der Putz nicht von den Wänden des Treppenhauses fiel. Heute galt es beinahe schon als schäbig, in Grünau zu leben. Aber damals, 1986, war Grünau ein kleines Paradies gewesen. Einmal in der Woche war Ina mit ihrem Baby und einem Rucksack voller Dreckwäsche in die Alte Salzstraße nach Grünau gefahren, um das Baby zu baden und die Wäsche zu waschen. Und Benno hatte sie am Abend mit der frischen Wäsche und dem frischen Baby in seinem roten Škoda nach Hause gefahren, hatte ihren Rucksack hochgetragen, hoch in die beiden Zimmer, die sie im Studentenheim auf der Etage für Mutter und Kind bekommen hatte.

Sie seufzte. Das war alles schon so unheimlich lange her. Beinahe ihr ganzes Leben lag zwischen damals und heute. Sie bezahlte den Taxifahrer und betrat das Hotel. Als sie in ihrem Zimmer war, sich die Hände und das Gesicht gewaschen hatte, rief sie Thomas Freund an: «Ich bin da. Holst du mich heute Abend ab?»

«Ja. Natürlich. Die Veranstaltung beginnt um 20 Uhr. Ich bin gegen halb acht bei dir. Wie lange bleibst du in Leipzig?»

«Bis morgen. Ich fliege am Abend wieder.»

«Nur so kurz?»

«Ja.» Ina hatte den leisen Vorwurf in Thomas' Stimme gehört. Nein, Vorwurf war das falsche Wort. Unverständnis traf es besser. Er verstand nicht, dass es ihr ausreichte, mit ihrer Tochter einen Kaffee trinken zu gehen und ihre Eltern gerade mal rasch anzurufen. Aber ihre Heimat war Leipzig schon lange nicht mehr. Sie war in Söderby daheim.

«Ich wollte noch ausführlicher mit dir reden.»

«Geht es um das Manuskript?»

«Ja. Ich wollte dir den Vorvertrag zeigen, den Jörg mit unserem Verlag ausgehandelt und unterschrieben hat. Es gibt dieses Manuskript, Ina. Ich weiß allerdings nicht, warum du so vehement darauf beharrst, dass Jörg nichts dergleichen geschrieben hat.»

«Jörg ist tot. Und Tote müssen keine Verträge einhalten.»

«Na gut, Ina. Wir müssen darüber reden, bevor du zurück nach Schweden fliegst. Ich hole dich ab.»

«Also dann. Bis nachher.» Ina legte ihr Smartphone zur Seite.

Sie zog sich bequeme Schuhe an und ging in die Wächterstraße zu einem kleinen Café. Sie trank einen Espresso und danach ein Glas Weißwein. Das Wetter war so schön, dass Ina sich einen Platz draußen gesucht hatte. Eine junge Frau mit einem Kinderwagen spazierte vorbei. Sofort musste Ina wieder an Ariane denken. Vielleicht wäre sie weicher, wenn sie eine Familie hätte. Ein Kind. Hatte sie eigentlich einen Freund? Ina überlegte, doch sie merkte, dass ihr jeglicher Anhaltspunkt fehlte, und sie erschrak. Wie wenig sie über Ariane wusste! Sie nahm sich vor, sie gleich am nächsten Tag zu fragen. Ob sie wohl gern zur Preisverleihung mitkommen würde? Ina hatte eigentlich allein gehen wollen, damit Thomas Freund nicht wieder vor allen Leuten mit diesem Manuskript anfing. Auch Ariane hatte bei ihrem letzten Telefonat gefragt: «Warst du schon im Sommerhaus? Hast du dort schon nach dem Manuskript gesucht?» Ina hatte berichtet, dass sie nichts gefunden hatte, aber sie war gar nicht im Sommerhaus gewesen. Denn es gab kein Manuskript. Sie sah auf die Uhr. Es war kurz vor sechs Uhr abends. Sie stand auf und bezahlte. Dann rief sie vom Hotel aus Ariane an: «Möchtest du mit zur Preisverleihung?», fragte sie. «Sollen Thomas und ich dich abholen?»

«Ich denke, es reicht, wenn wir uns dort sehen», erwiderte ihre Tochter.

«Dort? Hast du eine Einladung?»

«Ja. Thomas hat mir eine besorgt. Ich dachte, du wüsstest das.»

«Nein. Das habe ich nicht gewusst. Also sehen wir uns dann. Bis später.» Hätte Ina jetzt mit Jolante telefoniert, wäre das Gespräch gewiss nicht so kurz ausgefallen. Sie hätte Jolante gefragt, welches Kleid sie anziehen sollte. Sie hätte sie gefragt, ob sie ihr Haar hochstecken oder offen lassen sollte. Und sie hätte ihr vielleicht sogar die Dankesrede vorgelesen, die sie halten wollte, wenn sie Jörgs Preis entgegennahm. Aber Jolante war in Söderby geblieben, weil sie für ihre Arbeit an einer Tankstelle keine Vertretung hatte finden können.

Sie trafen sich im Foyer der Alten Oper. Ina hatte sich die Haare hochgesteckt und trug zu ihrem schwarzen Etuikleid Perlenohrringe und schwarze Pumps. Sie hatte bereits ein Glas Sekt in der Hand, als ihre Tochter eintraf. Ariane gab ihren Mantel an der Garderobe ab und enthüllte dabei ebenfalls ein Etuikleid, allerdings in Grau. Auch Ariane hatte sich das Haar hochgesteckt, doch als sie ihre Mutter sah, löste sie ihre Frisur und schüttelte das Haar aus, sodass es ihr über Schultern und Rücken fiel.

«Die Hochsteckfrisur stand dir ausgezeichnet», sagte Ina, als sie sich begrüßt hatten, wie man sich auf solchen Empfängen eben begrüßt, ein Küsschen links und ein Küsschen rechts.

«Ja, aber ich wollte nicht, dass jemand denkt, ich wäre eine Kopie von dir», erwiderte Ariane.

Thomas Freund gesellte sich zu den beiden, reichte Ariane ein Glas Sekt. Er musste die letzten Worte gehört haben, denn er sagte: «Ich dachte immer, alle Töchter sind ein wenig die Kopien ihrer Mütter.» Er lächelte, als er das sagte. Ariane senkte den Blick. Ina tat, als hätte sie nichts gehört, und winkte jemandem zu, den sie kannte.

Thomas Freund zog die Augenbrauen ein wenig in die Höhe, doch er sagte nichts.

Dann wurden die Türen zum Saal geöffnet. Ina und

Ariane fanden neben Thomas Freund in der ersten Reihe Platz. Ein Kammerorchester spielte zwei Stücke. Der Kulturdezernent hielt eine Rede, dann spielte wieder das Kammerorchester. Ina hatte große Mühe, den Rücken gerade zu halten. Sie empfand weder Stolz noch Freude an diesem Abend, an dem ihr verstorbener Ehemann gewürdigt wurde. Da waren nur Trauer und maßlose Wut. Warum hatte er sie verlassen? Warum hatte er das Manuskript in seinem Testament erwähnt? Sie hatten eine Abmachung getroffen. Damals, vor nicht ganz dreißig Jahren. Sie hatte sich an diese Abmachung gehalten. Wie war Jörg nur darauf gekommen, ein Buch zu schreiben? Ina konnte es nicht glauben. Nein, anders. Sie glaubte es einfach nicht. Glaubte es nicht, weil nicht sein konnte, was nicht sein durfte. Beinahe automatisch ging sie auf die Bühne, als Jörgs Name erklang. Sie nahm den Preis entgegen, bedankte sich artig, hielt ihre kurze Rede und eilte zurück auf ihren Platz. Die Leute klatschten, dann spielte das Kammerorchester wieder ein Stück, danach war der offizielle Teil endlich zu Ende, und das Bankett begann.

«Du bist bestimmt stolz auf deinen Vater», wandte sich Thomas Freund an Ariane, die beim Essen neben ihm saß.

«Ja. Schon», erwiderte sie und griff nach ihrem Weinglas. Aber dann überlegte sie es sich offenbar anders und stellte das Weinglas zurück auf den Tisch. «Er war mein Vorbild», sagte sie. «Von ihm habe ich zum achten Geburtstag meine erste Kamera bekommen. Er hat mir beigebracht, wie man fotografiert. Und ich habe seine Reportagen geliebt.»

«Hast du eigentlich einen Freund?», fragte Ina am nächsten Morgen Ariane, als sie in einem Café in der Innenstadt beim Brunch saßen.

«Wie bitte?» Ariane sah sie überrascht an.

«Ich würde einfach gern wissen, ob du einen Freund hast. Ich weiß so wenig von dir.»

Ariane rührte in ihrem Kaffeebecher. «Im Augenblick nicht, nein.»

Ina nickte und schwieg. Dann stand sie auf, holte sich vom Buffet ein Glas Orangensaft. «Aber du hattest einen?», fragte sie dann zögernd weiter.

«Ja.»

«Willst du mir von ihm erzählen?» Ina sprach die Worte so vorsichtig aus, als könnten sie Zündstoff für die ganze Situation sein.

Ariane zuckte mit den Schultern. «Was willst du denn wissen?»

«Wie lange wart ihr zusammen?»

«Ich weiß es nicht genau. Vielleicht zwei Jahre.»

«Wo habt ihr euch kennengelernt?»

«Bei der Arbeit im MDR.»

«Und jetzt seid ihr getrennt?»

«Ja.»

Langsam fand Ina das Gespräch anstrengend. Sie mühte sich so, Nähe herzustellen, und fand, Ariane könnte auch ihren Teil beisteuern, statt sich jedes Wort aus der Nase ziehen zu lassen. «Warum habt ihr euch denn getrennt?»

Ariane blickte auf, sah ihrer Mutter direkt ins Gesicht, als wollte sie prüfen, ob Inas Interesse wirklich echt war.

«Er wollte, dass wir zusammenziehen. Aber ich nicht. Da hat er mich vor die Wahl gestellt: entweder eine gemeinsame Wohnung oder Trennung.»

Ina seufzte unhörbar. «Warum wolltest du nicht mit ihm zusammenziehen?»

«Weil ich lieber alleine bin.»

Ina nickte. Mit dieser Antwort hatte sie gerechnet, auch wenn sie Ariane nicht glaubte. Niemand war immer gern allein.

«Hast du Angst?», fragte sie vorsichtig weiter.

«Wovor?»

«Na ja, vielleicht vor Menschen? Wenn du lieber allein sein willst.» Ina hielt beinahe die Luft an. Das war die persönlichste Frage, die sie ihrer Tochter jemals gestellt hatte.

«Es ist einfacher, unkomplizierter.»

Ina spürte, dass sie keine konkretere Antwort bekommen würde. Schon jetzt hatte Ariane mehr von sich preisgegeben als in all den Jahren davor.

«Fährst du noch zu Benno und Margarethe?», fragte Ariane, offensichtlich froh, das Thema wechseln zu können.

Ina schüttelte den Kopf. «Dafür bleibt mir leider keine Zeit mehr.»

Ariane blickte auf ihre Uhr. «Dein Flieger geht erst in fünf Stunden.»

«Ich wollte versuchen, eine frühere Maschine zu nehmen.»

Ariane senkte den Blick und nickte. Aber dann fasste sie

augenscheinlich Mut und fragte: «Warum verstehst du dich eigentlich nicht so besonders mit deinen Eltern?»

Ina schrak zusammen. Ihr Verhältnis zu Benno und Margarethe hatte sich in den letzten über zwanzig Jahren nicht geändert. Aber nun fragte Ariane plötzlich danach. «Na ja, wir leben in unterschiedlichen Welten. Da hat man sich nicht mehr so viel zu sagen.»

Ariane schüttelte den Kopf. «Du lügst», sagte sie einfach, und diese zwei Worte dröhnten in Inas Kopf wie ein Donnerhall.

«Wie bitte?», fragte Ina und merkte, wie sie sich jetzt ihrerseits in ihr Schneckenhaus zurückzog.

«Du lügst», wiederholte Ariane ungerührt. «Zwischen euch muss etwas passiert sein. Ihr seid irgendwie so furchtbar enttäuscht voneinander.»

«Woher weißt du das? Ich meine, wie kommst du darauf?»

Ariane zuckte mit den Achseln, spielte mit einem Zuckertütchen und schwieg.

Ina wartete ab, hoffte und fürchtete zugleich, dass Ariane noch weitersprechen würde. Dann winkte sie der Kellnerin und bezahlte. Sie stand auf, zog sich ihren leichten Mantel an. Die ganze Zeit über spielte Ariane weiter mit dem Zuckertütchen. «Ich muss jetzt gehen», sagte Ina.

Ariane nickte. Sie erhob sich, stand einen Augenblick lang unschlüssig vor ihrer Mutter. So, als wisse sie nicht, wohin mit ihren Armen. Dann nickte sie nur und sagte: «Guten Flug. Und grüß Jolante.»

Kapitel 5

Warum habe ich nichts gesagt?, fragte sich Ariane, als Ina das Café verlassen hatte. Sie blickte hinaus, sah die schmale Gestalt ihrer Mutter in dem eleganten Mantel und mit flatterndem Schal die Straße überqueren. Sie wollte aufstehen und ihr hinterherlaufen, aber sie blieb sitzen. Sie griff nach ihrem Smartphone, zögerte, wählte schließlich die Nummer ihrer Mutter.

«Ist noch was?», fragte Ina. «Habe ich etwas vergessen?»

Ja. Mich, wollte Ariane sagen, doch sie sagte: «Ich komme nach Schweden, Mamma. Ich komme zurück. Kann ich bei dir wohnen? Ich meine, bis ich etwas Eigenes gefunden habe. Und natürlich eine Arbeit.»

Bis auf das Rauschen des Straßenverkehrs blieb das Telefon stumm. «Mamma?»

«Wie? Ja. Natürlich, Ariane. Du kannst jederzeit kommen. Söderby ist doch dein Zuhause.»

«Du fragst gar nicht nach dem Warum.»

«Warum, Ariane? Warum willst du zurück nach Söderby? Ist es wegen der Trennung?»

«Ja, auch. Das heißt, es hängt damit zusammen. Ich kann nicht mehr im Sender arbeiten. Ich würde David jeden Tag sehen. Ich muss neu anfangen, Mamma. Ganz neu.»

Sie dachte daran, wie sie David gesagt hatte, dass sie nicht mit ihm zusammenziehen wollte. Es war am Samstag gewesen, am Tag, nachdem die gesamte Redaktion ins Café Puschkin gegangen war. Sie hatte wie abgesprochen an der Pressekonferenz im Polizeipräsidium teilgenommen und war anschließend zum Sender gefahren, um den Beitrag zu schneiden. Natürlich hatte sie nicht angenommen, dass sie dort allein wäre; in einem Fernsehsender waren immer Leute unterwegs, leuchteten rote Schilder über Studios auf, rannten Maskenbildnerinnen mit Pinseln und Lockenstäben durch die Gänge. Sie suchte sich einen freien Schnittplatz, holte sich eine Tasse Kaffee aus dem Automaten und machte sich an die Arbeit. Sie konzentrierte sich ganz auf ihren Schnitt, sodass sie es nicht bemerkte, als jemand hinter ihrem Schnittplatz stand. «Ariane?»

Sie schrak zusammen und fuhr herum. «David.» Dann zog sie die Augenbrauen in die Höhe. «Du hast doch heute gar keinen Dienst, oder?»

«Nein, habe ich nicht. Ich bin wegen dir gekommen. Du weißt doch, die Wohnung.» Er lächelte, aber Ariane konnte trotz des Lächelns hören, dass er noch immer beleidigt war.

«Ich bin in einer Viertelstunde fertig. Dann können wir reden», sagte sie, doch David schüttelte den Kopf. «Wir müssen nicht reden. Es wird sowieso immer und überall zu viel geredet. Du brauchst einfach nur Ja oder Nein zu sagen.»

«Das ist nicht so einfach, David ...»

«Ja oder nein, Ariane.»

Sie holte tief Luft, beinahe dankbar dafür, dass David sie so unter Druck setzte. Sie war nicht gut in Auseinandersetzungen, im Gegenteil, sie vermied sie, wo immer es ging.

«Ja oder nein», wiederholte David, und Ariane sah, dass er die Zähne aufeinandergebissen hatte und sein Unterkiefer ganz kantig geworden war.

«Nein.» Sie holte tief Luft, als das Wort gesprochen war. Ihr Herz schlug rasend schnell und heftig gegen ihre Rippenbögen.

«Dein letztes Wort?»

Ariane nickte. Da drehte sich David wortlos um und warf die Tür so heftig hinter sich ins Schloss, dass selbst der Rahmen zu zittern schien.

Ariane blickte auf die geschlossene Tür und horchte in sich hinein. Da war keine Reue, nur ein leises Bedauern. Sie mochte David. Sie mochte ihn richtig gern, aber sie liebte ihn nicht. Und sie war lieber allein. Sie holte noch einmal tief Luft, dann schnitt sie den Beitrag fertig und klopfte kurz darauf an die Tür des Redaktionsleiters. Johann Speckhals rief: «Herein!», und Ariane trat vor seinen Schreibtisch, dessen Arbeitsfläche unter Tapes und CDs kaum noch zu sehen war. «Was gibt es? Hast du verschlafen? Warst du nicht bei der Konferenz?»

«Doch. Natürlich war ich da. Ich habe dir den fertigen Beitrag gerade gemailt.»

«Gut. Danke. Und nun?»

Speckhals lehnte sich in seinem Schreibtischstuhl zurück und verschränkte die Arme hinter dem Kopf. «Was kann ich sonst noch für dich tun?»

«Ich brauche Urlaub. Mein Vater ist gestorben. Ich muss nach Schweden fahren.»

«In Ordnung. Wie lange?»

Ariane überlegte, aber sie konnte in diesem Augenblick keine Entscheidung treffen. «Ich weiß nicht, ob ich überhaupt wiederkommen werde.»

Speckhals ließ die Arme sinken. «Hat das alles etwas mit David zu tun?», fragte er.

«Ich weiß es nicht. Vielleicht. Vielleicht ist es aber auch nur an der Zeit, etwas Neues zu machen.»

«Ich kann schon verstehen, dass es dich nach Schweden zieht. Dein Vater war immerhin ein international bekannter Publizist, und seine Fotografien hingen sogar schon in New York. Du hast das Zeug dazu, seine Nachfolge anzutreten.»

«Ich?» Ariane glaubte, sich verhört zu haben.

«Na, sicher. Im Tagesgeschäft kann das ja kaum gewürdigt werden: Deine Beiträge haben oft künstlerische Qualität. Du hast ein Auge für Bilder, für Details.»

«Ähm, danke. Ich würde mich dann also melden, wenn ich wieder zurück bin und weiß, wie es weitergehen soll, ja?»

«Eine Fernsehredaktion ist keine Hop-on-hop-off-Veranstaltung. Ich muss planen können und zugleich auf das Tagesgeschäft reagieren, Ariane. Überhaupt kommt das sehr kurzfristig, und ich kann nicht garantieren, dass du einfach wieder einsteigen kannst.»

Johann Speckhals sah aus dem Glasfenster seines Büros hinüber in die Nachrichtenredaktion, und Ariane folgte seinem Blick. Da saß David auf Pamelas Schreibtisch und lachte laut, während Pamela sich eine Strähne ihrer blonden Mähne um den Zeigefinger wickelte.

«Es tut mir leid, Johann», sagte Ariane. «Ich will dir keinen Ärger machen.»

Johann Speckhals seufzte. «Na ja, ich wünsche dir jedenfalls alles Gute. Du kannst dich ja mal melden.»

Und Ariane hatte genickt, die Redaktion durchquert, laut «Tschüs!» gerufen und die Tür hinter sich zugeschlagen. Gleich am nächsten Tag war sie mit Benno und Margarethe nach Stockholm geflogen und mit dem Auto weiter nach Småland, nach Söderby, gereist. Und dann war diese merkwürdige Sache mit dem Manuskript passiert, und Ariane war es plötzlich zu anstrengend erschienen, sich mit Mutter und Schwester auseinanderzusetzen. Denn sie war sich sicher, dass es dieses Manuskript gab, wenngleich sie nicht wusste, warum ihre Mutter seine Existenz leugnete. Also war sie zurück nach Leipzig geflogen und hatte überlegt, was sie nun machen sollte. Sie hatte sich bei einer bekannten Leipziger Fotoagentur beworben und war sogar zu einem Gespräch eingeladen worden, hatte dort dann aber erfahren, dass die Fotografen, die einmal angetreten waren, die Fotokunst zu neuen Höhen zu führen, sich nun mit Hochzeitsfotos über Wasser hielten. Es musste für Ariane ja nicht einmal unbedingt die Fotografie oder die Videokunst sein. Gern hätte sie auch etwas ganz anderes gemacht. Vielleicht Bücher verkaufen oder in einem Museum als Aufsicht arbeiten. Nicht für immer. Nur bis sie wusste, was sie wirklich wollte. Aber wie lange würde sie brauchen, um das herauszufinden? Sie wusste ja nicht einmal genau, wo sie leben wollte. In Schweden galt sie als die Deutsche, und in Deutschland sah man die Schwedin in ihr. Die letzten elf

Jahre ihres Erwachsenenlebens hatte sie in Deutschland verbracht. Sie hatte in Leipzig Journalismus studiert und in Leipzig gearbeitet. Vielleicht war es nun wirklich an der Zeit, auszuprobieren, wie das Erwachsenenleben in Schweden war?

Wieder rauschte es nur in der Leitung, Ariane hörte das Signalhorn eines Krankenwagens, dann erst ihre Mutter: «Wann kommst du?»

«Ich muss noch einen Nachmieter für meine Wohnung finden, aber das dürfte nicht schwer sein. Wohnungen wie meine sind in Leipzig sehr gesucht.»

«Du könntest also bald kommen?»

«Ja. Wenn es dir recht ist.»

«Natürlich ist es mir recht, Ariane. Was passiert mit deinen Möbeln und Sachen? Brauchst du einen Container?»

«Nein. Ich dachte, ich wollte ... also ...»

«Ariane, sag es doch einfach. Was dachtest du?»

«Ich dachte einfach, dass mein Neuanfang alles beinhaltet. Ich wollte nur ein paar Bücher und ein paar Bilder, meine Schreibtischlampe, die Kameras und meine Kleidung mitbringen.»

«Gut», hörte sie Ina sagen und wusste nicht, ob sie jetzt auflegen sollte. Eigentlich war ja alles besprochen, und weder sie noch ihre Mutter waren Spezialisten in Sachen Verabschiedung. Sie war überrascht, als sie Ina sagen hörte: «Wann kommst du ungefähr? Ich würde gern noch dein altes Zimmer neu anstreichen lassen.»

«Ich weiß es nicht genau. In ungefähr zwei Wochen, wenn es dir recht ist.»

«Schick einfach schon mal ein paar Pakete mit deinen Sachen. Dann bist du beweglicher.»

Jetzt hatte Ina tatsächlich einfach aufgelegt.

Ariane sah sich ein wenig verwirrt in dem Café um. Sie hatte gerade ihr Leben in Leipzig abgebrochen. Einfach so. Sie hatte doch nur telefoniert, nicht mehr. Und jetzt musste sie einen Nachmieter finden. Wie schnell das gegangen war! Aber sie fühlte sich leicht und irgendwie befreit. Sie würde neu anfangen. Ja. Jetzt musste sie nur noch zu Benno und Margarethe und ihnen sagen, was sie mit Ina besprochen hatte.

Ariane zahlte und fuhr dann mit der Straßenbahn nach Grünau. Sie stieg an der Haltestelle Asternweg aus und lief durch die kleine Allee bis zu dem Haus, in dem ihre Großeltern wohnten. Sie klingelte, und sogleich ertönte der Türöffner. Ariane rollte mit den Augen. Wie oft hatte sie Benno und Margarethe schon gesagt, sie sollten nicht immer einfach auf den Türöffner drücken, wenn es klingelte! Die Stadt war gefährlicher geworden, aber wenn Ariane ihren Großeltern das erklärte, dann lachten die beiden nur.

Ariane stürmte die Treppe hinauf bis in den zweiten Stock. Margarethe stand schon in der offenen Tür und strahlte, als sie Ariane sah. Sie nahm die Enkelin in die Arme, streichelte ihr den Rücken, strich ihr eine Haarsträhne aus dem Gesicht und küsste sie auf die Wange.

«Ich gehe nach Schweden», sagte sie, und ihre Oma

nickte. «Du siehst ein wenig abgespannt aus. Ein Urlaub wird dir bestimmt guttun.»

Oma Margarethe schob sie vor sich her ins Wohnzimmer. Dort saß Opa Benno über einer Zeitschrift. Als er Ariane sah, schaute er auf. «Eine spanische Stadt mit M?»

«Ähm, Madrid», antwortete Ariane.

Benno schüttelte den Kopf. «Málaga», sagte er und schrieb den Namen in sein Rätsel.

«Schön, dass du da bist», sagte er dann. «Gibt es etwas Besonderes?»

Ariane zog die Augenbrauen hoch. «Wieso soll es etwas Besonderes geben?»

«Samstags kommst du sonst nie.»

Ariane ließ sich seufzend auf das Sofa fallen. «Ihr habt recht. Samstags habe ich bisher fast immer gearbeitet. Aber jetzt arbeite ich nicht mehr. Ich habe aufgehört.»

«Wie bitte?» Oma Margarethe beugte sich ein wenig nach vorn, so als hätte sie Arianes Worte nicht verstanden.

«Ich habe meinen Job hingeschmissen.» Ariane strahlte über das ganze Gesicht.

«Aber warum denn das?» Benno legte die Zeitung beiseite.

«Und mit David ist auch Schluss.»

«Ist das der junge Mann, von dem du uns immer mal beiläufig erzählt hast? Der Kollege von dir?» Oma Margarethes Miene sah besorgt aus.

«Ja. Kein Freund, kein Job. Ich bin frei.»

«Und was willst du mit deiner Freiheit anfangen?», fragte

Benno, wandte sich dann an seine Frau. «Ich glaube, ich brauche jetzt einen Kaffee.»

«Ich auch. Ich mach uns eine Kanne», erwiderte Margarethe mit einem Blick auf Ariane, eilte in die Küche, und Ariane hörte, wie sie Wasser in die Maschine füllte. Benno griff wieder nach seiner Zeitschrift, nickte Ariane auffordernd zu, und sie half ihm mit dem Kreuzworträtsel, bis der Kaffee fertig und Margarethe mit den Tassen und der Kanne wieder im Wohnzimmer war. Dann wiederholte Benno seine Frage: «Also, was willst du jetzt anfangen?»

Ariane zuckte mit den Schultern und lächelte. «Ich weiß es noch nicht genau. Seit Jörg gestorben ist, habe ich das Gefühl, mein Leben noch einmal neu überdenken zu müssen. Und der Redaktionsleiter hat mir gesagt, meine Arbeiten wären mehr künstlerisch als informativ. Man würde deutlich merken, dass ich die Tochter von Jörg Bentheim bin.»

Benno und Margarethe wechselten einen kurzen Blick, und Ariane meinte leise Besorgnis darin zu lesen. Doch der Moment war gleich wieder vorüber, und schon glaubte Ariane, sich verguckt zu haben.

«Ich gehe nach Schweden. Nicht nur für einen Urlaub, sondern vielleicht sogar für immer», erklärte sie so plötzlich, dass Margarethe regelrecht zusammenzuckte.

«Nach Schweden?», echote Benno so verblüfft, als hätte sie ihnen mitgeteilt, sie würde in die Sahara ziehen wollen.

«Und wo willst du wohnen? Was willst du dort arbeiten?» Margarethes Hände fingerten am Saum ihrer Bluse herum.

«Ich weiß es noch nicht genau. Ich habe immer nur gearbeitet in den letzten zehn Jahren. Jetzt möchte ich gern etwas Zeit haben, um herauszufinden, was ich wirklich will. Vielleicht helfe ich Mamma im Geschäft oder Jolante an der Tankstelle.»

Ariane brach ab, nahm ihren Kaffee und trank einen Schluck. Erst als sie ihre Tasse absetzte, wagte sie es, Benno und Margarethe anzuschauen. Margarethe sah traurig aus. Ihr so oft lächelnder Mund war starr, weil sie die Lippen aufeinanderpresste. Benno spielte mit dem Kugelschreiber, aber keiner der beiden sagte etwas.

«Ich werde natürlich mindestens zweimal im Jahr nach Leipzig kommen», versuchte Ariane sie zu trösten.

«Das ist nicht dasselbe», entgegnete ihre Oma und zwang sich ein Lächeln ins Gesicht. Sie griff über den Tisch nach Arianes Hand. «Wir werden dich ganz schrecklich vermissen.» Sie wandte sich an ihren Mann. «Stimmt's, Benno?»

Benno seufzte. «Natürlich. Hast du es Ina schon erzählt?»

Ariane nickte. «Ja. Sie ist zur Verleihung des Wilhelm-Naumann-Preises an Jörg hergekommen. Wir waren heute Vormittag gemeinsam frühstücken. Da habe ich es ihr gesagt.»

«Und?», wollte Margarethe wissen.

Ariane zuckte mit den Schultern. «Eigentlich habe ich sie erst angerufen und ihr meinen Entschluss mitgeteilt, als sie das Café schon verlassen hatte.» Sie stockte, lächelte wieder. «Ich kann mit ihr wohl besser am Telefon reden, als wenn sie mir gegenübersitzt. Keine Ahnung, warum.»

«Und? Was hat sie gesagt?», wiederholte Margarethe.

«Nicht viel, ihr kennt sie ja. Sie hat gefragt, wann ich

komme, weil sie vorher noch mein altes Kinderzimmer neu streichen lassen will.»

Ariane goss sich noch eine Tasse Kaffee ein. «Ich bin gespannt, wie Jolante reagieren wird», sagte sie leise.

«Sie wird sich freuen, sie ist schließlich deine Schwester», erwiderte Margarethe.

«Manchmal kommt es mir vor, als wäre sie mir fremder als eine beliebige Nachbarin.»

Kapitel 6

1987

Nach Schweden! Nach Schweden! Ina konnte es nicht glauben. Sie war ausgewählt worden, mit dem Studentenchor der Karl-Marx-Universität Leipzig zum Internationalen Chorfestival nach Stockholm zu fahren. In den Westen! Sie kannte niemanden, der jemals im Westen gewesen war. Höchstens die alten Nachbarn ihrer Eltern, die einmal im Jahr zu ihrer Tochter nach Heidelberg fuhren und an Weihnachten immer riesige Pakete mit erzgebirgischer Schnitzerei oder Meißner Porzellan auf die Post schleppten, um im Gegenzug dafür gebrauchte Kleidung und Jacobs Kaffee zu erhalten. Dann gab es an der Hochschule noch die Thomaner, die früher mit ihrem Chor gereist waren, aber da waren sie Kinder gewesen, und irgendwie zählte das nicht. Und jetzt war sie ausgewählt worden, nach Schweden zu fahren!

Sie hatte gerade Gesangsunterricht gehabt, als die Tür aufgegangen war und die FDJ-Sekretärin der Hochschule sie aus dem Unterricht gewinkt hatte.

«Was ist los?», hatte Ina gefragt. «Ist was mit meinem Kind?» Ariane war mittlerweile etwas über ein Jahr alt und ging weiterhin in die Kinderkrippe der Universität.

«Nein, nein. Es ist etwas anderes.» Die FDJ-Sekretärin war stehen geblieben und sah Ina streng an. «Ich bin mit der Entscheidung nicht glücklich», erklärte sie. «Es hätte andere gegeben, die mindestens ebenso gut geeignet gewesen wären.»

Ina hatte keine Ahnung, wovon die FDJ-Sekretärin da sprach, aber sie nickte, denn sie hatte gelernt, dass man bestimmten politischen Funktionären nicht widersprach. Sie war in das FDJ-Zimmer geführt worden und dort auf zwei Männer getroffen, die ihr die Hand schüttelten und sich als Herr Müller und Herr Schulze vorstellten. Ina konnte sich ein Lächeln nicht verkneifen. Jeder wusste, dass sich Stasimitarbeiter immer als Klaus und Jürgen oder als Herr Müller und Herr Schulze vorstellten. Zugleich aber stieg Angst in ihr auf. Die Männer wirkten freundlich, doch das hatte nicht viel zu bedeuten. Ina überlegte, ob sie in letzter Zeit irgendetwas gesagt oder getan haben könnte, das die Aufmerksamkeit der Stasi erregt hatte, aber ihr fiel nichts ein. Sie dachte an eine Geschichte, die ihr Margarethe einmal erzählt hatte: Benno und sie waren zu einem vierzigsten Geburtstag eingeladen worden. Am Tag vor der Feier erhielt Margarethe auf ihrer Arbeitsstelle einen Anruf. Ein Klaus war am Apparat und sagte: «Ich soll dir einen schönen Gruß von Bernhard sagen, seine Geburtstagsfeier fällt aus. Er musste nach Halle zu seiner kranken Mutter fahren.» Margarethe hatte sich bei diesem Klaus bedankt und war natürlich nicht mit Benno zur Geburtstagsfeier gegangen. Einige Zeit später hatte sie Bernhard besucht und dabei erfahren, dass alle Eingeladenen einen solchen Anruf an ihrer

Arbeitsstelle bekommen hatten. Nur, dass Bernhards Mutter gar nicht krank gewesen war. Als der Abend der Feier da war, wartete der arglose Bernhard vergeblich auf seine Gäste. Erst zu später Stunde klingelten ein Herr Müller und ein Herr Schulze bei ihm und sagten: «Sehen Sie, Herr Keller, alle Ihre Freunde haben sich von Ihnen abgewandt.»

Als Ina diese Geschichte zum ersten Mal gehört hatte, war sie sprachlos angesichts von so viel Heimtücke gewesen. Seither hatte sie immer ein wenig Angst und war sich niemals ganz sicher, nichts auf dem Kerbholz zu haben oder aufs Kerbholz gedichtet zu kriegen.

«Frau Herbig, wie schön.» Einer der beiden Männer erhob sich und streckte ihr die Hand hin. Dann deutete er auf einen Stuhl, Ina nahm ihm gegenüber Platz. Ihr Herz hämmerte, und sie zupfte mit einer Hand nervös an ihrem Haar herum. Die Männer schwiegen und sahen sie an. Ina wusste, dass das eine Masche war, und sie hatte eigentlich nicht vor, sich davon nervös machen zu lassen, aber dann war es doch sie, die das Schweigen unterbrach: «Warum wollten Sie mich sehen?», fragte sie und gab sich Mühe, ihre Stimme fest klingen zu lassen.

Die Männer wechselten einen kurzen Blick, dann legte der ältere beide Hände vor sich auf den Tisch und fragte: «Wie stehen Sie zu unserem sozialistischen Staat, Frau Herbig? Und wie verstehen Sie Ihre Rolle darin?»

«Meine Rolle? Meine Rolle als was? Als Studentin? Als Mutter? Als angehende Sängerin?»

«Im Allgemeinen, Frau Herbig.»

Ina musste nicht lange überlegen. Sie war das schon viel

zu oft gefragt worden, als dass sie nicht wusste, was das Gegenüber gern hören würde. «Ich bin sehr froh, in der Deutschen Demokratischen Republik geboren zu sein und hier zu leben. Als Frau genieße ich die Gleichberechtigung, als Mutter die hervorragende Kinderbetreuung, als Studentin gebe ich mein Bestes und will in meinem künftigen Berufsleben mit sehr guten Leistungen die DDR überall repräsentieren.»

Herr Müller und Herr Schulze verzogen das Gesicht ein wenig gelangweilt, und Ina fragte sich insgeheim, wie oft sie diese Leier schon hatten hören müssen.

«Sie reden von Repräsentation. Nun, der Chor, in dem Sie singen, ist zum Internationalen Chorfestival nach Stockholm eingeladen. Und die Hochschule hat Sie als eine der Delegierten vorgeschlagen.»

Ina schluckte und riss die Augen auf. «Mich?», fragte sie verblüfft und musste noch einmal schlucken. «Aber, das ist ja phantastisch!» Am liebsten wäre sie in Jubel ausgebrochen, doch so etwas ziemte sich einfach nicht.

«Nun, wir fragen uns aber, ob Sie tatsächlich die Richtige sind, um unser Land zu repräsentieren.»

«Was spricht dagegen?» Nun, da Ina wusste, dass sie sich nicht wegen irgendetwas verantworten musste, dass sie nicht staatsfeindlich tätig gewesen war, hatte sie etwas Mut gefasst. «Meine Studienleistungen sind gut; ich arbeite in der FDJ-Leitung meiner Seminargruppe mit, und ich habe ein Kind.»

«Wo würden Sie das Kind unterbringen, wenn Sie nach Stockholm reisen?»

«Bei meinen Eltern. Tagsüber würde Ariane wie immer in die Kinderkrippe gehen, und am Nachmittag würde sie wahrscheinlich von meiner Mutter abgeholt werden. Das muss ich natürlich noch besprechen, aber ich bin sicher, dass das geht.»

«Es gibt nur ein kleines Problem.» Wieder wechselten Müller und Schulze einen Blick.

«Welches?»

«Der Vater des Kindes. Sie haben auf dem Geburtsschein keinen angegeben.»

«Mein Kind hat keinen Vater.»

«Nun, dieser Umstand deckt sich weder mit der sozialistischen Moral noch mit wissenschaftlichen Tatsachen, Frau Herbig.»

Ina riss entgeistert die Augen auf, doch sie fing sich schnell wieder. «Es war ein einmaliges Zusammentreffen. Ich habe die Nacht mit ihm bereut, aber ein Kind bekommen zu haben, das bereue ich nicht ...»

«Sie wissen also, wer der Vater ist?»

Ina nickte.

Da schob ihr Herr Müller ein Formular über den Tisch. «Bitte tragen Sie dort den Namen des Mannes ein.»

«Warum?», erkundigte sich Ina, obgleich sie wusste, dass Fragen nicht unbedingt erwünscht waren.

Herr Müller klopfte mit der Spitze eines Bleistiftes auf den Tisch und blickte zur FDJ-Sekretärin, die mit verschränkten Armen am Fenster stand und Ina ausdruckslos musterte.

«Nun, wir haben schon erlebt, dass Bürger sich unserem

Land gegenüber nicht gerade als dankbar erwiesen haben. Wir mussten dann für deren Kinder Schritte unternehmen, die wir eigentlich keinem Kind zumuten wollen. Es ist schwer, in einem Kinderheim aufzuwachsen oder in eine Familie zu kommen, die schon miteinander verwachsen ist.»

Ina stockte der Atem. Ein kalter Schauer rieselte ihr über den Rücken. «Ich verstehe», sagte sie leise.

Herr Schulze nickte, blätterte in einem Notizbuch. «Sie wissen, Frau Herbig, dass der Vater ihres Kindes – sein Name ist, warten Sie, ich habe es gleich: Holger Radtke – inzwischen verheiratet ist und einen kleinen Jungen hat?»

Ina schüttelte den Kopf. Das hatte sie nicht gewusst, und es interessierte sie auch nicht. Aber sie erschrak bis ins Mark darüber, dass Herr Müller und Herr Schulze wussten, wer Arianes Vater war. Sie hatte es doch nur ihren Eltern erzählt. Und einer Mitstudentin. Nach einem Chorauftritt. Auf der Rückfahrt im Bus. Sie griff nach dem Bleistift und drückte ihn so fest auf das Papier, dass ein kleines Loch entstand. Ihre Hand zitterte, als sie den Namen schrieb. Dann schob sie das Formular so hastig zurück, als wäre es brennend heiß, und sie fragte nicht, warum man sie den Namen schreiben ließ, wenn er doch bereits bekannt war. Man stellte Herrn Müller und Herrn Schulze keine Fragen, wenn es nicht unbedingt sein musste.

Die beiden Männer erhoben sich. «Nun, da wir jetzt alles geklärt haben, wünschen wir Ihnen eine angenehme Reise nach Stockholm. Sicher werden Sie Ihrer kleinen Tochter von dort ein Geschenk mitbringen. Ich habe einmal gehört, dass es dort wunderschöne rot bemalte Holzpferde geben soll.»

Ina erhob sich, schüttelte Hände und hatte Mühe, alles, was gerade geschehen war, in ihrem Kopf zu ordnen. Sie würde nach Schweden fahren. Sie war auserwählt. Aber zugleich behielt man ihr Kind als Pfand. Wenn sie nicht zurückkäme, würde Ariane in ein Heim gesteckt oder in die Familie ihres Vaters gegeben, zu einer Stiefmutter, die so wenig wie der Vater wusste, dass es Ariane überhaupt gab.

Kapitel 7

Ariane war bis Kopenhagen geflogen. Sie hätte auch bis Stockholm fliegen können, denn Söderby lag genau in der Mitte zwischen den beiden Flughäfen, im Inneren von Småland. Sie hatte zwei Koffer, einen Rucksack und zwei große Umhängetaschen und konnte sich kaum einen Schritt bewegen. Sie hatte gehofft, Ina würde sie abholen, doch am Ausgang der Gepäckausgabe wartete ihre Schwester auf sie. Als Jolante Ariane entdeckte, hob sie eine Hand, ein mageres Lächeln im Gesicht. Ariane lächelte dünn zurück.

«Gib mir eine Tasche und einen Koffer», sagte Jolante zur Begrüßung, und schon lief sie, ohne sich nach Ariane umzudrehen, in Richtung Parkplatz. Ariane hetzte hinterher. Als sie an Jolantes schwarzem Nissan Note angekommen waren, stellte Jolante das Gepäck ab. Ariane zögerte noch. Sie wusste nicht, ob sie Jolante jetzt umarmen sollte, doch dann stellte sie ihren Koffer einfach neben den anderen, legte die Tasche daneben, breitete die Arme aus und umarmte Jolante. «Ich bin froh, dass du mich abholst», sagte sie. «Danke.»

Ariane spürte, dass Jolante sich ein wenig steif machte, aber dann ließ sie die Anspannung fahren, drückte sie sogar an sich. «Mache ich gern», sagte sie und löste sich von Ariane.

Sie lud das Gepäck in den Kofferraum. «Hast du Hunger?», fragte sie, griff in ihre Jackentasche und warf Ariane einen Apfel über das Autodach hinweg zu. «Wasser habe ich im Wagen. Wenn du einen Kaffee willst, musst du warten, bis wir in Schweden sind, ich habe kein dänisches Geld.»

Ariane nickte, stieg ein und war wie jedes Mal, wenn sie über Dänemark nach Schweden reiste, begeistert von den gewaltigen Ausmaßen der Öresundbrücke. Als sie die Mautstelle erreicht hatten, kramte Ariane nach ihrer Geldbörse. «Ich zahle», sagte sie, holte zwei Fünfzig-Euro-Scheine hervor und reichte sie Jolante. Jolante warf während des Fahrens einen kurzen Blick darauf. «Eine Fahrt kostet nur fünfzig Euro.»

«Du hast den Hinweg auch bezahlen müssen», widersprach Ariane und packte das Geld in das Fach zwischen den beiden Vordersitzen, das eigentlich für Getränke bestimmt war.

«Steck dein Geld ein, ich habe einen Bropas.»

«Du hast ein Jahresabonnement für die Öresundbrücke?»

«Ja. Habe ich. Ich bin öfter in Kopenhagen, hatte in diesem Jahr schon zwei Performances hier. Und wahrscheinlich werde ich noch einmal auftreten.»

«Aha», sagte Ariane nur und war sich unsicher, ob sie weiterfragen sollte. Aber dann tat sie es. «Performances?», fragte sie. «So etwas machst du? Was kann ich mir darunter vorstellen?»

Jolante verzog ein wenig den Mund. «Was weißt du denn über Performances?»

Jetzt runzelte Ariane die Stirn. Sie hatte einmal einen

Beitrag über einen russischen Performancekünstler gesehen, der seinen Hodensack an den Roten Platz in Moskau genagelt hatte, um gegen die korrupte Polizei in Russland zu demonstrieren. Außerdem hatte sie schon von Marina Abramovic gehört, die wochenlang in der New Yorker MoMA schweigend Besuchern gegenübergesessen hatte. Sie schielte rüber zu Jolante und wusste jetzt noch viel weniger, was in aller Welt sie in Kopenhagen aufgeführt hatte oder noch aufführen würde.

«Nichts. Ich weiß nichts über Performances», sagte Ariane leise. «Aber ich würde gern wissen, was du machst.»

Jolante zuckte mit den Schultern, als ob es nichts Besonderes wäre, doch Ariane wusste, dass Jolante immer dann gleichgültig tat, wenn ihr etwas sehr wichtig war. «Ich stelle Fotos nach. Öffentlich.»

«Aha», sagte Ariane und wusste genauso viel wie vorher.

«Es gibt doch eine Menge berühmte Fotos, nicht wahr?» Jolante warf einen leicht spöttischen Blick auf ihre Schwester, ehe sie sich wieder der Fahrbahn über den Öresund widmete. «Zum Beispiel das Foto von Prinzessin Diana im schwarzen Rollkragenpullover. Oder das Foto von Prinzessin Viktoria am Viktoriatag.»

«Ja», erwiderte Ariane und hoffte, Jolante würde ihr jetzt nichts über die Fotos von Helmut Newton erzählen.

«Nun, und diese Fotos stelle ich nach. Ich mache das auch mit der Fernsehwerbung so, was natürlich nur geht, solange eine Einzelperson agiert.» Sie schickte Ariane wieder einen ihrer spöttischen Blicke. «Keine Angst. Ich stelle natürlich keine Fotos von irgendwelchen Prinzessinnen nach. Meine

Performances sind auch politischer Natur. Hast du jemals von Pjotr Pawlenski gehört?»

Oh nein, dachte Ariane und hatte plötzlich furchtbare Angst um ihre kleine Schwester. Und als ihr dann noch einfiel, dass auch Kopenhagen einen Roten Platz hatte, stockte ihr der Atem. «Du wirst doch nicht etwa irgendwas von dir annageln wollen!»

«Nein.» Jolante lachte laut los. «Ich wollte einfach nur wissen, ob du nicht doch ein bisschen mehr über Performances weißt, als du zugegeben hast.»

Ariane lächelte. Sie konnte mit dem Humor ihrer Schwester nicht unbedingt mithalten, aber sie mochte ihn.

«Jetzt sag schon, was genau du machst.»

«Ich weiß nicht, wie ich dir das erklären soll. Ich mache Dinge aus Glas.»

«Na ja, du bist gelernte Glasbläserin. Und du hast Design studiert», rekapitulierte Ariane. «Es ist erst mal nicht weit hergeholt, dass du etwas mit Glas machst.»

«Ich mache Menschen aus Glas. Und dann zerbreche ich sie!»

Obgleich Jolante das Ausrufezeichen nicht in die Luft gemalt hatte, konnte Ariane es quasi vor sich sehen. «Aha», sagte sie wieder, dann schwieg sie. Ihr fiel einfach nicht ein, was sie jetzt noch sagen oder fragen könnte. Sie waren in Malmö angelangt, und Jolante musste sich auf den dichten Verkehr konzentrieren. Ariane betrachtete sie dabei. Sie sah die zusammengepressten Lippen, die tanzenden Sommersprossen auf Jolantes Nase, ihre kräftigen Hände mit den schlanken Fingern, die das Steuerrad so fest umklammerten, dass die Haut ganz blass wurde. «Soll ich fahren?», fragte Ariane.

«Nein!» Das klang beinahe empört. «Warum auch? Ich bin wahrscheinlich öfter in Malmö als du.»

«Gut.» Ariane lehnte sich zurück, schlug die Beine übereinander und legte die Hände in den Schoß. Sie bemühte sich, absolut entspannt zu sein, doch es gelang ihr nicht. Eigentlich war sie in Jolantes Gegenwart nie entspannt. Aber woran lag das?

Sie sah aus dem Fenster und bewunderte die spätsommerlich gefärbten Bäume am Straßenrand. Manchmal tauchte ein falunrotes Haus mit weißen Fensterrahmen auf einer Wiese auf, und Ariane fragte sich, wer da wohl wohnte. Der Himmel hatte sich in ein dunstig blaues Kleid gehüllt, ein Bussard kreiste über den Wipfeln der Bäume. Der Mischwald ging allmählich in Nadelwald über, und Ariane sog den Geruch nach Kiefern und Sand tief ein. Hin und wieder blitzte das Wasser eines Sees durch die Baumstämme, schaukelte ein blau gestrichenes Boot träge auf den Wellen, leuchteten die roten Preiselbeeren an den Sträuchern auf. Schließlich fuhren sie durch einen kleinen Ort, und Ariane deutete auf ein Café. «Lass uns dort kurz halten», bat sie. «Ich möchte wirklich gern einen Kaffee trinken.»

Jolante steuerte den Nissan in eine Parkbucht. Sie tat es schweigend, und Ariane wusste nicht, ob Jolante ihre Lust auf einen Kaffee teilte. Sie seufzte. So war es immer mit ihnen. Aber ab heute sollte es anders sein.

«Wärst du lieber weitergefahren?», fragte Ariane und angelte nach ihrer Handtasche.

«Nicht unbedingt», erklärte Jolante. «Ich möchte nur gern am Abend zu Hause sein; ich bekomme Besuch.»

«Oh.» Ariane war sich sicher, dass es der Wildhüter war, doch sie sagte nichts, sondern betrat das Café, bestellte zwei Espressi und sah sich um. Die weißen Holztische wirkten frisch gescheuert, die Kissen auf den Stühlen strahlten in einem frischen Grün. Buntbedruckte Vorhänge verliehen dem Café Gemütlichkeit, ebenso wie die bunten Herbststräuße in den Milchkannen auf den Tischen. In den Fenstern standen alte Kaffeekannen und Zuckerdosen, Kaffeemühlen und Kaffeebüchsen. Auf einem kleinen Tisch in der Nähe der Kasse befand sich eine Wasserkaraffe, in der zwei Gurkenscheiben schwammen. Ariane füllte zwei Gläser und trug sie zurück zum Tisch. Kurz darauf brachte eine Kellnerin die beiden Espressi.

Jolante trank schweigend, und eigentlich war Ariane auch nicht nach Reden zumute. Trotzdem wünschte sie sich, die Schwester würde ihr eine Frage stellen. Irgendeine. So, dass sie nicht länger den Eindruck haben musste, Jolante zu stören. Aber Jolante trank und blickte ansonsten aus dem Fenster.

«Willst du nicht wissen, warum ich zurückgekommen bin?», fragte Ariane schließlich.

Jolante stellte ihre leere Tasse ab. «Warum bist du gekommen?»

Ariane zuckte mit den Achseln. «Ich wollte neu anfangen.»

Jolante schüttelte den Kopf. «Man kann nicht neu anfangen.»

Ariane wusste nicht, ob Jolante das wirklich so meinte, auch wenn sie absolut überzeugt geklungen hatte. «Kann man nicht? Na ja, dann will ich wenigstens so tun, als ob es möglich wäre. Und wenn ich das lange genug durchgehalten habe, dann ist es vielleicht wahr geworden.»

Jolante lachte. «Du redest Unsinn.»

«Vielleicht.» Ariane lächelte, riss die Zuckertüte auf und ließ den Zucker in den Espresso rieseln.

Als sie wieder im Auto saßen, fragte Jolante: «Was willst du wirklich hier?»

«Mein Leben in Leipzig war in einer Sackgasse. Alles hat sich irgendwie falsch angefühlt.»

«Und jetzt kommst du zurück nach Söderby und suchst nach Dingen, die sich richtig anfühlen?»

Ariane freute sich, dass Jolante sie verstanden hatte. «Ja. Genau das habe ich vor.»

«So. Und was genau willst du tun?»

Ariane zuckte mit den Achseln. «Zuerst werde ich nachdenken. Ich werde bei Mamma wohnen und ihr vielleicht in der Musikalienhandlung helfen.»

«Du hast also keine konkreten Pläne?»

«Nein, habe ich nicht.»

Schweigend fuhren sie weiter. Noch immer fanden sich zwischen den Kiefern einige Laubbäume. Sie kamen jetzt in eine Gegend, in der es Elche gab. Viele Elche. An jedem ersten Montag im September begann hier für drei Wochen die Elchjagd, und Ariane hatte irgendwo gelesen, dass in dieser Gegend rund fünftausend Elche jährlich geschossen wurden. Die zweite Jagdrunde wurde ab dem zweiten Montag im Oktober abgehalten. Ariane drehte den Kopf so weit es ging nach rechts, in der Hoffnung, irgendwo vielleicht einen Elch zu entdecken. Sie war zwar in Schweden aufgewachsen, aber sie hatte tatsächlich noch nie einen Elch in freier Wildbahn gesehen. Die wenigsten Schweden hatten das, hatte sie einmal im Radio gehört. Trotzdem hoffte sie bei jeder Autofahrt, einmal eines dieser großen zärtlichen Tiere zu sehen.

Erst nach fünf Kilometern fragte Ariane ein wenig zaghaft: «Vielleicht könnten wir ja ab und zu etwa zusammen unternehmen. Ich könnte mit nach Kopenhagen kommen und bei deiner Performance zusehen.»

Jolante ließ die Fensterscheibe heruntergleiten und warf einen Kaugummi hinaus. Ein Schwall der kühlen Herbstluft, die nach Pilzen und ein wenig nach vermoderndem Laub roch, drang herein. «Ja. Vielleicht. Aber du könntest auch in der Tankstelle arbeiten, wenn ich nach Kopenhagen muss. Das würde mir nämlich helfen.»

Ariane zuckte bei diesen Worten zusammen und bekam auf der Stelle ein schlechtes Gewissen. Wie fast immer, wenn sie mit Jolante sprach. «Du bist sauer, weil du arbeiten musst, während ich mir mal für ein paar Wochen Zeit zum Nachdenken nehme.»

«Nein, das ist es nicht. Oder vielleicht doch. Du kommst einfach hierher und tust, was du möchtest. Du fragst nicht nach uns.»

«Nach euch?»

«Nach Mamma und nach mir. Was ist, wenn wir Pläne haben?»

Ariane zog die Stirn kraus. «Ich hindere euch doch nicht daran, euren Plänen nachzugehen. Ich werde lediglich bei Mamma wohnen. Und auch das nur, bis ich was Eigenes gefunden habe. Und mit dir habe ich eigentlich gar nichts zu tun.» Sie brach ab, weil ihr die letzten Worte zu heftig vorkamen, doch sie konnte sie nicht zurücknehmen. «Wenn du willst, kann ich dir gern in der Tankstelle helfen. Du arbeitest doch nicht jeden Tag dort, oder?»

Jolante beschleunigte, überholte einen LKW und warf dann einen kurzen Blick zu Ariane. «Ich arbeite jeden Tag in der Tankstelle. Manchmal mache ich sogar Doppelschichten. Ich muss Geld verdienen. Geld, damit ich das machen kann, was ich möchte. Verstehst du? Ich muss mir zuerst selbst die Voraussetzungen für mein Leben schaffen. Geld verdienen, um Skulpturen aus Glas machen zu können.»

«Die du danach wieder zerstörst.» Ariane hätte am liebsten den Kopf geschüttelt, aber sie tat es nicht.

«Genau.»

Ariane sah, dass ihre Schwester die Unterlippe zwischen die Zähne gezogen hatte. Sie fühlte sich irgendwie schuldig, ohne genau zu wissen, weshalb. «Ist der Wildhüter dein Freund?», fragte sie deshalb, in der Hoffnung, Jolante in bessere Stimmung zu versetzen.

«Du meinst Viggo?»

«Ja.»

«Viggo ist mehr als mein Freund.»

Ariane wartete, dass noch etwas kommen würde, doch vergeblich. Also schwieg sie, sah nach rechts aus dem Fenster in die Landschaft und war erleichtert, als sie endlich in

Söderby ankamen. Söderby war eine Stadt mit gut dreißigtausend Einwohnern. Früher war hier einmal ein Zentrum der Glasbläserei gewesen, doch mittlerweile hatten viele Glashütten zugemacht, und die wenigen, die es noch gab, waren in erster Linie Touristenattraktionen. In der Hauptstraße von Söderby, eigentlich einer Allee, gab es nur noch zwei Geschäfte, die Glassachen anboten. Ansonsten war Söderby eine typische Kleinstadt Smålands. Es gab drei evangelische Kirchen und ein Gemeindehaus der Sieben-Tages-Adventisten. Es gab drei Kindergärten, vier Schulen und zwei Sportzentren. Es gab ein großes Einkaufszentrum vor den Stadttoren, einen See, der zu klein zum Baden, aber perfekt zum Angeln war. Es gab ein Kino, ein kleines Theater, vier Buslinien und zwei Taxiunternehmen. Es gab drei Pizzerien, einen Chinesen, einen Griechen, ein Thai-Restaurant, ein Fischlokal, ein Restaurant mit småländischer Küche, eine Kaffeerösterei mit eigenem Café, zwei weitere Cafés, drei Eissalons und ein paar winzige Bistros, in denen man Kleinigkeiten essen konnte.

Es gab ein Krankenhaus und ein paar Kilometer hinter dem Einkaufszentrum sogar eine Strafanstalt für Jugendliche. Ariane liebte die bunten, höchstens dreistöckigen Häuser, die breiten Gehwege, die Gemächlichkeit, mit der hier das Leben ablief. Als sie die Hauptstraße erreicht hatten, erblickte Ariane Frau Bengtzon, die sich mit Herrn Navid unterhielt, sie sah den alten Lehrer Juust, der seinen dicken Dackel spazieren führte, und sie sah Gunilla, eine alte Klassenkameradin, die einen Kinderwagen spazieren schob.

Jolante parkte den Wagen vor der Buch- und Musikalienhandlung ihrer Mutter und hupte. Ina kam sofort aus dem Laden, nahm Ariane kurz in den Arm. «Ihr habt euch gefunden?»

«Ja. Schön, dass Jolante mich abgeholt hat.»

Ariane nahm einen der Koffer, die Jolante unterdessen aus dem Kofferraum gehievt hatte. Gemeinsam trugen sie das Gepäck in die Wohnung über der Musikalienhandlung. Das Zimmer, das Ariane früher bewohnt hatte, hatte eine neue Tapete, die wollweiß und hellblau gestreift war. Vor dem Fenster, das auf die Söderbyer Einkaufsstraße hinausging, stand ein Schreibtisch aus Holz und darauf eine einfache weiße Schreibtischlampe. An der Wand befand sich ein Jugendbett, bei dem man das Bettzeug tagsüber in einem Schubfach unter dem Lattenrost verstauen konnte. Gegenüber stand ein Schrank aus hellem Holz, daneben ein ebenfalls heller, kleiner Holztisch mit einem blau-weiß gestreiften Sessel. Der Dielenboden war mit einem blauen Teppich bedeckt. Und auf dem Fensterbrett stand ein rotes Holzpferd, das Ariane vor vielen, vielen Jahren mal zu Weihnachten geschenkt bekommen hatte.

«Gefällt es dir?», wollte Ina wissen.

«Ja. Sehr. Bis auf die neue Tapete ist alles so, wie es früher war.»

Jolante schob sich an den beiden vorbei und stellte einen Koffer vor den Schrank, warf die Taschen auf das Bett. «Ich muss los», erklärte sie. Sie küsste ihre Mutter auf die Wange und sagte zu Ariane: «Wir sehen uns.»

Kapitel 8

Sommer 1987

Ich werde nach Schweden fahren.» Ina lauschte ihren Worten im Wohnzimmer der Eltern nach. «Nach Schweden!»

«In den Westen?» Margarethe riss die Augen auf.

«Ja. Eine Chorreise. Im September.»

Margarethe strahlte über das ganze Gesicht und schloss Ina in die Arme. «Aber das ist ja toll! Wir freuen uns für dich. Nicht wahr, Benno?»

Benno nickte. «Ja. Wir freuen uns.» Sein Gesicht strahlte weniger.

«Was ist?», fragte Ina.

«Was hast du dafür tun müssen?», wollte er wissen.

«Nichts.»

«Nichts?»

«Ja. Nichts. Aber du weißt ja, wie es ist. Es kann noch etwas nachkommen. Der Staat gibt nichts umsonst. Vielleicht werde ich nach dem Studium irgendwohin geschickt, wo sonst keiner hinwill. Vielleicht muss ich nach dem Studium in Bitterfeld einen Arbeiterchor gründen. Oder ich werde als Korrepetitorin bei einem Laienchor arbeiten. Irgend so etwas.»

«Und Ariane?», fragte Margarethe, gab aber sofort selbst

die Antwort: «Wir nehmen sie natürlich. Ich bringe sie morgens in die Krippe und hole sie am Nachmittag wieder ab. Du musst mir nur ihr Sozialversicherungsbüchlein geben. Wie lange bleibst du überhaupt? Und wann soll es losgehen? Du brauchst einen Pass. Musst du da zur Polizei oder wohin?»

Ina setzte sich, lachte, warf die Haare zurück. «Eine Woche. Ich bleibe eine ganze Woche in Schweden. Wir haben acht Auftritte. Um den Pass kümmert sich die Chorleitung. Passbilder habe ich schon abgegeben. Aber ich habe überhaupt keine Ahnung, wie ein Reisepass der Deutschen Demokratischen Republik aussieht. Wisst ihr das?»

Margarethe schüttelte den Kopf. «Woher denn? Wir haben keine Reisepässe.»

«Und außer den Nachbarn von unten kennen wir auch niemanden, der im Westen war. Aber ihre Pässe haben sie uns natürlich nicht gezeigt.»

Plötzlich verdunkelte sich Margarethes Gesicht. «Was ist mit Geld? Bekommt ihr Geld? Schwedisches Geld? Was haben die dort? Sind das Kronen? Wie viel kannst du tauschen?»

Ina hob die Schultern. «Ich weiß es nicht. Um Essen und Unterkunft kümmert sich die Chorleitung. Vielleicht bekommen wir ein Taschengeld.»

Benno blickte noch immer misstrauisch drein. «Haben sie dich gefragt?»

Ina wusste sofort, was ihr Vater meinte. Haben sie dich gefragt, ob du für die Staatssicherheit arbeiten willst. Ob du während der Chorfahrt andere Mitglieder ausschnüffeln könntest.

Sie schüttelte den Kopf. «Nein, das haben sie nicht.»

Benno nickte. «Nun, dann weißt du jetzt wenigstens, dass du eine von denen bist, die ausgeschnüffelt werden sollen.»

In Inas Gesicht erstarb das Lächeln.

«Jetzt guck nicht so betrübt. Du weißt doch, wie es ist.»

Ina schluckte. «Ich hatte kurz gedacht, es könnte auch mal anders sein.»

Margarethe schüttelte den Kopf. «Nein. Das wird niemals anders sein.»

Sechs Wochen später saßen dreißig Studenten in einem Bus und machten sich auf den Weg nach Schweden. Die Pässe hatte allesamt der Chorleiter, der sie auch gesammelt am Ausreiseschalter vorzeigte. Danach musste jedes Chormitglied einzeln an dem Schalter vorübergehen, in Höhe des Zollmannes stehen bleiben und sich begucken lassen. Die hübschen Mädchen – auch Ina – mussten sich drehen, zwei mussten sich sogar bücken, dann saßen sie Ewigkeiten auf der Fähre der Schwedischen Gesellschaft StenaLine und fuhren über die Ostsee hinüber nach Schweden. Knapp sechs Stunden dauerte die Fahrt von Sassnitz nach Trelleborg, die der gesamte Chor im Sitzbereich der Fähre verbrachte. Ina hätte ihren Reisepass gern mal in die Hand genommen, hätte gern Seite für Seite umgeblättert, doch sie hatte nur kurz gesehen, dass er blau war und vorn drauf den Hammer, die Sichel und das Ährenkreuz in Gold trug sowie die Aufschrift: «Reisepass der Deutschen Demokratischen Republik». Während ihres Aufenthaltes in Schweden verwahrte die Parteisekretärin des Chors alle Reisepässe.

Die Studenten waren aufgeregt und sprachen durcheinander. Doch trotz der Aufregung herrschte Misstrauen. Ina saß neben Heike. Sie kannte Heike von früheren Chorfahrten, doch sie wusste nicht viel über sie. Sie hatte eine tolle Stimme, und deshalb glaubte Ina nicht, dass sie als Spitzel im Chor eingesetzt war. Annett dagegen konnte keinen einzigen Ton halten, dafür war sie die Parteisekretärin des Chores. Man konnte die wirklich Guten und die wirklich Schlechten recht gut einschätzen, bei den Mittelmäßigen aber wusste man nie. Ihr gegenüber saß Jörg Bentheim, ein Student von der Hochschule für Grafik und Buchkunst. Er studierte Fotografie. Ina kannte ihn aus dem Studentencafé und von ein paar Feten. Neben Jörg Bentheim saß Kathrin Haferkorn. Gerade beugte sie sich zu Ina hinüber und fragte: «Du hast doch eine kleine Tochter? Wo ist sie denn jetzt?»

«Bei meinen Eltern», erwiderte Ina und fragte sich, ob Kathrin tatsächlich den Namen von Arianes Vater an die Stasi weitergegeben hatte.

Und dann waren sie endlich in Trelleborg und verließen die Fähre. Das Erste, was Ina auffiel, war der Geruch im Fährterminal. Es roch gut. Sauber und blumig und so, wie es in der DDR niemals riechen konnte. Es war ein Westgeruch, frei von Kohlendunst und russischem Erdöl.

Sie wurden durch die Passkontrolle hinaus zu ihrem Bus geführt und fuhren durch saubere Straßen ohne Schlaglöcher, vorbei an Häusern mit ordentlichen Fassaden, intakten Dächern und Fenstern. Viele von ihnen waren rot gestrichen. Ina staunte. Sie hatte noch nie in ihrem Leben ein rot gestrichenes Haus gesehen. Ja, sie hatte nicht einmal gewusst, dass es solche Häuserfarben überhaupt gab. Die Schaufenster der Geschäfte strotzten vor Waren, die bunt leuchteten. Die Gemüsegeschäfte hatten Stände draußen, auf denen Früchte lagen, die Ina noch nie gesehen hatte. Bananen waren darunter, und allein, dass vor einem Laden, in dem es Bananen gab, keine Schlange stand, verblüffte Ina nachhaltig.

In Stockholm wohnten sie in einer Jugendherberge, und Ina teilte sich mit Heike ein Zimmer. Auch hier roch es überall unglaublich gut, und Ina wusch sich mehrmals am Tag mit der wundervoll duftenden Seife, dachte sogar daran, ein oder zwei Stücke davon vom Wagen der Reinemachefrau zu stehlen. Doch sie tat es nicht. Die Strafe würde furchtbar sein; sie hätte nicht nur sich in Verruf gebracht, sondern gleich den ganzen Sozialismus auf einmal verraten.

Die Delegation eines westdeutschen Studentenchors wohnte ebenfalls in der Jugendherberge. Man hatte ihnen gesagt, dass Kontakte zu den Westdeutschen nicht erwünscht waren, und die meisten Chormitglieder hätten sowieso nicht gewusst, was sie mit den Wessis reden sollten. Mit den Tschechen verstand man sich, auch mit den Polen und den Ungarn. Die hatten zwar andere Worte, aber sie sprachen dieselbe Sprache.

Nachmittags und abends waren die Konzerte. Sie sangen in Kulturhäusern in Stockholm und Göteborg, im Svenska Institut und sogar in zwei Kirchen. Und Ina konnte einfach nicht aufhören, sich zu wundern. Sie wunderte sich über alles, doch dieses Wundern war nicht nur mit Freude verbunden. Während der Konzerte trugen die Sänger schwarze Röcke oder Hosen und weiße Hemden und Blusen, doch die Zuschauer trugen so schöne Sachen, wie sie Ina noch nie gesehen hatte. Und das Schönste daran war: Die Sachen passten. Ina war das Einkaufen in der DDR gewohnt. Sie hatte Schuhe in den Größen 37 bis 40 – nie war sicher, in welcher Größe es die Schuhe geben würde, die man sich wünschte. Sie hatte auch bei der Oberbekleidung flexible Größen, ebenso bei der Unterwäsche, und sie trug seit Jahren einen graublauen Wintermantel mit einem Anteil Kaschmir in der Größe 48, weil er einfach so wunderschön ausgesehen hatte. Und hier in Schweden hatten die Frauen alle Blusen und Röcke und Hosen an, die ihnen passten und deren Farben leuchteten. Das Weiß war strahlender als das der Chorleute, das Schwarz dunkler. Kaum war das Konzert vorüber und Ina wieder in ihren Alltagssachen, da fühlte sie sich schäbig und sogar ein wenig verwahrlost. Ihr langes Haar hielt sie mit einem Schnipsgummi zusammen, während die schwedischen Frauen Schleifen und mit Strass besetzte Spangen trugen. Inas Absätze waren ein wenig schief, aber der Schuster nahm erst wieder in drei Wochen neue Aufträge an, und ihre Haare hatten zippelige Spitzen, weil sie keinen Termin bei einem Friseur bekommen hatte. Ina hatte überlegt, ob sie Margarethe an ihr Haar lassen sollte, so wie früher und so wie heute noch Benno, doch dann war auch dafür keine Zeit gewesen, oder es hatte sich nicht so wichtig angefühlt, während es in

Schweden nichts Wichtigeres für Ina gab, als ihre sozialistische Schäbigkeit ein wenig zu verstecken. Aber mit 350 schwedischen Kronen, dem gesamten Taschengeld, kam man nicht weit.

Heike schlug am letzten Tag der Reise vor, einen Kaffee trinken zu gehen. Sie wollte gern in Stockholm draußen sitzen, die Leute ansehen und sich so richtig westlich fühlen, doch Ina lehnte ab. Die Tasse Kaffee hätte 10 Kronen gekostet. 10 DDR-Mark. Und das für eine Tasse Kaffee, die in Leipzig 50 Pfennig gekostet hätte! Inas Mutter verdiente auf der Sparkasse gerade mal 550 DDR-Mark im Monat. Das hieß, sie konnte in Schweden von ihrem Monatsgehalt 55 Tassen Kaffee trinken, das waren nicht einmal zwei Tassen pro Tag. Und das erschien Ina obszön. Sie schüttelte den Kopf. «Ich werde keinen Kaffee trinken», erklärte sie Heike. «Ich werde schauen, ob ich für Ariane etwas Kleines zum Mitbringen finde.»

Dann trennten sie sich, und Ina kaufte für Margarethe ein Päckchen Bohnenkaffee und eine dieser wunderbar duftenden Seifen, für Benno eine Schachtel Marlboro-Zigaretten und eine Tüte Lakritze und vom Rest Schokolade für Ariane. Sie hatte bei einem Treffen mit einem schwedischen Chor ein rot bemaltes Holzpferd geschenkt bekommen. Alle Chormitglieder hatten ein solches Pferd bekommen, und im Gegenzug hatten alle Schweden ein Leipziger Messemännchen als Souvenir erhalten. Genauso ein Holzpferd wie das, von dem Herr Müller (oder war es Herr Schulze?) gesprochen hatte. Sie hatte es behutsam in ihre Handtücher gewickelt, damit es ja nicht kaputtging.

Und als sich Ina am letzten Morgen wusch, da steckte sie doch das Stück Seife in ihre Waschtasche. Sie lächelte. In ein paar Stunden würde sie zu Hause sein. In ihren beiden Zimmern im Wohnheim. Und sie würde die Seife auf das Fensterbrett legen, damit sie die beiden Zimmer durchduftete und sie sich noch ein kleines bisschen länger wie im Westen fühlen durfte.

Doch beim Packen stellte sie fest, dass sie ihre Brille nach dem Konzert am Vorabend im Svenska Institut liegengelassen hatte. Es war eine gute Brille mit entspiegelten Gläsern. Sie hatte lange darauf warten müssen und die Gläser nur durch Beziehungen bekommen.

«Was ist?», fragte Heike, als Ina in Tränen ausbrach.

«Meine Brille. Sie ist noch im Svenska Institut. Ich kann da nicht allein hinfahren und sie holen. Das ist nicht erlaubt. Außerdem habe ich kein Geld für ein Taxi oder den Bus.»

Heike klopfte ihr tröstend auf die Schulter. «Frag mal den Bentheim», sagte sie. «Der hat sich mit dem Hausmeister hier angefreundet. Jeden Abend, wenn alle anderen geschlafen haben, hat der mit ihm gesoffen. Vielleicht kann sich Jörg vom Hausmeister das Motorrad ausleihen und rasch mit dir dorthin fahren. Wir haben schließlich noch eine Stunde Zeit, bis der Bus kommt. Wenn man dich sucht, sage ich einfach, dass dir schlecht ist und du in der Toilette bist.»

Ina atmete auf. «Meinst du, das geht?»

«Warum nicht? So eine Brille kriegst du so schnell nicht wieder.»

Da eilte Ina ins Nachbarzimmer und hielt Jörg Bentheim

die Marlboro-Schachtel hin, die sie eigentlich für Benno gekauft hatte. «Fährst du mich schnell? Ich habe meine Brille vergessen.»

«Behalt die Kippen», erklärte Bentheim. «Klar fahre ich dich. Ich bin sicher, Ingvar gibt uns sein Motorrad.» Und er zwinkerte ihr so dreist zu, dass Ina mit den Augen rollen musste.

Ein paar Minuten später saßen sie auf dem Motorrad und kämpften sich durch den Stockholmer Verkehr. Es war später Vormittag, und überall schienen LKWs unterwegs zu sein. Ina klammerte sich an Jörgs Hüften und achtete darauf, dass sie ihre Brüste nicht gegen seinen Rücken presste. Jörg war ein Windhund, und sie wollte nicht, dass er sie hinterher angrinste und fragte, ob sie die Fahrt auch so genossen hatte. Steif hockte sie auf dem Motorrad, legte sich nicht mit in die Kurven. Jörg drehte den Kopf zur Seite und rief ihr etwas zu, doch der Fahrtwind knatterte, und ohnehin hörte sie wenig durch den Sturzhelm hindurch. Und dann kam die nächste Kurve, eine ziemlich enge Haarnadelkurve. Ina presste die Oberschenkel fest gegen das Motorrad, hielt den Rücken gerade, das Kinn nach vorn gereckt. «Was machst du?», hörte sie Jörg schreien, und dann schmierte das Motorrad unter ihnen weg, schlitterte ohne Besatzung auf die Gegenfahrbahn, und dort wich ein Auto aus und raste direkt auf Ina und Jörg zu.

Kapitel 9

Ich würde heute gern ins Sommerhaus fahren», erklärte Ina beim ersten Frühstück, das sie gemeinsam aßen. Ariane biss von ihrem Brötchen ab und nickte.

«Und ich möchte, dass du mitkommst. Und Jolante auch. Mit ihr habe ich schon gesprochen.»

Ariane trank einen Schluck heißen Kaffee. Sie hatte eigentlich vorgehabt, sich ein paar neue Sachen zu kaufen, denn sie besaß überwiegend Stadtkleidung. Sie brauchte eine wetterfeste Jacke, Gummistiefel und ein, zwei warme Pullover. Vielleicht noch eine neue Jeans und ein paar Sneakers, auf jeden Fall aber eine warme Wollmütze und einen langen, dicken Schal. Es war bereits Oktober und an manchen Tagen schon recht kalt. Aber sie wagte es nicht, Ina zu widersprechen. Das wagte sie generell sehr selten, denn Ina hatte dann eine Art, ihr Gesicht zu verschließen, die bei Ariane auf der Stelle ein schlechtes Gewissen auslöste: Ina kniff die Augen zusammen und presste die Lippen aufeinander. Dann versuchte sie mit ihren zusammengedrückten Lippen zu lächeln und nickte. Und dieses zusammengedrückte Lächeln konnte Ariane schlecht aushalten. Also nickte sie, bevor Ina die Lippen aufeinanderpressen konnte. «Ich komme gern mit. Aber was tun wir da?»

Ina reckte das Kinn. «Obwohl ich nach Jörgs Tod schon

zweimal dort war, habe ich das Manuskript nicht gefunden. Ich möchte, dass ihr euch selbst davon überzeugt, dass es dieses Manuskript gar nicht gibt. Und außerdem müssen Jörgs Sachen dort ausgeräumt werden.»

Ariane nickte, dann fragte sie: «Wirst du das Sommerhaus behalten?»

Ina zuckte mit den Schultern. «Darüber habe ich noch nicht nachgedacht. Bis zum nächsten Frühjahr auf jeden Fall noch. Jetzt, wo der Winter vor der Tür steht, sinken die Preise für Sommerhäuser.»

Eine halbe Stunde später fuhr Jolante vor und ließ Ina und Ariane einsteigen. Ina setzte sich nach vorn, während Ariane hinter Jolante Platz nahm. Ihre Schwester sah furchtbar aus.

«Hast du letzte Nacht in der Tankstelle gearbeitet?», fragte Ariane. «Du wirkst müde.»

Jolante schnaubte. «Ich war in meinem Atelier. Aber ich muss heute Abend zur Tanke. Haltet mir die Daumen, dass es ruhig wird, damit ich ein bisschen schlafen kann.»

Ina sah Jolante kopfschüttelnd an. «Du arbeitest zu viel, Kind. Du musst besser auf dich achten. Nimm dir deine Schwester zum Vorbild. Ariane spannt erst einmal aus.»

Obwohl Ina recht hatte, fühlte sich Ariane gemaßregelt. Fand Ina, dass sie faul war?

In diesem Augenblick bog Jolante von der Landstraße ab und in einen kleinen Waldweg. Sie drosselte die Geschwindigkeit auf Schritttempo und fuhr den holprigen Weg bis zu einem kleinen roten Haus, das am Ufer eines kleinen Sees stand. Sie parkte den Wagen zwischen zwei

Kiefern und stieg aus. Ariane streckte die Glieder. Obwohl sie nur eine Viertelstunde gefahren waren, fühlte sie sich ein wenig steif. Der Duft des Nadelwaldes stieg ihr in die Nase, dazu der Geruch des Sees, kühl und feucht. Sie dehnte den Körper und sah sich um. Es war lange her, dass sie das letzte Mal hier gewesen war. Das Haus, wie in Schweden üblich in Falunrot gestrichen und mit weißen Fensterrahmen, war von Kletterpflanzen bedeckt. Auf der kleinen Veranda standen ein Tisch und mehrere Korbstühle, die mit Plastikhauben bedeckt waren. Überall um das Haus herum zeigten Preiselbeersträucher ihr leuchtendes Herbstgesicht. Ariane war nicht bewusst gewesen, dass es so viele waren.

«Es sieht aus, als wäre hier schon eine Weile keiner mehr gewesen», stellte sie fest und deutete auf die schmutzige Pfütze, die sich in einer Delle einer der durchsichtigen Planen gebildet hatte.

«Jörg war hier. Das ganze Frühjahr und den ganzen Sommer über.» So, wie Ina das sagte, wurde deutlich, dass sie damit nicht einverstanden gewesen war.

«Hast du ihn nicht besucht?», fragte Ariane und hatte beinahe den Eindruck, als wäre diese Frage zu intim. Aber Ina war ihre Mutter! Hatte sie kein Recht, ihr persönliche Fragen zu stellen?

«Am Wochenende. Manchmal jedenfalls. Er hat gearbeitet und wollte nicht gestört werden.»

«Woran?», wollte Ariane wissen. «An dem geheimnisvollen Manuskript?»

Ina atmete hörbar ein. «Was weiß ich. Er hat mir nicht

erzählt, woran er gearbeitet hat.» Die beiden Sätze klangen bitter, fand Ariane.

Jolante hatte inzwischen die Tür aufgeschlossen und war ins Haus gegangen, Ina und Ariane folgten ihr. Es roch ein wenig muffig und ganz stark nach Jörg. Der unverwechselbare Geruch seines Rasierwassers und seiner Zigaretten. Für einen Augenblick musste Ariane mit den Tränen kämpfen. Hier, im Sommerhaus, war der Vater noch lebendig. Sie hatte keine Ahnung, woran das liegen konnte, sie fühlte es einfach. Sie sah Jörg in der Küche stehen und Kaffee in eine Filtertüte löffeln, während im Aschenbecher eine Zigarette vor sich hin qualmte. Das Radio, das auf dem Kühlschrank stand, dudelte leise vor sich hin. Ariane blinzelte und holte tief Luft. Sie wollte nicht vor Ina und Jolante weinen. Schon gar nicht, nachdem sie auf der Beerdigung keine einzige Träne vergossen hatte. Sie wusste genau, dass Mutter und Schwester ihr das übelgenommen hatten. Sie ließ sich auf die Küchenbank fallen und sah sich im Raum um. Es waren gewiss schon drei Jahre, seit sie zum letzten Mal hier gewesen war. Die Küche war weiß gestrichen, vor den beiden Fenstern hingen helle Vorhänge, die mit gelben Blumen bedruckt waren. Der ebenfalls weiß gestrichene Küchentisch war von drei hellen Stühlen und einer Bank umgeben. Ihm gegenüber befand sich der Herd, daneben standen der breite Küchenschrank aus Kiefernholz und der Kühlschrank, der immer ein leises Summen von sich gab. Auf der Arbeitsplatte neben dem Herd, die auf Unterschränken ruhte, lag noch Jörgs liebstes Kochmesser. Ein Messer aus Japan mit einer Klinge aus Karbon-Hartstahl. Das zumindest hatte

Jörg immer behauptet. Daneben ein weißer Korb, in dem normalerweise Zwiebeln und Knoblauch lagen, der jetzt aber leer war. Die Küchentür stand offen und gab den Blick in den Flur frei und auf die Treppe, die hochführte, wo die Schlafzimmer lagen. Von oben hörte Ariane jetzt die Stimmen von Mutter und Schwester. Sie wäre gern noch ein bisschen länger hier sitzen geblieben, doch sie konnte die beiden nicht allein arbeiten lassen. Also erhob sie sich und ging in den Flur. Sie öffnete die Tür, die der Küchentür gegenüberlag, und warf einen Blick ins Wohnzimmer. Früher hatten dort eine Couch und zwei Korbsessel gestanden, in der Mitte der Wand ein Fernseher und an der gegenüberliegenden ein großes Bücherregal. Jetzt war der Fernseher verschwunden, und an seiner Stelle stand ein Schreibtisch. Das Bücherregal war erweitert worden, und auf der Couch lagen keine Kissen mehr, sondern nur eine einfache graue Wolldecke. Die mit weiß-gelben Streifen bedruckten Vorhänge waren zur Seite geschoben, und die Läufer auf den Dielen sahen aus, als hätten sie eine Reinigung nötig.

Ariane schloss die Tür sanft und stieg dann langsam die Treppen hinauf. An der weiß gestrichenen Wand hingen Fotos, die Jörg gemacht hatte. Es waren unglaublich gute Fotos, die meisten davon prämiert und mehrfach abgedruckt. Da war das Foto der jungen afrikanischen Frau, die ein nacktes Baby an ihre Brust hielt, während sie an einer Palme hinaufkletterte, um eine Kokosnuss herunterzuholen. Da war der junge israelische Soldat, der sein Maschinengewehr umhängen hatte und lachend ein Eis aß. Da war die alte russische Frau, die zahnlos lachte und Marmelade in ihren Tee gab. Ariane kannte die meisten, kannte auch die Geschichten hinter den Bildern. Sie wusste zum Beispiel, dass die alte russische Frau früher als Deschurnaja gearbeitet hatte, als Dienstaufsicht eines Schlafwagenabteils, eine Position mit gewisser Macht über die Fahrgäste. Und diese Macht spiegelte sich noch immer in ihrem Gesicht.

«Ariane?», rief Ina.

«Ich komme», antwortete Ariane und stieg die letzten Stufen hoch, am letzten Porträt vorbei. Die Fotos im oberen Korridor hatten allesamt die Natur Smålands zum Thema. Seen, auf deren Wellen silberne Lichter tanzten, Elche, die auf einer Wiese grasten, Nadelbäume, die sich im Wind bogen, Kraniche, die sich in Wassernähe sammelten.

Plötzlich hörte Ariane die Mutter und Jolante laut und herzlich lachen. Das kam so überraschend, dass Ariane automatisch ebenfalls den Mund verzog. Die Tür zum Schlafzimmer stand offen, und Ariane sah Ina und Jolante vor dem Kleiderschrank stehen. Jolante hielt eine Krawatte in der Hand, die lächerlich grün und mit rosa Fröschen bedruckt war. Sie hielt sie vor sich und lachte. «Hat er sie jemals getragen?», japste Jolante und wandte sich an Ariane. «Erinnerst du dich noch? Wir haben sie ihm mal zum Geburtstag geschenkt. Ich war damals zehn und du dreizehn Jahre alt. Du wolltest sie erst nicht kaufen, aber ich habe darauf bestanden.» Ariane nickte. Sie lächelte und fühlte sich Jolante mit einem Mal ganz nah.

«Und? Hat er sie getragen?», wiederholte sie Jolantes Frage.

«Immer, wenn eine von euch Geburtstag hatte. Aber nur

zwei Jahre lang. Er hat immer darauf gewartet, dass ihr das Ding vergesst, und dann war es auf einmal so.» Jetzt lachte auch Ina. «Ich glaube, er war sogar ein bisschen enttäuscht, als ihr nicht mehr an diese Krawatte gedacht habt.»

Ariane nahm die Krawatte in die Hand und roch daran. Dann legte sie sie lächelnd in den großen Plastiksack, der für die Altkleidersammlung bestimmt war, doch Ina holte sie wieder heraus.

«Willst du sie wirklich aufheben?», fragte Jolante.

«Nein. Eigentlich nicht. Aber ich könnte es unmöglich ertragen, wenn ich eines Tages einen Mann treffen würde, der diese Krawatte trägt.» Als Ina das sagte, schaute sie so angewidert, dass Ariane lachen musste. Auch Jolante lachte, und einen Augenblick lang schien alles zwischen ihnen ganz leicht zu sein.

Später saßen sie auf der Veranda. Die Herbstsonne wärmte nicht mehr richtig, sodass sie sich Decken umgehängt hatten. Sie hielten heißen Kaffee in den Händen und tranken ab und an kleine Schlucke davon. Alle drei blickten auf das Wasser, auf dem in einiger Entfernung zwei Paddler in einem Kanu vorüberglitten.

«Ich hatte ganz vergessen, wie schön es hier ist», sagte Ariane leise. «Ich kann regelrecht meine Gedanken hören.»

Ina und Jolante schwiegen, aber es war ein freundliches Schweigen der Übereinstimmung. Ariane sah den Paddlern nach. «Vielleicht könnte ich hier wohnen», sagte sie.

Ina schaute auf, ließ die Tasse mit dem Kaffee sinken. «Das kannst du, aber du kannst genauso gut bei mir bleiben.»

Ariane lächelte. «Ich weiß. Und ich danke dir dafür. Auch dafür, dass du mein Zimmer gestrichen hast. Aber hier käme ich vielleicht besser zum Nachdenken.»

«Es wäre gut, wenn Ariane hier wäre», erklärte auch Jolante. «Dann musst du nicht mehr andauernd hier rausfahren, um zu gucken, ob alles in Ordnung ist.»

Kapitel 10

1987

Als Ina erwachte, kam der Schmerz. Er wühlte in ihrem Inneren, ließ sie laut stöhnen.

«Are you awake?», hörte sie eine Stimme fragen.

«Wo bin ich?» Sie öffnete langsam die Augen und blickte an eine weiße Decke. Auch die Wände waren weiß, und sie lag in einem Bett, war an Monitore angeschlossen. Ihre Beine fühlten sich schwer an, so furchtbar schwer, dass Ina sie kaum bewegen konnte.

«You are in a hospital in Stockholm. Sprechen Sie Deutsch? Sie sind in einem Krankenhaus in Stockholm.»

Ina zog die Stirn kraus. Langsam erinnerte sie sich wieder. Sie war auf Chorreise in Schweden. Sie hatte gepackt und dabei bemerkt, dass ihre Brille nicht da war. Sie war mit Jörg auf einem Motorrad gefahren. Dann war das Motorrad ohne sie auf die andere Fahrbahnseite geschlittert. «Wir hatten einen Unfall.»

«Yes. That's right. Das ist richtig.»

Ina versuchte, den Kopf zu heben, doch es gelang ihr nicht. Sofort begann es hinter ihrer Stirn zu stechen. Sie stöhnte auf und schloss die Augen. «Wie lange bin ich schon hier?», fragte sie und hoffte, sie könne gleich aufstehen und auf irgendeine Art und Weise noch das Flugzeug erreichen.

«Sie schlafen seit drei Tagen.»

Ina schrak zusammen. «Seit drei Tagen? Aber das geht nicht. Ich muss doch zurück. Ich muss zu meiner Tochter.»

Sie hob wieder den Kopf, riss sich einen Zugang aus der Hand, zwang sich in die Aufrechte. «Ich muss zu Ariane.»

Eine Hand drückte sie zurück. «Gar nichts müssen Sie. Nur gesund werden.»

«Die Botschaft. Ich muss zur Botschaft der DDR. Es gibt doch eine in Schweden, oder? Sie ist doch in Stockholm?»

Wieder wollte Ina sich aufrichten, da klopfte es an der Tür, und Jörg Bentheim trat ein. Er ging an zwei Krücken, der rechte Fuß war in Gips gehüllt, und sein Gesicht sah aus, als wäre er in eine Massenschlägerei geraten. Das rechte Auge war zugeschwollen, die Lippe aufgeplatzt, und über die rechte Wange zog sich ein fingerbreiter Kratzer von der Augenbraue bis beinahe zum Mundwinkel.

Die Krankenschwester, die neben Inas Bett gestanden hatte, lächelte Jörg zu. Sie fühlte noch einmal Inas Puls. «Not long», sagte sie. «Only five minutes.» Dann verließ sie das Zimmer.

Jörg setzte sich auf einen Stuhl, der neben ihrem Bett stand, doch Ina versuchte, ihre Beine über den Bettrand zu schwingen und aufzustehen. «Wir müssen zur Botschaft.» Sie schrie fast. «Ich will zu meinem Kind.» Als Jörg ihren Arm festhielt, schlug Ina darauf, trommelte gegen Jörgs Brust, versuchte sich von ihm loszumachen, aber er hielt sie weiter fest, und dann kam schon jemand, ein Arzt oder eine Schwester, und gab Ina eine Spritze. Die Wirkung erfolgte so schnell und stark wie ein Keulenschlag und warf Ina zurück aufs Bett. «Wir müssen zur Botschaft», sagte sie, viel leiser nun.

Jörg nahm ihre Hand. «Die Botschaft wird uns nicht helfen», erklärte er. «Ich habe mit Manfred Schmidt, dem Botschafter, telefoniert. Der Chor ist ohne uns abgereist. Man hält uns für Republikflüchtlinge.»

«Aber das sind wir nicht. Wir hatten einen Unfall. Bloß einen Unfall.»

«Ja. Aber wir waren mit einem Motorrad mit schwedischer Nummer unterwegs. Einem gestohlenen Motorrad.»

«Gestohlen? Wieso gestohlen? Du hast doch gesagt, der Hausmeister hätte es dir geliehen.»

«Das stimmte nicht. Ich wusste nur, wo er die Schlüssel und die Sturzhelme aufbewahrt. Das ist alles. Die Leute im Krankenhaus hatten erraten, dass wir Deutsche sind. Sie haben die westdeutsche Botschaft angerufen. Und die hat uns vorläufige Pässe ausgestellt und sich bereit erklärt, die Krankenhauskosten zu übernehmen. Wir sind jetzt Westdeutsche.»

Ina wurde kalt. Eiskalt sogar. Am ganzen Körper. Und bis ins Herz. «Und unsere Leute denken jetzt, wir wollten Republikflucht begehen. Wegen des gestohlenen Motorrads und der westdeutschen Botschaft.»

«Ja.»

«Ich will trotzdem zur Botschaft. Ich werde ihnen sagen, wie es gewesen ist. Sie müssen mich zurücklassen nach Leipzig. Ich will keine Westdeutsche sein. Ich habe ein Kind in Ostdeutschland!» Ina brach in Tränen aus. Sie schluchzte so erstickt, dass Jörg hilflos ihre Schulter tätschelte.

«Das geht nicht», sagte er leise. «Wir können nicht zurück. Wir sind jetzt Republikflüchtlinge.»

Er beugte sich über Ina, nahm sie in den Arm, und Ina hing an ihm wie eine Gelenkpuppe und weinte, bis sie vor Erschöpfung einschlief. Und als sie erwachte, da weinte sie wieder. Es war ihr egal, dass sie einen komplizierten Knöchelbruch hatte. Es war ihr auch egal, dass die linke und die rechte Hand so verletzt waren, dass sie weder allein essen noch sich waschen konnte. Alles war ihr egal. Nur Ariane nicht.

Jörg kam jeden Tag, und jeden Tag fragte Ina ihn nach Ariane. «Warst du noch einmal in der Botschaft?», wollte sie wissen.

«Ja. War ich. Aber Manfred Schmidt, unser Botschafter, war nicht da.»

Und am nächsten Tag fragte Ina wieder, und Jörg antwortete: «Ich war dort, aber er hat mich nicht vorgelassen.»

Irgendwann bat Ina eine Schwester, ihr die Nummer der Botschaft der DDR zu besorgen. Und dann rief sie selbst dort an.

«Ina Herbig. Ich hatte einen Unfall. Deshalb konnte ich nicht mit dem Chor nach Hause fahren. Aber ich muss zurück nach Leipzig, ich bin kein Republikflüchtling. Was soll ich tun?»

«Nun, Frau Herbig, Ihnen wurde die Staatsbürgerschaft der Deutschen Demokratischen Republik aberkannt. Wir sind nicht mehr für Sie zuständig. Schließlich hat die westdeutsche Botschaft Ihnen ja Pässe ausgestellt. Wenden Sie sich mit Ihren Fragen künftig dorthin.» Als Ina das hörte, da wollte sie sterben. Sie blieb einfach in ihrem Bett liegen, Augen und Mund fest geschlossen. Sie aß nicht, sie trank nicht, sie bewegte sich nicht. Zwei Tage lang ließen die Ärzte sie so, dann wurde sie an einen Tropf angeschlossen und künstlich ernährt. Sie riss sich den Zugang raus, die Schwester brachte ihn wieder an. Bis Jörg kam. Er setzte sich zu ihr ans Bett. «Jetzt weißt du, warum ich bei der Botschaft nichts erreicht habe. Sie wollen uns nicht mehr.»

Kaum hatte Ina das gehört, brach sie erneut in Tränen aus. «Ich will zu meinem Kind», jammerte sie. «Zu meiner Ariane.»

Jörg strich ihr sanft über den Arm, und als Ina so erschöpft war, dass es für keine einzige Träne, für keinen einzigen Schluchzer mehr reichte, da nahm er ihre Hand in seine und sagte: «Wir holen sie nach. Da gibt es bestimmt einen Weg. Ich kümmere mich darum.»

Und Ina, die nur noch verzweifelt war, sehnte sich so nach dem Lichtstrahl am Horizont, dass sie nicht weiterfragte, sondern nickte und endlich einmal ein paar Stunden am Stück schlief. Als sie erwachte, saß Jörg noch immer oder schon wieder an ihrem Bett. Ina fühlte sich ruhig, beinahe ausgeruht. Jetzt konnte sie nachdenken. Und auf einmal stürzten tausend Fragen auf sie ein. «Wie geht es jetzt weiter?», wollte sie wissen. «Wir haben weder Arbeit noch Wohnung. Wir sind Studenten. Wovon sollen wir leben? Wenn Ariane kommt, brauche ich ein richtiges Zuhause für sie. Aber wovon soll ich das bezahlen? Ich habe mein

Studium noch nicht fertig und kann auch nicht so einfach weiterstudieren, denn ich kann kein Schwedisch.» Das alles stieß sie beinahe atemlos hervor, und dann sah sie Jörg an, als wüsste er allein die Antwort. Tatsächlich hatte er einen weiteren Lichtstrahl für sie. «Du kannst deine Eltern anrufen, wenn du willst. Das Krankenhaus hat es gestattet. Du darfst aus dem Schwesternzimmer telefonieren.»

Und Ina erhob sich, ließ sich von Jörg in den Rollstuhl setzen und zum Schwesternzimmer schieben. Dann erfragte sie die Vorwahl in die Deutsche Demokratische Republik, wählte Bennos Arbeitsstelle an und hatte kurz darauf tatsächlich ihren Vater am Apparat.

«Ina, um Gottes willen, was ist passiert?», fragte er.

Kaum hörte Ina seine Stimme, brach sie in Tränen aus. «Ich hatte einen Unfall. Es geht mir schon besser, aber deshalb habe ich den Bus verpasst, und jetzt darf ich nicht mehr zurück», stieß sie hervor. «Wie geht es Ariane? Wo ist sie jetzt?»

«Es geht ihr gut», sagte Benno, und dann legte er einfach auf.

Benno war nicht böse auf Ina, aber es zerriss ihm das Herz. Er wusste nicht, was er sagen sollte, er wollte es ihr nicht noch schwerer machen. Und auf seiner Arbeitsstelle durfte er selbstverständlich keine Anrufe aus dem nichtsozialistischen Ausland bekommen. Er durfte keinen Kontakt zu seiner Tochter haben, das hatten ihm die Herren Müller und Schulze deutlich gemacht. Es konnte sogar sein, dass er Ariane verlor, wenn er gegen das Kontaktverbot verstieß.

Gleichzeitig war er unglaublich erleichtert, denn Benno und Margarethe hatten keine Sekunde lang geglaubt, dass Ina abgehauen war. Sie wussten, dass sie Ariane nie alleingelassen hätte, auch, wenn Herr Müller und Herr Schulze ihnen etwas anderes gesagt hatten.

Sie hatten vor einer Woche abends bei ihnen geklingelt, als die Aktuelle Kamera lief. Margarethe war beinahe das Herz stehengeblieben. Ihre Hände hatten zu zittern begonnen, und ihre Lider flatterten. Sie musste sich zweimal räuspern, ehe sie die Herren hereinbitten konnte. Und dann hockten sie auf der Couch der Herbigs und sagten: «Wir müssen Ihnen leider mitteilen, dass Ihre Tochter sich unseres Staates nicht würdig erwiesen hat. Sie ist in Schweden geblieben, sie hat Republikflucht begangen.»

Margarethe hatte die Augen aufgerissen: «Wie bitte? Nein, das kann nicht sein. Nicht Ina. Sie hat ein *Kind*! Sie würde Ariane *niemals* alleinlassen.» Empört hatte Margarethe Herrn Müller und Herrn Schulze angefunkelt. Doch Herr Müller hatte gleichgültig die Achseln gezuckt. «Man kennt einen anderen Menschen niemals ganz genau.» Und gerade in diesem Augenblick hatte Ariane, die im Schlafzimmer in ihrem Gitterbettchen schlief, zu weinen begonnen. Margarethe fuhr hoch, rannte beinahe aus dem Zimmer, riss die Kleine aus dem Bett und presste sie an sich, während ihre Tränen der Kleinen ins Haar tropften. Margarethe ließ sich im Wohnzimmer auf die Couch fallen, Ariane fest an sich gedrückt. Benno war aschfahl geworden. «Was passiert jetzt?», fragte er und musste zweimal schlucken. Er fuhr mit dem Zeigefinger zwischen Hemdkragen und Hals und drehte den Kopf, als würde ihm der Kragen die Luft abschnüren. Es gab Gerüchte. Gerüchte über Kinder von Republikflüchtlingen. Sie wurden in Heime gesteckt, auch wenn sie noch Verwandte hatten, bei denen sie hätten bleiben können. Sie wurden zu Waisen gemacht, durften später nicht studieren.

Herr Schulze beugte sich zu Ariane, wedelte mit der Hand vor ihrem Gesicht herum und machte: «Dudududu.»

Margarethe drehte ihren Oberkörper so, dass Ariane nun auf der anderen Seite lag und Herr Schulze nicht mehr an sie herankam.

«Was passiert jetzt?», wiederholte Benno.

«Nun, das Kleinkind Ariane Herbig ist ohne Eltern. Wir werden sie in staatliche Obhut nehmen müssen.»

«NEIN!» Margarethe schrie, so laut sie konnte. «Nein, das dürfen Sie nicht tun. Ariane ist kein Waisenkind, sie hat Großeltern.»

«Das entscheiden nicht Sie!» Herrn Müllers Stimme klang scharf und so schneidend, dass sich Margarethe unter seinen Worten duckte wie unter Schlägen. Dann begann sie noch mehr zu zittern. Ihre Schultern bebten, und sie presste Ariane an sich, als wollte sie das Kind niemals mehr loslassen. Sie blickte zu Benno, und ihr Blick forderte ihn auf, etwas zu tun. Und auch Benno musste sich räuspern, bevor er sagen konnte: «Wir möchten, dass Ariane bei uns bleibt. Was müssen wir dafür tun?»

Kapitel 11

Notfalls hättest du auch zu mir ziehen können», sagte Jolante während der Fahrt von Söderby zum Sommerhaus. Der kleine schwarze Nissan war bis zum Anschlag vollgepackt. Selbst im Fußraum des Beifahrersitzes stand etwas – Gläser mit Marmelade, die Ina Ariane mitgegeben hatte. «Danke», murmelte Ariane und sah in die Landschaft. Das nachträgliche Angebot überraschte sie, sie hatte gedacht, dass es für Jolante das Letzte wäre, ihr Atelier mit der Schwester zu teilen.

«Pass auf!», rief sie plötzlich, und Jolante trat so kräftig auf die Bremse, dass der kleine Wagen schlingerte.

«Was ist denn?»

«Nichts. Ich dachte nur, ich hätte ein Tier gesehen. Entschuldige bitte, ich wollte dich nicht erschrecken.»

«Es ist der Nebel», erklärte Jolante, gar nicht ärgerlich. «Wenn er vom See hochkommt, dann siehst du hier kaum mehr als seltsame Schatten.»

Gerade als es zu nieseln anfing, bog Jolante in den Waldweg zum Sommerhaus ein. Der Boden war schon ein wenig aufgeweicht, und der Regen wurde immer dichter. Als Jolante zwischen den beiden hohen Kiefern parkte, tropfte die Nässe bereits von den Zweigen.

«Komm, ich helfe dir schnell mit den Sachen.» Jolante

schnappte sich die erste Kiste und rannte vom Auto zur überdachten Veranda. Dort stellte sie die Kiste ab, machte Ariane Platz, die die zweite Kiste brachte, und rannte erneut zum Nissan. Nach nicht einmal zehn Minuten war das Auto leer.

Dann saßen sie am Küchentisch und tranken Kaffee, während der Regen gegen die Scheiben trommelte. Jolante hatte selbstgebackene Kanelbullar mitgebracht: «Damit du dich gleich wieder richtig bei uns einlebst.» Schon früher hatte Jolante oft Kamelbullar gebacken. Sie war gerade zehn Jahre alt gewesen, als sie damit angefangen hatte. Allerdings hatte sie keine Schnecken geformt, sondern Zimthasen, Zimtkugeln, Zimtdreiecke, Zimthäuser und Zimtbäume. Heute aber hatte sie richtige Schnecken mitgebracht. Ariane griff sofort zu und biss ein großes Stück davon ab. «Ffie ffmecken köftlich.»

Jolante lachte und blickte Ariane mit leicht geneigtem Kopf an. «Ich habe dich vermisst», sagte sie leise und ungewohnt emotional. «Tatsächlich. Ich habe dich manchmal vermisst.»

Ariane hielt das Gebäckstück zehn Zentimeter vor ihrem Mund starr in die Luft. «Wirklich?», fragte sie.

«Ja.»

Und dann schwiegen sie beide, weil sie einfach nicht wussten, was sich jetzt noch sagen ließ. Sie waren es nicht gewohnt, über Gefühle zu sprechen. Es fühlte sich irgendwie unanständig an. Ariane biss winzige Stücke von der Zimtschnecke ab, kaute jeden Bissen mehr als dreißig Mal, und doch nahm das Stück ab, wurde kleiner, war schließlich ganz in ihrem Mund verschwunden. Sie räusperte sich, wischte sich mit der Hand die Krümel von den Lippen. «Das Manuskript», sagte sie schließlich. «Habt ihr hier gründlich gesucht?»

«Ich habe gesucht. Überall. Ich habe sogar die Dielen abgeklopft nach losen Brettern, aber ich habe nichts gefunden.» Sie trank einen Schluck Kaffee. «Vielleicht hat Mamma recht, vielleicht gibt es dieses Manuskript gar nicht.»

«Dann hätte Papa es nicht in seinem Testament erwähnt.»

«Vielleicht wollte er es schreiben. Vielleicht lagen in seinem Kopf schon etliche dichtbeschriebene Blätter vor. Eines steht aber fest: Du wirst das Manuskript hier nicht finden.»

Den letzten Satz sagte Jolante sehr entschieden. Ariane antwortete nicht. Sie starrte die Schwester an, auf deren rötlichem Haar nun das warme Licht der Küchenlampe lag. Es war, als trüge sie eine Kupferhaube. «Bleib so», bat Ariane. Dann erhob sie sich, rannte die Stufen zum ersten Stockwerk hinauf und holte ihre Kamera. Und dann fotografierte sie ihre Schwester.

«Stütz das Kinn in die Hand», sagte sie, und Jolante tat es. «Wirf dein Haar nach vorn», und Jolante tat es. Ariane knipste wie besessen, stieg auf einen Stuhl, kniete sich auf den Boden, spannte einen Schirm auf, knipste das Licht an und wieder aus. All das tat sie, weil sie plötzlich verliebt war.

Ariane verliebte sich nicht häufig hinter der Kamera in ihr Motiv. Das war nur bei den Fotos so, die sie berührten, die hinterher besser waren als die anderen, die nur gelangen, wenn sie sich gut fühlte. Sie sagte: «Vielleicht gefallen die

Fotos ja dem Wildhüter.» Sogleich schämte sie sich für diesen Satz, denn das Liebesleben von Jolante ging sie nichts an. So eine Art Schwestern waren sie nicht. Sie hatte nie begriffen, warum das so war. Warum sie sich zu Margarethe und Benno hingezogen fühlte, während Jolante ganz die Tochter von Jörg und Ina war.

Jolante lachte. «Ihm werde ich sie bestimmt nicht zeigen, aber vielleicht kann ich eins davon bei meiner nächsten Performance verwenden. Ein Foto, ganz in Glas gehüllt. Wenn du zur Frau auf dem Foto willst, musst du ihre Hülle zerbrechen. So etwas in der Art.» Jolante lachte wieder, und Ariane fühlte sich glücklich. Doch dann blickte Jolante auf ihre Uhr. «Ich muss los, in die Tanke und vorher noch bei Viggo vorbei. War schön bei dir.» Sie stand auf, gab ihrer Schwester einen Kuss auf die Wange, und kurz darauf hörte Ariane Jolantes Nissan über den Waldboden fahren.

Ariane trat auf die Veranda. Sie hatte Lust zu rauchen und klopfte sich eine Zigarette aus der Packung. Sie rauchte selten, und wenn, dann nur, wenn sie allein war. Sie dachte an das Manuskript. Sie war sicher, dass sie das Manuskript hier nicht finden würde. Ob Jolante es hatte? Aber warum sollte sie es verstecken? Ariane meinte die Antwort zu ahnen und zugleich weiter davon entfernt zu sein als je zuvor. Es gab etwas in ihrer Familie, das sie nicht benennen konnte. Sie konnte es auch nicht beschreiben, sondern nur fühlen. Es waren Kleinigkeiten, zum Beispiel, dass Ina Jolante immer küsste, wenn sie sich trafen, Ariane aber nicht. Oder dass Jolante sich im Haushalt ihrer Mutter so auskannte wie wahrscheinlich in ihrem eigenen. War das Salz im Streuer alle, stand Jolante auf, öffnete den richtigen Schrank und befüllte den Streuer, während Ariane keine Ahnung gehabt hätte, wo genau ihre Mutter das Salz aufbewahrte. Jolante kannte sämtliche Kleidergrößen ihrer Mutter auswendig. Sie wusste genau, welches Tuch ihr gefallen könnte und welches nicht, während Ariane nicht einmal genau hätte sagen können, ob ihre Mutter überhaupt Tücher trug, und wenn ja, auf welche Art. Man konnte Tücher so um die Schultern drapieren, dass man aussah wie eine Verkäuferin in einer Parfümeriekette, man konnte sie um den Hals knoten wie eine Stewardess, man konnte sie tragen, als hätte man eine Erkältung, oder auf eine beiläufige Art, die Ariane am besten gefiel und die Art war, wie sie selbst Tücher trug.

Sie warf die Zigarette in den Sand und holte das alte Fahrrad ihres Vaters aus dem Schuppen neben dem Haus. Es hatte inzwischen aufgehört zu regnen, doch der Waldweg war aufgeweicht, sodass sie den Lenker mit beiden Händen fest anpacken musste, um nicht zu schlingern.

Der Elchpark, den Viggo leitete, grenzte beinahe an das Seegrundstück, und nachdem Ariane etwa eine Viertelstunde gefahren war, sah sie Jolantes Auto vor Viggos Waldhaus stehen, das auf der rückwärtigen Seite des Elchparks lag. Sie stieg ab und fragte sich, was sie eigentlich hier wollte. War sie hierhergefahren, um genauer zu ergründen, wie Viggo und Jolante zueinander standen? Oder war sie hierhergefahren, um Jolante zu überprüfen?

Ariane erschrak ein wenig. Ja, das war es. Sie traute ihrer Schwester nicht. Vertraute ihr nicht. Ganz tief in ihrem Inneren war sie sogar davon überzeugt, dass Jolante mehr über das Manuskript wusste, als sie zugab. Ariane fiel der Satz ein, den die Schwester vorhin gesagt hatte: «Eines steht fest: Du wirst das Manuskript hier nicht finden.»

Woher wusste sie das? Sie konnte das doch nur wissen, wenn sie wusste, wo das Manuskript war. Vielleicht hatte sie es in ihrem Atelier versteckt. Aber warum? Was in aller Welt war an diesem Manuskript so gefährlich, dass sowohl Ina als nun auch Jolante alles daransetzten, dass niemand dessen Inhalt erfuhr? Oder täuschte sie sich gewaltig in Jolante? Wusste die Schwester nicht mehr als sie selbst? War das Manuskript bei Viggo? War es dort, weil niemand auf die Idee käme, es dort zu suchen? Niemand außer Ariane?

Sie bockte ihr Fahrrad auf den Ständer, der um die Hausecke herum war, als sie hörte, wie die Tür geöffnet wurde. «Hast du den Korb?», hörte sie Viggo sagen.

«Ja, habe ich. Ob es wohl noch viele Preiselbeeren gibt?» Jolantes Stimme klang unbeschwert.

«Na ja, die alten Damen aus Söderby waren schon unterwegs. Ich hoffe, sie haben uns ein paar übrig gelassen.»

Ariane spähte um die Ecke. Sie sah Viggo und Jolante in Richtung Wald gehen. Eben lachte Jolante auf, lehnte sich beim Gehen kurz an Viggo. Dann löste sie sich, und er sprang hoch und griff im Sprung nach einem nassen Ast, den er über Jolante ausschüttelte, woraufhin sie scheinbar empört aufschrie.

Ariane wartete, bis die beiden nicht mehr zu sehen waren. Sie wusste nicht genau, was sie hier eigentlich wollte. Doch dann fiel ihr ein, dass Viggo und Jörg sich so gut verstanden haben sollten, und sie war sich plötzlich sicher, dass das Manuskript hier in diesem Holzhaus war.

Ariane blickte sich nach allen Seiten um, doch sie sah nur die Eingrenzung des Elchgeheges. Dann stieg sie auf die Veranda und drehte den Türknauf. Wenn abgeschlossen gewesen wäre, dann wäre sie wieder gegangen, sagte Ariane sich später. Doch die Tür gab ihrem Druck nach. Ariane schluckte, verharrte auf der Schwelle, atmete den Geruch ein, den das Haus verströmte. Einen wilden, männlichen Geruch nach Wald und Schweiß und Leder und Tieren. Dann blickte sie noch einmal den Pfad entlang, den Viggo und Jolante gegangen waren, und betrat das Haus. Links ging die Küche ab, also wandte sich Ariane nach rechts, öffnete die nächstliegende Tür und stand im Arbeitszimmer. Ein Schreibtisch befand sich unter dem Fenster, darauf ein Computer und unzählige Zettel, die mit großen, schnörkellosen Buchstaben bedeckt waren. An der Wand hingen in einem Ständer etliche Aktenmappen, daneben stand ein Regal mit Ordnern, die sorgsam beschriftet waren. Darüber hing eine große Karte der Gegend. An der Wand, die dem Fenster gegenüberlag, lehnte ein Sideboard. Darüber hingen Fotos von Elchen, und Ariane war sich sicher, dass Jörg sie gemacht hatte.

Sie ging zum Schreibtisch, zog die oberste Schublade auf. Sie sah Büroklammern, Klebestifte und Tesafilmabroller, Bleistifte, einen Radiergummi und zwei USB-Sticks. Ariane nahm die Sticks und wollte gerade den Computer hochfahren, um zu prüfen, ob darauf eventuell ein Manuskript gespeichert war, da entdeckte sie weiter hinten in der Schublade ein schmales Fotoalbum. Sie holte es raus, setzte sich in den Schreibtischstuhl und blätterte die wenigen Seiten durch. Verwundert zog sie die Augenbrauen zusammen. Auf den ersten Fotos war Jörg zu sehen – ein sehr viel jüngerer Jörg. Gemeinsam mit einer unbekannten Frau und einem kleinen Jungen stand er vor einem Park, den Ariane gut kannte. Es war der Park vor Schloss Drottningholm, dem bevorzugten Wohnsitz der schwedischen Königsfamilie. Hinten auf dem Foto stand die Jahreszahl 1988. Ariane stutzte. 1988? Da waren sie doch alle noch in der DDR gewesen. Sie und Ina und Jörg. Wie kam der Vater nach Schweden? Das war doch damals unmöglich gewesen. Ariane ließ das Album sinken und nagte an ihrer Unterlippe. Sie hatte ein merkwürdiges Gefühl im Magen. Ein ungutes. Eines, das sie gern auf der Stelle wieder loswerden wollte und das sie doch so gut kannte. Ein Gefühl, etwas zu wissen, es aber nicht zu fassen zu kriegen. Ein Gefühl von heraufziehender Gefahr. War das etwa das Familiengeheimnis? Dass Jörg noch eine zweite Familie hatte? War das der Grund für ihr stetiges familiäres Unbehagen? Wusste Jolante mehr darüber als sie? Warum hatte man ihr nichts davon erzählt? Und was hatte Viggo damit zu tun? War er der Junge auf dem Foto? Für einen Moment blieb Ariane die Luft weg. Ihr Herz schlug rasend schnell.

Dann atmete sie tief durch und legte das Fotoalbum so hastig zurück, als wäre es heiß. Sie nahm die beiden USB-Sticks in die Hand und überlegte, ob sie sie einstecken sollte. Doch sie ließ sie zurück in die Schublade gleiten und verließ das Haus.

Ihre Hände zitterten, und ihr Herz schlug noch immer in einem schnellen, harten Rhythmus. Sie war so aufgewühlt, dass sie ihr Fahrrad vergaß. Wie betäubt entfernte sie sich von dem Waldhaus, schlug einfach den nächsten Weg ein, der nach rechts und weiter hinein in den Wald führte. Blicklos rannte sie durch den Nadelwald, stolperte über abgerissene Zweige, rutschte über Zapfen, fiel einmal sogar seitlich in Preiselbeersträucher. Sie lief weiter und immer weiter, presste eine Hand in ihre Seite, weil sie Seitenstechen hatte, rannte weiter. Plötzlich knickte sie um und fühlte sich fallen. Weit fallen, einen Abhang hinab. Ihr rechtes Bein schabte über einen großen Stein, das linke schmerzte so irrsinnig, dass Ariane leise aufschrie. Sie versuchte sich zu halten, kratzte mit den Fingernägeln über weichen Waldboden und blieb endlich am Fuße eines Baumstammes liegen. Kurz schloss sie die Augen, ging in Gedanken ihren ganzen Körper durch. Sie fühlte regelrecht, wie der linke Knöchel anschwoll, das rechte Bein an einer Stelle brannte, ebenso die Handflächen und der rechte Ellbogen. Vorsichtig versuchte sie, ihre Beine zu bewegen, doch der Schmerz, der dadurch im linken Knöchel entstand, ließ sie leise aufkeuchen. Ariane drehte sich auf den Rücken und schaute für einen Augenblick in die Wolken. Ein Turmfalke flog vorüber, von weitem hörte sie das Geschimpfe eines Eichelhähers. Ein paar letzte Regentropfen fielen von den Bäumen wie Tränen.

Und Tränen traten auch ihr in die Augen, liefen seitwärts bis zu ihren Ohren. Ariane wusste nicht genau, warum sie weinte. Da war der Schmerz, da war das Verhältnis zwischen Jörg und Viggo, von dem ihr niemand erzählt hatte. Vielleicht, dachte sie mit einem Mal, wäre ich besser in Leipzig geblieben. Und sie sehnte sich so heftig nach ihrer Oma Margarethe und nach Opa Benno wie selten zuvor. Sie lag eine ganze Weile einfach so auf dem Boden, vielleicht eine halbe Stunde. Dann versuchte sie, sich aufzustützen, doch ihr linker Knöchel war mittlerweile so geschwollen, dass sie nicht mehr auftreten konnte. Sie musste jemanden anrufen. Jemand musste kommen und ihr helfen. Kurz überlegte sie, bei Jolante anzuklingeln, doch Jolante war im Augenblick die letzte Person, die sie sehen wollte. Jolante, die angeblich Schicht in der Tankstelle hatte, aber mit Viggo in den Preiselbeeren war. Jolante, die bestimmt wusste, wer die fremde Frau auf dem Foto war und was Jörg 1988 in Schweden gemacht hatte. Schade nur, dass sie weder Jolante noch Viggo nach der Fotografie fragen konnte, denn sonst käme ihre Schnüffelei ans Licht. Doch jetzt musste sie sich sowieso erst einmal um sich selbst kümmern.

Sollte sie Ina anrufen? Was sollte sie ihr sagen: Ich habe deiner anderen Tochter nachspioniert und mich dabei verletzt? Nein, sie konnte Ina nicht zu Hilfe rufen, weil sie ihre Fragen nicht würde beantworten können. Wer blieb noch? Viggo. Er war der Einzige, der wahrscheinlich keine kompromittierenden Fragen stellen würde. Sie konnte nur hoffen, dass Jolante inzwischen doch zu ihrer Schicht aufgebrochen war. Sie zog ihr Handy aus der Tasche, dankte Gott und sich selbst, dass sie es nicht vergessen hatte, und rief Viggos Nummer an. Ina hatte sie ihr gegeben. «Falls du mal Hilfe im Sommerhaus brauchst. Viggo ist viel näher bei dir, als wir es sind.» Ariane hatte sich in jenem Moment zwar gefragt, woher Inas plötzliche Besorgnis kam, aber jetzt war sie froh, dass sie die Nummer hatte.

Eine halbe Stunde später hielt Viggos Geländewagen auf dem Hang. «Wie ist das denn passiert?», fragte Viggo im Näherkommen. Vorsichtig befühlte er Arianes Knöchel. Und obgleich er wirklich sanft war, schrie sie auf. «Er ist nicht gebrochen», befand Viggo, «sondern nur verstaucht.» Ariane hoffte, dass Viggo sich nicht täuschte, schließlich war er zwar Biologe, aber kein Arzt.

Behutsam half Viggo Ariane auf, stützte sie bis zum Wagen und half ihr hinein. Unterwegs fragte er: «Was hast du im Wald gemacht?»

Ariane überlegte keine Sekunde. «Ich wollte in die Preiselbeeren gehen. Bis zu deinem Haus bin ich mit dem Fahrrad gefahren und anschließend zu Fuß weiter. Wundere dich also nicht, wenn du ein herrenloses Fahrrad neben deinem Haus findest.» Sie hatte schnell gesprochen, beinahe ohne Luft zu holen. Jetzt wartete sie darauf, dass Viggo ihr erzählte, dass auch er und Jolante in den Preiselbeeren gewesen waren. Doch das tat er nicht. Er nickte nur und fuhr konzentriert weiter. Als sie am Sommerhaus angelangt waren, half er ihr aus dem Auto. Ariane tat einen falschen Schritt, schrie auf und wurde gerade so von Viggo aufgefangen. Er hielt sie fest an seine Brust gedrückt, und Ariane roch wieder den Geruch aus dem Haus, den wilden Geruch nach Wald und Leder. Der Geruch hüllte sie ein wie eine warme Decke, und sie erschrak, als sie feststellte, dass sie sich nichts mehr wünschte, als einfach weiter an Viggos

Brust zu liegen und seinen Geruch einzuatmen. Doch dann machte sie sich los. Wütend beinahe.

«Es geht schon», sagte sie und hatte Mühe, in die Realität zu finden. Aber Viggo ließ sie nicht los. Er nahm sie einfach auf den Arm und trug sie zur Veranda. Ariane schloss die Augen. Viggo setzte sie auf einen der Korbstühle, schob wie selbstverständlich eine alte Milchkanne beiseite, zog einen Schlüssel darunter hervor und öffnete damit die Tür.

In der Küche ließ er Ariane auf einen Stuhl sinken, rückte einen zweiten Stuhl näher, damit sie ihren Fuß darauf ausruhen konnte. Dann ließ er das Wasser eine Weile laufen, bis es richtig kalt war, hielt ein Geschirrtuch unter den Strahl, zog ihr behutsam Schuh und Strumpf aus und wickelte das Leinentuch um Arianes Knöchel, der nicht nur stark geschwollen war, sondern auch schon in seltsamen Tönen schimmerte.

Als Viggo damit fertig war, fragte er: «Ein Gläschen Wodka auf den Schreck? Ich bin sicher, wir finden hier noch eine Flasche von Jörgs finnischem Allheilmittel.»

«Ja, bitte.» Ariane ließ ihren Kopf in den Nacken sinken. Sie fühlte sich urplötzlich wahnsinnig müde.

«Ist es so schlimm?», hörte sie Viggo fragen.

«Ja.» Ariane spürte, wie ihr die Tränen über die Wangen liefen.

«Ich könnte dich zum Arzt nach Söderby fahren.»

«Es ist nicht der Fuß.»

«Was dann?»

Jetzt wäre der Zeitpunkt gewesen, um alles zu erfragen, was sie wissen wollte. Aber plötzlich hatte sie keinerlei Bedürfnis mehr danach. Sie wollte nur noch in Ruhe gelassen werden. Oder nein, sie wollte in den Arm genommen werden. Sie wollte, dass jemand an ihrem Bettrand saß, ihr die Haare aus dem Gesicht strich und beruhigende Laute machte. Sie wollte wieder Kind sein. Dazugehören. Auch zu Viggo.

«Das Leben», erwiderte sie schließlich. «Manchmal ist es wirklich einfach anstrengend.»

«Soll ich dir nach oben helfen?», fragte Viggo.

«Würdest du dich zu mir setzen und mir etwas erzählen?» Ariane konnte nicht glauben, dass sie diese Worte tatsächlich ausgesprochen hatte. Sie hatte Viggo erst ein halbes Dutzend Mal gesehen. Sie waren nicht vertraut miteinander. Dennoch hatte Ariane das Gefühl, dass Viggo sie einfach nahm, wie sie war. Und wenn es stimmte, was sie dachte, dann hatte sie sich eben geschwisterlich an Viggo gewandt.

«Ja. Das würde ich. Komm hoch.» Viggo war aufgestanden und zu Ariane getreten. Sie schlang ihre Arme um seinen Hals, und Viggo hob sie hoch, trug sie die Treppe hinauf, als wäre sie nicht schwerer als ein Notenbündel. Dann legte er sie auf dem Bett ab. «Ich lass dich kurz allein, dann kannst du dich fertig machen.»

Beinahe widerwillig nickte Ariane. Sie wusste nicht, wieso, aber sie hatte sich seit ihrer ersten Begegnung zu Viggo hingezogen gefühlt. Ob es so etwas wie Geschwisterblut gab? Ob man sich ohne Worte erkannte? Ob die Gene auf eine geheimnisvolle Weise miteinander kommunizierten? Doch sie hatte keine Ahnung, ob Viggo das Gleiche empfand, deshalb nickte sie eben. Viggo ging, und Ariane humpelte zum Badezimmer, wusch sich, zog sich aus und legte sich ins Bett. Die Bettdecke, die den halben Tag im Fenster zum Auslüften gehangen hatte, war kühl. Sie roch nach dem See und nach Nadelwald. Ein Geruch, in dem sich Ariane zu Hause fühlte, der sie tröstete. Dann kam Viggo und setzte sich zu ihr, und Ariane konnte nicht anders, als aus ganzem Herzen zu sagen:

«Danke. Danke für alles.»

«Du bist ja nicht ansteckend. Und so konnte ich mich endlich mal als Ritter beweisen. Das wollte ich schon immer mal tun, weißt du?»

Ariane sah, dass seine blauen Augen an wenigen Stellen braun gepunktet waren. Sein Mund schien etwas zu breit für den eines Mannes, aber vielleicht erweckte der Dreitagebart diesen Eindruck. Wenn er lachte, dann nicht versteckt, sondern mit nach hinten gelegtem Kopf und mit Tönen, die tief aus der Kehle kamen. Er war sehr groß, beinahe 1,90 Meter, und er war schmal, fast zu schmal für seine Größe. Er zog Arianes Bettdecke ungeschickt glatt und räusperte sich. «Dein Fahrrad bringe ich dir morgen noch vorbei. Oder einen Rollstuhl – je nachdem. So, und jetzt sag: Was soll ich dir erzählen?»

Mit einem Schlag bemerkte Ariane, wie unbeschreiblich müde sie war. Müde, aber auch glücklich. «Erzähl mir etwas über dich», bat sie schläfrig. Sie kuschelte sich in ihr Kissen, lächelte, als Viggo ihre freie Hand in seine nahm, und dann begann er: «Es war einmal ein kleiner Junge.»

Kapitel 12

1987

Herr Müller nahm sich ein Bier aus dem Getränkekorb, als wäre er bei ihnen zu Hause. Er angelte nach dem Öffner, ließ den Kronkorken wegspringen, dann setzte er die Flasche an und trank. Margarethe und Benno sahen fassungslos und vor Angst ganz klein dabei zu.

«Was Sie dafür tun müssen, wollen Sie wissen?» Herr Müller setzte die Flasche ab und wechselte einen Blick mit Herrn Schulze. «Nun, ich bin nicht sicher, ob sich in dieser Sache überhaupt noch etwas tun lässt. Vielleicht sollten Sie anfangen, die Sachen des Kindes einzupacken.»

Margarethe schrie auf, die Augen schreckgeweitet. Sie fasste nach Herrn Müllers Hand. «Das dürfen Sie nicht», flüsterte sie.

Herr Müller verzog den Mund. «Sie wissen, wir dürfen alles», sagte er und entzog Margarethe seine Hand. Da begann Margarethe zu weinen. So schmerzlich, wie es nur eine Frau konnte, die im Begriff war, ein Kind zu verlieren. Benno war bleich wie eine Wand. Er hatte die Hände ineinander verschlungen, so fest, dass die Haut weißblau schimmerte. «Sie sind sicher, dass es keine Möglichkeit gibt?», fragte er nach.

Herr Schulze blickte ihn prüfend an. «Eine Möglichkeit gäbe es.»

«Was für eine? Ich bin bereit, dafür alles zu tun.»

«Brechen Sie jeglichen Kontakt zu Ihrer Tochter Ina ab.»

«Was?» Benno wurde noch weißer. Er schüttelte den Kopf. «Nein. Nein, das geht nicht. Das kann ich nicht. Alles, aber nicht das. Ich will meine Tochter nicht verlieren.»

Herr Schulze zuckte mit den Achseln. «Es ist Ihre Tochter, die im Westen geblieben ist. Und ich bin wirklich nicht sicher, welchen Anteil Sie als Eltern daran haben.»

Margarethe griff nach Bennos Hand, führte sie an ihren Mund, küsste sie. «Gib dir einen Ruck, Benno», flüsterte sie. «Gib dir einen Ruck, damit wir nicht noch Ariane verlieren.» Ihre Tränen tropften dabei auf seinen Handrücken, und Benno starrte auf den nassen Fleck, als könnte der ihm helfen.

«Gut», sagte er schließlich. «Ich werde meine eigene Tochter verleugnen, um meine Enkeltochter zu retten.»

«Na, na», fiel ihm Herr Müller ins Wort. «Wie sich das anhört! Wir sind doch keine Unmenschen. Übrigens wäre es auch von Vorteil, wenn Sie endlich Mitglied der Sozialistischen Einheitspartei Deutschlands werden würden. Das würde noch einmal unterstreichen, dass Sie unserer DDR treu ergeben sind.»

Benno und Margarethe schwiegen. Dann nickte Benno. Da hob Herr Müller seine Bierflasche: «Unter Kollegen und Genossen duzt man sich. Prost, Benno. Ich heiße Klaus.»

Ina wusste nicht, wie Jörg es geschafft hatte, aber als sie aus dem Krankenhaus entlassen wurde, da hatte er bereits zwei Plätze in einem Wohnheim für Flüchtlinge besorgt. Ina und Jörg teilten sich ein Zimmer. «Hast du ihnen gesagt, wir sind zusammen?», fragte Ina.

Jörg nickte und blickte zu Boden.

«Warum?»

«So ist es leichter. Zu zweit ist es immer leichter als allein.»

Ina nickte, obwohl sie nicht glaubte, was Jörg sagte. Es war nicht leichter zu zweit. Nichts war leicht, nichts würde je wieder leicht sein. Sie hatte ihre Tochter verloren. Für immer.

Tagelang hockte Ina auf einem weißen Plastikstuhl in der Unterkunft und starrte vor sich hin. Sie ging nicht in die Kantine, um dort mit den anderen Flüchtlingen zu essen. Sie verließ den Stuhl nur, um sich ins Bett zu legen. Sie sprach nicht, nicht einmal im Schwedisch-Sprachkurs, den sie mit Jörg zusammen besuchte. Einmal wurde sie einem Arzt vorgestellt, der ihr auf Englisch sagte, dass sie unter Depressionen leide. Er wollte ihr Psychopharmaka verschreiben, aber Ina lehnte ab. Sie glaubte nicht, dass Tabletten ihr über den Verlust ihrer Tochter hinweghelfen würden. Und dann kam eines Tages Jörg mit einem DIN-A4-Umschlag voller leerer Formulare. Er setzte sich Ina gegenüber und sah ihr ins Gesicht. «Ich möchte, dass du mir gut zuhörst», sagte er. Ina reagierte nicht. Er nahm ihre Hand, schüttelte sie, doch Ina reagierte noch immer nicht. Schließlich stand er auf, packte sie an beiden Schultern und rüttelte an ihr, als wäre sie ein vollbehängter Apfelbaum. Endlich hob sie den Blick, sah ihm ins Gesicht. «Es gibt eine Lösung», flüsterte Jörg. «Ich komme gerade von der westdeutschen Botschaft.»

Ina blinzelte.

«Sie sagen, sie kümmern sich darum, dass Ariane ausreisen und zu dir kommen kann.»

Jetzt kam Leben in Ina. Sie spannte den Körper an. «Erzähl mir alles.»

«Es gibt eine Möglichkeit, Ariane nach Schweden zu holen. Es gibt Formulare dafür. Schau, ich habe sie gleich mitgebracht.»

Ina fühlte sich wie jemand, bei dem ein Arzt eine tödliche Krankheit diagnostiziert hatte, und nun war ein anderer gekommen, der von einer Fehldiagnose sprach. «Wirklich?» Ihre Stimme klang blass, sie musste sich räuspern.

«Ja. Wirklich. Das Verfahren kann allerdings bis zu fünf Jahre dauern.»

Ina schluckte. «Fünf Jahre sind weniger als die Ewigkeit.»

«Man kann das Verfahren auch beschleunigen.»

«Wie?» Inas Finger krallten sich so heftig in Jörgs Arm, dass es weh tat.

«Wir könnten heiraten. Dann wäre sichergestellt, dass Ariane in eine richtige Familie kommt.»

«Heiraten?» Ina blickte Jörg an, als hätte sie keine Ahnung, was das Wort bedeutete.

«Ja. Heiraten. Du und ich.»

Ina zog die Stirn kraus. «Aber wir sind kein Paar, wir sind nicht einmal ineinander verliebt.»

Jörg nahm ihre rechte Hand zwischen seine beiden Hände. Die Hand war eiskalt, und er rubbelte sie warm. «Ja, schon. Aber für Ariane könnten wir so tun, als ob. Und wer weiß, vielleicht lernen wir ja, uns zu lieben. Ich jedenfalls kann mir das gut vorstellen.»

Ina nickte. Und wagte ein zaghaftes Lächeln. «Ja. Vielleicht», sagte sie. «Und wenn sie dann hier ist, können wir uns auch wieder scheiden lassen.» Ihr Lächeln wurde ein wenig breiter, aber dann stutzte sie. «Warum machst du das eigentlich? Es ist mein Kind. Du liebst mich nicht. Warum willst du mir dann helfen?»

Jörg seufzte. «Ich bin schuld», sagte er und starrte auf seine Hände, die noch immer Inas hielten.

«Das ist Quatsch», erklärte Ina, «ich wollte doch unbedingt die Brille holen.»

Jörg sah aus, als wollte er noch etwas sagen, doch dann schwieg er. Ina fragte nicht weiter. Sie wollte das Geschehene jetzt nicht ausführlicher diskutieren. Wichtig war nur, dass es eine winzige Chance gab, Ariane nach Schweden zu holen.

Von diesem Tag an änderte sich alles in Inas Leben. Sie schöpfte wieder Mut. Den Schwedischkurs bestand sie als Beste der Klasse. Die Hochzeit wurde mit einem Rührkuchen und einer Flasche Perlwein in der Einrichtung gefeiert. Sie bekamen ein Doppelzimmer, an dessen Ehebett rote Luftballons gebunden waren. Und dann warf Ina ihren Brautstrauß, den Jörg an einer Tankstelle gekauft hatte, in die Menge der anderen Bewohner des Aufnahmeheimes, und diese klatschten und machten Witze über die Hochzeitsnacht. Jörg nahm Ina an die Hand, und dann betraten die beiden ihr neues Zimmer.

Ina setzte sich unbefangen auf das Bett, zog ihre Schuhe aus und danach die Strumpfhosen, wackelte mit den Zehen und gähnte. Dann lächelte sie Jörg an, entschuldigte sich, dass sie sich nicht die Hand vor den Mund gehalten hatte. «Ich freue mich auf morgen», sagte sie. «Man hat mir erlaubt, mit meinen Eltern zu telefonieren. Außerdem habe ich ihnen mehrere Briefe geschrieben. Aber bislang ist keine Antwort gekommen.» Sie brach ab, stand auf, zog sich das Kleid über den Kopf, stand in BH und Schlüpfer da. «Vielleicht sind meine Eltern sauer auf mich», überlegte sie laut.

«Oder die Stasi hält die Briefe zurück», ergänzte Jörg.

«Meine oder ihre?»

Jörg zuckte mit den Achseln. «Wahrscheinlich beide. Wirst du deinen Eltern sagen, dass wir geheiratet haben?»

Ina nickte. «Sie sind meine Eltern.»

«Und wirst du ihnen auch sagen, was für eine Art Ehe wir führen?»

Ina lächelte. Sie tat es mit schräggelegtem Kopf, sodass es beinahe kokett wirkte. «Was für eine Art Ehe führen wir denn?»

Jörg sah sie unsicher an. «Ähm. Ich weiß es nicht. Sag du es mir.»

Das kokette Lächeln verschwand aus Inas Gesicht. «Ich habe mir meine Hochzeit immer ganz anders vorgestellt», sagte sie.

Jörg trat zu ihr, nahm sie in den Arm. Ina spürte die Wärme seiner Haut, roch seinen Duft. Seine Hände glitten über ihre Rippen, und Ina fiel zum ersten Mal auf, wie stark sie in den letzten beiden Monaten abgenommen hatte. Sie glaubte ihm, dass er sich um sie sorgte.

«Ich werde immer für dich da sein», flüsterte er.

Ina hatte ihren Kopf an seine Brust gelegt. «Ich werde auch für dich da sein», sagte sie leise. Dann löste sie sich von ihm, zog ungeniert den BH aus und schlüpfte in ein Schlafhemdchen. Sie kuschelte sich in das Kissen, drehte den Kopf zur Außenseite des Bettes und sagte leise: «Gute Nacht, schlaf schön.»

Kapitel 13

Als Ariane am Morgen erwachte, tat ihr Knöchel nur noch halb so weh. Viggo war fort – natürlich. Er war sicher gegangen, als sie eingeschlafen war. Sie wickelte eine elastische Binde um ihr Fußgelenk und versuchte zu laufen. Das ging nur in ihren alten Birkenstocklatschen, aber die waren besser als nichts. Dann frühstückte sie und sah aus dem Fenster ihr Fahrrad an der Veranda lehnen. Sie lächelte.

Eine halbe Stunde später fuhr sie, langsam und vorsichtig, zu ihrer Mutter in die Musikalienhandlung. Als sie die Tür öffnete, klingelte es, und Ina kam hinter dem Vorhang hervor, der eine kleine Teeküche vom Ladenbereich trennte. «Oh, guten Morgen», sagte Ina und lächelte ein wenig. Sie standen voreinander, Mutter und Tochter, und wieder war da diese Befangenheit. «Ich dachte, ich könnte dir mal einen Besuch abstatten», sagte Ariane.

«Das ist schön. Es gibt gerade nicht viel zu tun. Im Spätherbst gibt es kaum noch Touristen hier.» Sie sah auf Arianes Fuß. «Hast du dich verletzt?»

«Ja. Ich bin umgeknickt.»

«Kann ich etwas für dich tun? Brauchst du etwas? Soll ich in die Apotheke gehen?»

«Nein. Danke schön. Es ist viel weniger schlimm, als es aussieht.»

Ariane blickte sich unschlüssig im Laden um. Sie hatte die halbe Nacht lang wach gelegen und nachgedacht. Über Viggo. Über Jörg. Über Jolante und über Ina. Sie hätte ihre Mutter jetzt gern nach der Wahrheit gefragt, doch das wagte sie nicht. Also fragte sie: «Kennst du Viggo schon lange?»

«Ein paar Jahre.» Ina nahm einige Klaviernoten vom Tisch und ordnete sie in einem Regal ein.

«Stimmt es, dass er so einen guten Draht zu Papa hatte?»

«Ja. Das stimmt. Sie haben viel zusammen unternommen.»

«Warum?», wollte Ariane wissen, doch in diesem Augenblick kam Frau Bengtzon von der Kaffeerösterei in den Laden. «Hallo, Ina», grüßte sie und betrachtete Ariane von oben bis unten.

«Guten Tag, Frau Bengtzon», machte Ariane und konnte sich ein Grinsen nicht verkneifen.

«Ich habe gehört, du wärst zurückgekommen?»

Ariane nickte. «Für eine Zeit erst einmal. Was später sein wird, das weiß ich noch nicht.»

«Kann ich etwas für dich tun?», wollte Ina von Frau Bengtzon wissen.

«Äh ... ja, ich wollte nur fragen, ob der Postbote vielleicht ein Paket für mich bei euch abgegeben hat.»

Ina kniff die Augen ein wenig zusammen. «Warum sollte er das tun? Das Café ist doch den ganzen Tag geöffnet.»

«Na ja, du weißt doch, wie diese Postleute sind. Immer in Eile. Da kann es schon mal zu Verwechslungen kommen.» Sie rieb sich die Hände, und Ariane fragte sich, ob es eine Geste der Verlegenheit war. Dann drehte sich Frau Bengtzon wieder zu ihr. «Na dann, herzlich willkommen zurück.» Sie nickte Ina zu und verließ den Laden.

Ina lächelte. «Jetzt weiß sie endlich, was sie schon lange wissen wollte.»

«Was denn?»

«Nun, was du hier tust.»

Ariane nickte, dann wiederholte sie ihre Frage von vorher: «Warum haben Papa und Viggo sich so gut verstanden? Warum haben sie so viel miteinander unternommen?»

«Warum nicht?»

Ariane zuckte mit den Schultern. «Eine Freundschaft zwischen zwei so unterschiedlichen Männern ist doch etwas Besonderes. Oder war es gar keine Freundschaft?»

Ina ließ die Noten sinken. «Was willst du, Ariane? Worauf zielen deine Fragen?»

Ariane schwieg. Wenn sie sich nicht traute, die richtigen Fragen zu stellen, dann würde sie von Ina auch keine Antworten bekommen, so viel war ihr klar. Und vielleicht nicht einmal dann.

Ina seufzte. «Komm, ich mache uns einen Kaffee. Hier im Laden ist im Augenblick sowieso nichts los.»

Eine Viertelstunde später saßen die beiden bei geöffnetem Vorhang in der Teeküche. Ina hatte sich so hingesetzt, dass sie den Laden im Blick hatte, aber es kam noch immer kein Kunde.

Inas Gesicht hatte sich verschlossen. Der Mund war schmal, die Augen ohne Glanz, aber ein wenig zusammengekniffen. Schon immer hatte Ariane diesen Gesichtsausdruck ihrer Mutter als Signal dafür genommen, dass sie beinahe zu weit gegangen war.

«Was willst du eigentlich jetzt machen?», fragte Ina schließlich.

«Wie? Was meinst du?»

«Beruflich, meine ich. Du könntest hier im Laden arbeiten. Dann würde ich Frau Broder sagen, dass ich sie im Augenblick nicht brauche.»

Ariane zögerte kurz. Natürlich hatte sie sich in den letzten Tagen Gedanken über ihre berufliche Zukunft gemacht. Und sie hatte auch über die Möglichkeit nachgedacht, mit Ina im Laden zu arbeiten. Sie hatte gedacht, dass es vielleicht eine gute Möglichkeit wäre, ihrer Mutter näherzukommen. Aber dann hatte sie sich gefragt, ob sie ihrer Mutter überhaupt näherkommen wollte. Wollte sie mehr von und über Ina wissen als bisher? War sie bereit, sich mit Ina auseinanderzusetzen, oder war ihr die Distanz am Ende doch lieber? Ariane hatte keine Antwort auf diese Fragen finden können. Und dann war ihr gestern Abend ein ganz anderer Gedanke gekommen, nämlich dass sie gern einen kleinen Film über den Elchpark drehen würde. Und vorhin hatte sie kurzerhand Johann Speckhals in Leipzig angerufen und gefragt, ob er an einer solchen Dokumentation Interesse hätte. Und Johann Speckhals hatte tatsächlich ja gesagt!

«Ich werde einen Dokumentarfilm drehen», sagte sie. «Ich habe schon mit dem Sender gesprochen. Über den Elchpark.»

Ina nickte. «Das hört sich gut an. Wird Viggo eine Rolle dabei spielen?»

«Ja. Das wird er.» Ariane erhob sich, ging in Richtung Tür, fasste nach der Klinke. «Ist Viggo mein Bruder?», fragte sie und richtete dabei ihren Blick hinaus auf die Straße. Sie hörte Ina mit Papier rascheln. Es dauerte ein wenig, bis die Antwort kam: «Nein. Viggo ist nicht dein Bruder.»

Ariane wartete ein paar Tage, bis es ihrem Knöchel wieder besser ging. Dann fuhr sie zum Elchpark. Sie stellte ihr Fahrrad an den Rand des PKW-Parkplatzes und betrat das Gebäude, in dem nicht nur die Verwaltung des Parks ihren Sitz hatte, sondern sich im Erdgeschoss der Souvenirshop befand und außerdem ein Dokumentationszentrum über die Geschichte der Elche in Schweden und insbesondere in Småland. Sie kaufte eine Eintrittskarte und bestellte für später einen Grillplatz und Elchwürstchen. Dann schulterte sie ihre Fototasche und machte sich auf den Rundweg. Sie hatte die Videokamera nicht dabei, denn sie wollte sich erst einmal einen Eindruck verschaffen und ein kleines Konzept erarbeiten, um es an Johann Speckhals zu schicken.

Als Erstes kam sie an einem Gehege vorbei, in dem eine Elchkuh mit ihrem Kalb an einer Wasserstelle stand und trank. Die beiden Tiere waren knapp zwanzig Meter von Ariane entfernt. Sie kannte Elche seit ihrer Kindheit. Sie hatte sie in den Elchparks gesehen, in die sie oft mit ihrer Schulklasse gefahren war.

Manchmal hatten die Eltern mit Jolante und ihr auf langen Autofahrten Spiele gespielt. Eines davon hieß: Wenn ich ein Tier wäre, welches wäre ich dann? Und Jörg hatte einmal gesagt, Ariane erinnere ihn an einen Elch.

«Wieso?», hatte Ariane gefragt und nicht gewusst, ob sie geschmeichelt oder beleidigt sein sollte.

«Es sind sehr schöne und stolze Tiere, aber sie sind auch scheu. In ihnen wohnt eine große Kraft, und zugleich haben sie etwas Zärtliches an sich. Wie du, Ariane.» Da hatte sie sich gefreut, hatte sich besonders gefühlt und den großen, graubraunen Tieren besonders nahe. Das war bis heute so geblieben. Mehr noch: Oft hatte sie sogar geglaubt, dass die Elche in ihr eine Verwandte sahen. Aber darüber hatte sie noch nie mit irgendjemandem gesprochen. Das war ihr Geheimnis, ebenso wie der Glaube, dass sie, wenn sie schon einmal gelebt haben sollte, sicher eine Elchkuh gewesen war.

Sie stellte ihre schwere Fototasche ab, schraubte ein Teleobjektiv auf ihre EOS 7d und knipste rasch hintereinander ein Dutzend Bilder von dem Elchkalb und seiner Mutter. Als sie damit fertig war, stand sie noch lange am Rande des Geheges und beobachtete die Tiere. Sie fühlte sich leicht dabei und sogar glücklich. Die Elche beruhigten sie. Die große Elchkuh schnaubte leise, während das Kalb an ihr saugte. Erst, als die beiden Elche hinter Bäumen verschwanden, ging Ariane weiter. Sie war gern im Wald. Sie mochte den Duft nach Sandboden, Kiefern und Harz. Sie mochte die Geräusche: den leisen Wind in den Bäumen, das Knacken des Holzes, den kleinen Knall, mit dem ein Zapfen zu Boden fiel. Sie lief langsam den gut zwei Kilometer langen Rundweg, sah dabei einen weiteren Elch am Rande eines Unterholzes liegen, einen anderen in der Nähe einer Wasserstelle und dann noch einmal die Elchkuh mit ihrem Kalb, die in einiger Entfernung vorübertrabten. Sie machte keine Fotos mehr, sie schaute, lauschte, roch und versuchte, ein Gefühl für den kleinen Dokumentarfilm zu bekommen.

Als sie das Ende des Rundweges erreicht hatte, stand vor ihr Viggo an einem Grill und legte mit einer Zange mehrere Elchwürste nebeneinander. Als er sie sah, lächelte er. «Ich habe dich vorhin im Wald gesehen und dann erfahren, dass du Würste bestellt hast. Darf ich mich zu dir setzen?»

«Natürlich, das würde mich freuen.» Ariane stellte ihre schwere Fototasche ab und nahm dankbar die Wasserflasche, die Viggo ihr reichte.

«Die Würste sind gleich fertig», sagte er. «Ich hoffe, dass du mir beim Essen erzählen wirst, was eine Frau wie du in einem Elchpark macht.»

Ariane zog die Augenbrauen leicht in die Höhe. «Wieso? Was ist so ungewöhnlich daran?» Sie betrachtete ihn genauer. Er trug eine abgewetzte Wildlederhose, darüber ein rotkariertes Hemd und derbe Schuhe. An seinem Gürtel hingen zwei Futterale, eines für ein Messer, das andere für eine Axt.

Viggo lachte. «Du bist Schwedin. Elchparks sind für Touristen. Und nur Touristen kaufen im Elchpark Elchwürste und kriegen sie dann doch nicht runter, weil das Elchkalb, das sie gerade gesehen haben, so niedlich war. Schweden kaufen ihr Elchfleisch einfach im Supermarkt und machen sich keine Gedanken um niedliche Elchkälbchen.»

Jetzt musste auch Ariane lachen. «Ich habe noch nie Elchfleisch gegessen. Kannst du dir das vorstellen? Es stimmt. Ich habe irgendwie eine besondere Beziehung zu den Tieren und wollte sie deshalb nie essen. Aber jetzt werde ich es tun.»

«Warum?»

«Ich möchte einen Dokumentarfilm über den Elchpark drehen. Natürlich nur, wenn du es erlaubst. Und dazu gehören nun einmal gegrillte Elchwürste. Ich muss sie probieren, wenn ich darüber berichten soll. Auch, wenn sie mir wahrscheinlich im Hals stecken bleiben.»

«Einen Dokumentarfilm wofür?»

«Für das deutsche Fernsehen. Schweden ist gerade eines der Länder, die in Deutschland im Trend liegen.»

«Meine Erlaubnis hast du. Du kannst alles tun, solange es den Tieren nicht schadet. Und wenn du Fragen hast, dann immer raus damit.»

«Ich dachte», fuhr Ariane leise fort, «dass du in diesem Film mitspielen könntest. Ich würde dich gern interviewen.»

Viggo verzog das Gesicht. «Ich bin nicht fernsehtauglich.»

«Wieso nicht?», wollte Ariane wissen und betrachtete ihn. Und wieder fand sie ihn mit seinen blauen Augen und den halblangen Haaren sehr attraktiv. Doch jetzt, hier draußen im Wald, da sah sie ihn noch einmal in einem anderen Licht. Er passte hierher. Er war der Wildhüter. Selbst wild und ein bisschen unberechenbar wie die Natur.

«Warum siehst du mich so an?», fragte er. Er lächelte dabei nicht, sondern zog eine Augenbraue ein kleines Stück in die Höhe.

Ariane öffnete den Mund. Beinahe hätte sie gesagt: «Du

gefällst mir.» Das hatte sie noch nie getan, noch zu keinem Mann gesagt. Aber mit Viggo war alles irgendwie leicht. Bei ihm hatte sie den Eindruck, so ziemlich alles sagen und machen zu können. Ein sehr ungewohntes Gefühl für Ariane.

Sie lächelte und zuckte dann leicht mit den Achseln. «Es ist nichts. Nur schön. Sonst nichts.»

Da lächelte Viggo zurück, hielt ihren Blick fest, und Ariane meinte zu spüren, wie sein Blick sie streichelte. «Das Essen ist fertig.»

Mit der Grillzange nahm er die Würstchen vom Feuer und setzte sich zu Ariane an den Holztisch. Dann bückte er sich zu einem Jutesack und holte zwei Flaschen Bier daraus hervor. «Magst du?»

Ariane nickte. Viggo öffnete die Flaschen, reichte ihr eine, stieß dann mit ihr an und setzte die Flasche an seine Lippen. Es gluckerte, und Ariane musste lächeln.

Ariane aß gerade mal ein Stück der Elchwurst. Sie brachte einfach nicht mehr herunter. Gerade eben hatte man die Tiere noch bestaunt, und jetzt hatte man ein Stück davon auf dem Teller. Als hätte man in einem Restaurant im Schlachthof eine Schlachtplatte bestellt. Ob es so etwas gab? Sie schob ihre angeschnittene Wurst von sich.

«Schmeckt es dir nicht?», wollte Viggo wissen.

Ariane schüttelte den Kopf. «Nein, gar nicht. Ich glaube, ich mag die Tiere viel zu sehr, als dass ich sie essen könnte.»

«Dann ist der Elch umsonst gestorben?»

«Guter Einwand!» Arianne lächelte und schob den Teller zu Viggo hinüber, der die Wurst mit einem Grinsen aß.

Ariane wollte für das Bier und die Würste bezahlen, doch Viggo winkte ab. «Du bist eingeladen», sagte er. Und dann standen beide unsicher voreinander. Ariane hatte keine Ahnung, wie sie jetzt gehen sollte. Am liebsten wäre sie bei Viggo geblieben, hätte ihn so viele Dinge gefragt, mit ihm gesprochen und gelacht. Und Viggo sah sie wieder mit diesem dunklen, geheimnisvollen, leicht belustigten Blick an und schien auch nicht zu wissen, was zu tun war. Doch dann nahm er sie plötzlich kurz in die Arme, drückte sie kräftig und sagte einfach: «Tschüs. Ich warte auf dich und deine Fragen.» Und Ariane blieb nichts, als zu antworten: «Ja. Tschüs dann.»

Kaum hatte sie sich umgedreht, begannen ihre Gedanken zu kreisen. Sie benahmen sich doch beide seltsam. Sie vielleicht noch mehr als Viggo. Irgendwie unsicher, vielleicht aus Angst, alles zu verderben. Sie hatte lange nicht mehr so empfunden. Nicht einmal bei David war es so gewesen. Plötzlich fühlte sie sich leicht und übermütig. Sie trat in die Pedale ihres Fahrrades, dann ließ sie den Lenker los, breitete die Arme aus und lachte. Hinter ihr hupte es. Ariane erschrak, fasste wieder nach ihrem Fahrrad. Ein Auto überholte sie, der ältere Mann darin winkte ihr zu.

Eine Stunde später saß Ariane auf der Veranda des Sommerhauses. Sie hatte sich eine dicke Strickjacke angezogen und eine Decke über die Beine gelegt. Der November hatte gerade begonnen, und die Tage wurden kälter. In der Nacht, in der Viggo noch eine Weile bei ihr gewesen war, hatte es sogar einen kleinen Sturm gegeben. Er hatte an den Fensterläden gerüttelt, hatte im Kamin geheult und die Bäume rings um das Sommerhaus zum Knarren gebracht. Jetzt ging nur eine leichte Brise, die über die Oberfläche des Sees kleine Wellen schickte. Vor Ariane stand ihr Laptop. Eigentlich hatte sie vorgehabt, am Konzept der Doku zu arbeiten, stattdessen schaute sie aber alle paar Augenblicke auf ihr Handy. Sie hatte WhatsApp geöffnet. Und kaum piepste das Handy, da riss sie es schon hoch.

«Danke für die Einladung», hatte sie an Viggo geschrieben.

«Gern geschehen. Wenn du immer so wenig isst, lad ich dich bald wieder ein», hatte Viggo geantwortet und ein Smiley dazugesetzt.

Ariane antwortete: «Vorher muss ich erst noch prüfen, wie viel deutsches Essen du verträgst. Zum Beispiel, indem ich koche. Sauerkraut!!!»

«Ich kann es kaum erwarten», schrieb Viggo und fügte ein lachendes Gesicht an.

Ariane grinste vor sich hin. Sie biss auf einem Bleistift herum, mit dem sie sich normalerweise kleine Stichpunkte zu den Fotos machte. Viggo hatte erwähnt, dass er am nächsten Tag freihatte. Sollte sie? Sollte sie es wagen, ihn zu einem Ausflug zu überreden? Sie würde so furchtbar gern einmal wieder nach Gränna fahren, in die Zuckerstangenstadt am Ufer des zweitgrößten schwedischen Sees. Sollte sie? Oder wäre das zu schnell? Zu forsch? Zu aufdringlich?

Schließlich tat sie es. «Hast du Lust, morgen mit mir nach Gränna zu fahren?», schrieb sie, dann warf sie das Handy geradezu auf den Tisch, als wäre es kochendheiß. Es dauerte keine Minute, da traf Viggos Antwort ein: «Bringst du eine Picknickdecke mit? Ich sorge für die Getränke.»

Ariane lachte. So richtig von Herzen. Und dann trug sie ihren Computer ins Haus, schwang sich auf ihr Fahrrad und fuhr in den Supermarkt nach Söderby. Sie kaufte rotbackige Äpfel, blaue Weintrauben, Käse aus Frankreich, Walnussbrot und Schokolade. Sie hatte auch noch an Sardellenpaste und Appetitsild gedacht, doch dann hatte sie beschlossen, dass Fischgerichte für ein Rendezvous vielleicht nicht so besonders gut geeignet wären. Sie packte ihre Einkäufe in den Korb auf ihrem Fahrrad und überlegte kurz. Dann fuhr sie zu Jolante. Sie schloss ihr Fahrrad neben der alten Scheune ab, in der Jolante wohnte und arbeitete, und hämmerte an die seitliche Eingangstür.

«Es ist offen!», rief Jolante, und Ariane trat ein.

Sie war lange nicht mehr im Atelier ihrer Schwester gewesen. Drei Jahre lang nicht oder sogar noch länger. Viel hatte sich auf den ersten Blick nicht verändert. Überall standen und lagen Dinge aus Glas. Manche waren zerbrochen, andere nicht. Ariane hatte Jolante schon immer um ihr Atelier beneidet. Früher war es eine Halle für Tanklastzüge und Traktoren gewesen. Jörg hatte die Halle für wenig Geld gekauft, und Jolante hatte sie im Laufe der Jahre restauriert. Jetzt hatte sie unten ihr riesiges Atelier, und über der eingezogenen Zwischendecke wohnte sie. An den Wänden standen Leinwände, manche frisch und unschuldig weiß, andere bemalt und noch ein paar andere mit großen schwarzen Kreuzen. In der hinteren Hälfte der Halle befand sich Jolantes Glasbläserei. Der Ofen bullerte, die große

Wanne war mit Wasser gefüllt. An der Wand standen ein paar Gasflaschen, und auf einer langen breiten Holzbank lagen verschiedene Werkzeuge. Jolante selbst hatte eine dicke Lederschürze um, das Haar unter einer Kappe verborgen und blies ein Stück Glas.

In einer Ecke stand ein hölzerner Tisch, daneben zwei weiße Holzstühle. Auf dem Tisch befand sich ein silbernes Tablett mit Sahnekännchen und Zuckerdose, außerdem eine schmale Glasflasche mit einer einzelnen Rose darin. Schon früher hatte Ariane Jolantes Talent bewundert, noch den hässlichsten Raum schön zu machen. Wer außer Jolante kam auf die Idee, ein silbernes Sahnekännchen in eine Traktorenhalle zu stellen?

Endlich war Jolante fertig. Sie stürzte das geblasene Werk behutsam in einen Eimer mit Eiswasser und sah auf. «Ach, du bist es. Warte einen Moment, ich bin gleich so weit.»

Ariane nickte, aber plötzlich wusste sie nicht mehr, was sie eigentlich hier wollte. Sie waren nicht die Art Schwestern, die einander nur mal auf einen Kaffee besuchten. Was sollte sie sagen, wenn Jolante nach dem Grund ihres Besuches fragte?

Schließlich warf Jolante ihre riesigen Lederhandschuhe auf eine Arbeitsplatte und zeigte auf die kleine Sitzecke. «Willst du einen Kaffee? Ich habe allerdings nur Pulver.»

Ariane hasste Pulverkaffee. Lieber wollte sie gar nichts trinken als Pulverkaffee. Sie sagte: «Ja, gern.» Dann setzte sie sich auf einen der weißen Stühle. Sie sah Jolante zu, wie sie Wasser in einen Wasserkocher füllte, zwei weiße Henkelbecher aus einem kleinen Schrank holte, zwei bunte Servietten dazu. Jolante griff nach einem kleinen Holztablett, stellte einen Teller darauf und nahm aus einer Tüte mehrere Zimtschnecken.

«Du hast gewusst, dass ich Kanelbullar gekauft habe», sagte sie. «Gib zu, dass du nur deshalb gekommen bist.»

Da lachte Ariane. Sie war so dankbar für diese leichte Bemerkung, dass ihr die Tränen in die Augen traten. «Ja», sagte sie. «Nur deshalb. Und damit du nicht merkst, dass ich eigentlich nur wegen der Kanelbullar da bin, wollte ich nachher noch so tun, als interessierte ich mich für deine Arbeit.»

Jolante sah sie an, grinste breit. «Du hast keine Ahnung, was du da eben gesagt hast. Wenn mich jemand freiwillig nach meiner Arbeit fragt, dann muss er sich die nächsten drei Stunden freihalten. Mindestens.»

Kapitel 14

1988

Von Stockholm aus zogen sie ein knappes Jahr später, im August 1988, nach Malmö. Jörg hatte Arbeit bei der Zeitschrift Sydsvenskan bekommen. Er würde als Redakteur und Fotograf angestellt sein. Ina war es egal, wo sie lebte. Sie hatte gehofft, an der Königlich Schwedischen Musikhochschule in Stockholm weiterstudieren zu können, auch wenn ihr Schwedisch noch ein wenig holprig war, doch sie konnte ihre Hochschulzugangsberechtigung nicht nachweisen. Benno und Margarethe weigerten sich, ihr das Abiturzeugnis zu schicken. Das hatte Ina fassungslos gemacht. Ein Jahr war seit dem schrecklichen Telefonat vergangen. Ein Jahr, in dem sie nichts von Benno und Margarethe und – das war das Schlimmste – nichts von Ariane gehört hatte.

Sie erinnerte sich gut an das Telefonat, das sie noch aus dem Auffanglager heraus geführt hatte. Ina hatte bei Benders angerufen, dem alten Ehepaar im Haus ihrer Eltern. Nur Benders hatten Telefon, und es hieß, dass die, die in der DDR über Telefon verfügten, Stasimitarbeiter waren. Ina hatte keine Ahnung, ob das stimmte. Für sie waren die Benders die einzige Anlaufstelle, um mit ihren Eltern sprechen zu können. Sie wollte nicht wieder auf Bennos oder Margarethes Arbeitsstelle anrufen. Die Großeltern würden großen Ärger deswegen bekommen. Ein Anruf aus dem kapitalistischen Ausland zu einem volkseigenen Betrieb!

Also hatte sie das Gespräch in die DDR angemeldet und Benders Nummer angegeben, und nachdem sie ein wenig gewartet hatte, war Herr Bender endlich an den Apparat gegangen. Sie hatte ihren Namen genannt und gefragt, ob Herr Bender wohl so freundlich wäre, ein Stockwerk nach oben zu gehen und ihre Mutter oder ihren Vater ans Telefon zu holen. Eigentlich hatte sie auch nach Ariane fragen wollen, doch allein der Gedanke an sie trieb ihr die Tränen in die Augen.

«Ah, der Flüchtling», hatte Herr Bender sie begrüßt. «Schämen Sie sich eigentlich nicht?»

Ina traf dieser Satz wie ein Stich ins Herz, aber sie war nicht in der Position, mit Herrn Bender diskutieren zu können. Mit beinahe schon unterwürfiger Stimme bat sie ihn noch einmal, ihre Eltern zu holen. Und als Benno dann am Apparat war, da hörte sie hinter dem Zittern seiner Worte die Tränen. «Bitte, Papa, mein Abiturzeugnis. Schick es mir. Ich möchte so gerne weiterstudieren.» Ein merkwürdiges Schweigen entstand. Ein Schweigen, das sie nicht verstand und das sich unangenehm anfühlte.

«Wie geht es Ariane?», hatte sie schnell gefragt, um dieses Schweigen zu beenden.

«Sie kommt bald in den Kindergarten», hatte Benno erwidert.

«Und wie geht es ihr?»

«Es geht ihr gut.»

«Kannst du ein Foto von ihr mit in den Brief legen, wenn du mir mein Zeugnis schickst?»

«Ich denke, wir sollten lieber Schluss machen», hatte Benno gesagt, und seine Stimme hatte dabei so gezittert, dass er sich ständig räuspern musste. «Ruf bitte nicht mehr an, die Benders wollen das nicht.» Und dann hatte es geklickt, und Ina hatte sich so einsam gefühlt wie nie zuvor in ihrem Leben. Ihr war ganz schlecht davon geworden. Sie wartete auf Post, doch es kam kein Brief, keine Karte aus Leipzig. Dann erhielt Jörg die Anstellung in Malmö, und Ina wehrte sich nicht gegen den Umzug, obgleich es in Malmö keine Hochschule für Musik gab. Sie wusste nun, dass sich ihre Eltern gegen sie gewandt hatten. Aber sie verstand es nicht.

Kaum dass sie in Malmö wohnten, begann Ina damit, an jedem Wochenende nach Trelleborg zu fahren. Die kleine Hafenstadt lag nicht weit von Malmö entfernt. Gerade mal 30 Kilometer, und es gab eine S-Bahn-Linie dorthin. Sie lief zum Hafen und wartete auf die Fähren aus Sassnitz. Sie saß auf einer Bank mit Blick auf das Hafengebäude, in dem die Einreiseformalitäten erledigt wurden, und betrachtete jeden einzelnen Ankömmling. Die meisten waren Rentner mit grauen Haaren, die große Pakete schleppten und von ihren Verwandten in Empfang genommen wurden. Ina wusste, dass es verrückt war, was sie tat, aber sie konnte nicht anders. Sie wartete auf Benno und Margarethe und vor allem auf Ariane. Es war ein sinnloses Warten, aber Ina konnte damit einfach nicht aufhören. Bei jedem kleinen Kind, das das Hafengebäude verließ, sprang sie auf und wollte hinrennen. Und einmal tat sie es auch, nahm das Kind einfach in die Arme. Doch das Kind begann zu weinen, und eine junge Frau schrie Ina an, sie solle ihre Tochter loslassen. Ina erzählte Jörg nichts davon. Sie erzählte auch nicht, dass sie sich oft direkt neben den Ausgang des Hafengebäudes stellte, und sobald sie Menschen in sächsischer Mundart sprechen hörte, fragte, ob sie vielleicht aus Leipzig kämen, vielleicht sogar Benno und Margarethe und Ariane kannten. Aber nie hatte sie Glück. Das Einzige, das sie bekam, waren entrüstete oder mitleidige Blicke. Und jedes Mal weinte sie auf der Rückfahrt nach Malmö. Sie konnte Jörg einfach nicht erzählen, was sie da tat. Sie wusste, er würde es nicht verstehen. Ja, sie hatte sogar Angst, dass er sie zu einem Psychiater schicken würde. Er war ihr Ehemann, aber Ina fühlte sich nicht als Ehefrau. Sie war allein. So allein und einsam, wie es nur eine Mutter sein konnte, die ihr Kind verloren hatte. Jörg war da, war an ihrer Seite, sprach mit ihr, ging mit ihr spazieren, kochte für sie, aber Ina nahm ihn trotz alledem nur selten wahr. Ihre Trauer um Ariane war so umfassend, dass sie alle anderen Bereiche ihres Lebens überschattete.

Das änderte sich erst, als sie endlich eine Anstellung in einer Musikbibliothek bekam. Sie waren nur zu zweit: sie und Herr Nynquist, ein Mann mit Fliege, Hornbrille und einer gewaltigen Vorliebe für Edvard Grieg, der ununterbrochen die «Morgenstimmung» und «In der Halle des Bergkönigs» abspielte. Das tat er so lange, bis Ina einmal in hysterisches Weinen ausbrach und ihm unter Schluchzen erzählte, dass Grieg die erste Peer-Gynt-Suite in Leipzig geschrieben hatte. Und weil Herr Nynquist nicht verstand, warum das zum Weinen war, erzählte sie ihm ihre Geschichte. Da beschloss Herr Nynquist, aus Ina eine Schwedin zu machen. Zuerst brachte er ihr bei, wie man Kanelbullar backte, dann sang er mit ihr schwedische Volkslieder, und Ina stellte fest, dass ihr das über ihren Kummer ein wenig hinweghalf. Und als sie nach ein paar Monaten in Herrn Nynquists Obhut hin und wieder sogar lachte, da war der ältere Mann glücklich und Ina ein wenig entlastet. So entlastet, dass sie eines Abends zu Jörg sagte: «Wir müssen reden.»

«Wir müssen reden.» Vor diesem Satz, das wusste Ina, fürchteten sich die meisten Männer mehr als vor einer Untersuchung beim Urologen, doch sie konnte darauf keine Rücksicht nehmen.

«Worüber müssen wir reden?», fragte Jörg alarmiert.

«Über einiges.»

«Zum Beispiel?»

«Über eine Trennung. Ich habe einen Job, von dem ich leben kann. Eine kleine Wohnung wird sich finden.»

Jörgs Gesicht verriet Bestürzung. «Warum sollten wir uns denn trennen?»

Ina, die Jörg am Küchentisch gegenübersaß, legte ihre Hände auf die Tischplatte. «Du hast mich geheiratet, weil du dich dazu verpflichtet gefühlt hast. Aber nun stehe ich auf eigenen Beinen. Du kannst also gehen. Das Familiengericht hat überprüft, ob Ariane nach einer erfolgreichen Familienzusammenführung in eine intakte Familie kommt. Und ja, sie finden, Ariane, du und ich wären eine intakte Familie. Da sie das nun so notiert haben, können wir also aufhören, so zu tun, als führten wir eine glückliche Ehe.»

Jörg blickte Ina fassungslos an. «Und wenn ich nicht will? Schickst du mich dann weg?»

Ina zuckte mit den Schultern. «Du kannst tun, was du möchtest. Ich halte dich von nichts zurück.»

Jörg war blass geworden. Er stand auf, ballte eine Hand zur Faust, steckte sie in die Hosentasche. Er lief zum Kühlschrank, schlug mit der flachen Hand gegen die weiße Fläche, kam wieder zurück, schüttelte den Kopf, setzte sich erneut Ina gegenüber. «Warum?», fragte er.

«Was warum?»

«Warum willst du mich loswerden?»

«Ich will dich nicht loswerden, aber ich brauche dich nicht mehr», erwiderte Ina.

«Und das bedeutet, dass wir getrennte Wege gehen? Weißt du eigentlich, wie sich das anhört? Ich brauche dich nicht mehr, du kannst dich von mir trennen.»

Ina schwieg, wischte mit der Hand über die Tischplatte.

«Du willst also die Trennung? Ist das dein letztes Wort?» Jörgs Stimme hörte sich ein wenig schrill an.

«Nein», widersprach Ina. «Ich habe nicht gesagt: Ich will mich von dir trennen, sondern: Du kannst dich von mir trennen. Und damit meinte ich, dass du mich ohne jegliche Verpflichtung allein lassen kannst.»

«Ich verstehe es nicht.» Jörg schüttelte immer wieder den Kopf. «Ich verstehe es einfach nicht.»

Ina schwieg. Da erhob sich Jörg, nahm seine Jacke und sagte: «Ich muss hier raus. Das muss ich erst einmal verdauen.»

Kapitel 15

Viggo war pünktlich. Ariane winkte ihm von der Haustür aus zu, dann verschloss sie das Sommerhaus und stieg zu ihm in den Jeep. Sie war ein wenig befangen und wusste nicht, was sie sagen sollte, doch Viggo nahm ihr die Verlegenheit, indem er fragte: «Was hast du in Gränna eigentlich vor? Ist unser Ausflug privat oder dienstlich?»

Ariane lächelte. «Das weiß ich gar nicht so genau. Ich war als Kind unheimlich gern in Gränna. Wie wahrscheinlich alle Kinder. Eine ganze Stadt voller Zuckerkochereien und Süßwarengeschäfte. Ein Kinderhimmel. Vielleicht möchte ich sehen, ob sich der Zauber gehalten hat. Und dann habe ich tatsächlich ein Projekt im Kopf. Ich bin Schwedin mit deutschen Eltern. Eigentlich habe ich sogar zwei Staatsbürgerschaften. Doch wenn mich jemand nach meiner Zugehörigkeit fragt, dann weiß ich nie, was ich sagen soll. In Schweden fühle ich mich als Deutsche, und in Deutschland fühle ich mich als Schwedin. Ich möchte endlich wissen, wohin ich gehöre.» Sie brach ab, starrte verwundert auf die Straße vor sich, schüttelte den Kopf, blickte aus dem Seitenfenster auf die vorüberziehende Landschaft mit den üppigen Nadelwäldern, den riesigen Findlingen und den ochsenblutfarbenen Häusern. Manchmal schimmerte Wasser durch die Bäume.

«Was ist?», fragte Viggo und sah sie ein wenig besorgt an. «Ist dir etwa noch eine dritte Möglichkeit eingefallen?»

«Nein», lachte Ariane. «Mir ist nur gerade aufgefallen, dass es ein Lebensthema ist.»

«Was ist ein Lebensthema?»

«Die Frage, wohin ich gehöre.»

Viggo lachte ein wenig. «Du hörst dich so erstaunt an.»

«Ja. Das bin ich auch. Jedenfalls, um herauszufinden, wohin ich nun tatsächlich gehöre, würde ich gern ein paar kurze Dokumentationen über Schweden drehen. Zuerst der Elchpark, dann Gränna. Später vielleicht noch Vimmerby mit Astrid Lindgren. Was hältst du davon?»

Viggo blinkte links, schaute nach rechts und bog dann auf die Autobahn ab. «Hört sich nach Reiseführer an, aber wahrscheinlich macht der Blickwinkel das Ergebnis aus, oder? Ich schaue mir die Dokus jedenfalls gerne an.»

«Weißt du es denn?», fragte Ariane. «Weißt du, wohin du gehörst?»

Viggo nahm eine Hand vom Lenkrad und legte sie auf Arianes Hand in ihrem Schoß. «Über solche Dinge denke ich nicht nach. Mir ist wichtig, dass ich die Dinge, die getan werden müssen, gut mache.»

Ariane sah ihn an. «Wünschst du dir gar nichts sonst vom Leben?»

«Nicht viel. Ich bin zufrieden.»

«Ich verstehe.» Ariane zog ihre Hand unter seiner hervor.

«Bist du jetzt beleidigt?»

«Nein. Natürlich nicht. Wie kommst du denn darauf?»

«Na ja, Jolante hat mir erzählt, dass du sehr sensibel bist.»

Ariane verzog den Mund. «Ich wette, sie hat gesagt: Ariane ist so empfindlich. Bei jedem bisschen ist sie gleich eingeschnappt.»

Viggo lachte. «Und?», fragte er. «Stimmt es denn?»

Ariane dachte einen Augenblick lang nach, ehe sie erwiderte: «Manchmal denke ich, dass wir einander so gut wie gar nicht kennen. Ich bin vor über zehn Jahren nach Deutschland gegangen und bin nicht einmal jedes Jahr zu Besuch nach Schweden gefahren. Als ich ging, war Jolante sechzehn Jahre alt und ging noch zur Schule.»

«Ihr seid sehr unterschiedlich, aber das ist unter Geschwistern ja nicht ungewöhnlich.»

Ariane gefiel die Wendung nicht, die das Gespräch jetzt nahm. Sie blickte aus dem Fenster, sah durch Bäume hindurch einen großen See, den Vättern. Sie waren auf der Höhe von Jonköping, bis nach Gränna waren es nur noch ein paar Kilometer. Ariane wusste nicht, wieso, aber plötzlich musste sie an Jörg denken. Sie waren nicht oft mit ihm an diesem See gewesen, und auch nach Gränna waren sie eher mit Ina gefahren. Aber jetzt dachte Ariane an Jörg. Er fehlte ihr.

«Warum seufzt du so herzzerreißend?», wollte Viggo wissen.

«Ich habe gerade an Jörg gedacht. Daran, dass er mir fehlt.»

Viggo sah sie kurz an, nickte.

«Ich habe noch gar nicht richtig getrauert», sprach Ariane weiter und wunderte sich, dass sie mit Viggo Gedanken teilte, die sie normalerweise sogar vor sich selbst verborgen hielt. «Weißt du, ich war nie sein Liebling. Das war immer Jolante. Trotzdem waren wir uns nahe. Er hat mir meine erste Kamera geschenkt, hat mir alles beigebracht, was ich über das Fotografieren weiß. Er hat mich ernstgenommen.» Sie brach ab, blickte aus dem Fenster und schüttelte verwundert den Kopf. «Jetzt erst fällt mir auf, wie sehr Jörg mein jetziges Leben beeinflusst hat.»

«Du nennst ihn ‹Jörg› und nicht ‹Papa›. Warum?»

«Das weiß ich gar nicht. Früher habe ich Papa gesagt. Und dann irgendwann Jörg. Es hat sich richtiger angefühlt. Meine Mutter nenne ich auch manchmal Mamma, manchmal einfach Ina. Findest du das komisch?»

Viggo zuckte mit den Achseln. «Ja. Ein wenig. Jörg und Ina. Das klingt so distanziert.»

Ariane riss die Augen auf. «Meinst du wirklich?»

«Ja.»

Sie sah wieder aus dem Fenster und blinzelte heftig, damit die Tränen nicht über ihre Wangen rollten. Sie hatte keine Ahnung, warum sie plötzlich so traurig war, warum sich ihr Herz so zusammenzog. Trauerte sie jetzt um Jörg?

Viggo fuhr den Wagen in einen kleinen Waldweg und hielt an. Er stieg aus, ging um den Jeep herum, öffnete Arianes Tür. Und Ariane drehte sich halb im Sitz herum und ließ sich einfach in Viggos Arme fallen. Schluchzer schüttelten ihren Körper. Sie schmiegte ihr Gesicht an Viggos Brust, ließ die Tränen in den Stoff seines Pullovers rinnen. Er strich ihr über den Rücken, doch er sagte nichts. Er stand einfach nur da und hielt sie und ließ sie weinen. Ariane roch seinen Duft, spürte die Wärme seiner Haut, hörte seinen Herzschlag. Sie hatte den Eindruck, noch nie einem Menschen so nahe gekommen zu sein wie in diesem Augenblick Viggo. Und sie hatte keine Ahnung, warum das so war. Sie hatte schon öfter im Beisein anderer geweint und manchmal sogar in die Pullover anderer Männer. Aber das hier war anders. War so intim, dass es ihr schier den Atem nahm. Und sie hatte keine Ahnung, wie es weitergehen sollte, wenn sie sich ausgeweint hatte.

Endlich war es gut, und sie löste sich von Viggo, rieb sich die Augen trocken, sah ihn an und sagte: «Danke schön.»

Und Viggo antwortete: «Bitte schön», zog sie fest an sich heran und legte seine Lippen ganz sanft auf ihren Mund. Ariane erschrak. Sie erschrak vor dieser Sanftheit, vor der Wärme und vor seinem Geschmack. Sie erschrak, weil alles so war, wie sie es sich immer gewünscht und nie bekommen hatte. Sie kannte Männer, die hart küssten, die kalte Lippen hatten oder die merkwürdig schmeckten. Immer hatte sie bislang gedacht, dass das Küssen überbewertet wurde. Aber sie hatte auch geglaubt, dass es eben dazugehörte, wenn man mit jemandem zusammen war. So, wie eine Waffel zum Eis gehörte. Viele mochten die Waffel nicht, aber sie war nun einmal da. Und dann schloss sie die Augen, öffnete ihre Lippen und ließ Viggo eintreten in ihr Leben.

Als sich ihre Münder voneinander lösten, fühlte sich Ariane, als würde sie aus dem Schlaf erwachen. Sie sah die Welt mit blanken, wachen Augen. Der See schimmerte blausilbern durch die Bäume hindurch. Es roch nach Harz und nach dem vergangenen Sommer, der Himmel war blau, nur ein paar Federwolken trieben vorüber. In der Nähe krähte ein Eichelhäher, und neben ihnen im Wald knackte es leise. Sie stand ganz still. Sie wollte sich alles einprägen, wollte diesen Kuss nie vergessen. Sie lehnte sich leicht gegen Viggo, und Viggo schlang seine Arme um sie, hielt sie fest. Erst nach einer gefühlten Ewigkeit stiegen sie zurück ins Auto.

Eine Stunde später hatten sie Gränna erreicht. Sie stellten den Jeep in der Mitte des kleinen Städtchens ab, genau gegenüber von einem Café. Ariane reckte sich ein wenig, schnupperte: «Riechst du das? Es riecht genauso süß wie früher.»

«Ich rieche Karamell und Zimt.»

«Und Lakritz und Himbeere. Oh, ich glaube, ich muss mir heute unbedingt eine dieser köstlichen weiß-rot gestreiften Zuckerstangen kaufen.» Ariane lachte und zog Viggo direkt in die nächste Zuckerkocherei. Sie erstand für sich eine Zuckerstange mit Himbeergeschmack und eine mit Lakritz für Viggo, und sie wickelten das Papier ihrer Zuckerstangen noch im Laden ab.

Dann bummelten sie die Hauptstraße entlang, betrachteten die bunten Holzhäuser, betraten eine weitere Zuckerkocherei, kauften ein paar Zuckerstangen aus Karamell und mit Waldmeistergeschmack, blieben vor einer Glasscheibe stehen und sahen einer Frau beim Zuckerstangenrollen zu. Neben der Scheibe hingen Zuckerstangen-Rezepte in den unterschiedlichsten Sprachen. Auch auf Deutsch:

1. *Zucker, Wasser und Essig werden bis 150 ° gekocht.*
2. *Der Teig wird dann auf eine Kuhltisch gegossen.*
3. *Ein kleiner Teil des Teiges ist rot gefärbt.*
4. *Hier wird der rote Teil des Teiges geknetet.*
5. *Luft wird in den großen Teil hineingearbeitet.*
6. *Nach einer Weile wird der Teig weiß.*
7. *Eine Ziehmaschine kann nützlich sein.*
8. *Hier legen Sie den Streifen an.*
9. *Vips, und Sie haben eine satte Zuckerstange.*
10. *Nun schneiden Sie sie in die Hälfte.*
11. *Die Stange wird gerollt und geschnitten.*
12. *Der letzte Schnitt, und die Zuckerstangen sind fertig.*

Ariane lachte, als sie das las, doch sie konnte Viggo nicht erklären, was an dem holprigen Deutsch so komisch war. Dann schlenderten sie weiter, Hand in Hand. Und ab und zu blieb Ariane stehen und lehnte sich kurz an Viggo. Sie aßen ihr Picknick am Ufer des Vättern, des zweitgrößten schwedischen Sees. Der Wind blies, die Sonne verschwand hinter den Wolken, es wurde kühl, aber Ariane wollte nicht aufstehen, wollte den Tag nicht beenden. Nicht jetzt und nicht später. Da zog Viggo seine Jacke aus, legte sie Ariane um die Schultern. Dann räumte er die Reste des Picknicks weg, zog Ariane mit einer Hand hoch. «Ich bedaure, aber nichts zu machen: Die Elche rufen.»

«Meinst du, eine Dokumentation über Gränna wäre interessant?», fragte Ariane, als sie auf dem Weg zum Parkplatz wieder an den vielen Zuckerkochereien vorüberkamen.

«Ja. Sicher. Vor allem, wenn du die Zuckerstangen nach dem deutschen Rezept kochst. Aber ...»

«Was aber?», wollte Ariane wissen.

«Es ist nur so ein Gedanke. Eigentlich nichts weiter. Es geht mich nichts an.»

Ariane blieb stehen, baute sich vor Viggo auf. Sie blickte ihn misstrauisch an. «Was ist? Sag es mir.» Ihre Stimme klang hoch, und sie sprach sehr schnell. Sie sah Viggo so fest an, wie sie eben konnte.

Er streckte die Arme nach ihr aus. «Komm her», bat er.

«Nein. Ich will erst wissen, was du gedacht hast.» Ariane war ein wenig blass geworden, doch Viggo ließ sich davon nicht beeindrucken.

Viggo zog sie noch fester an sich, legte sein Kinn auf ihren Kopf. «Ich habe mich gefragt, ob du nicht ein Porträt über Jörg machen kannst. Er ist in ganz Europa bekannt. Du könntest die Dokumentation an verschiedene Länder verkaufen.»

Ariane löste sich von Viggo. «Ein Porträt über Jörg?»

«Ja. Warum so erstaunt?»

Ariane schluckte. «Er ist mein Vater gewesen. Wahrscheinlich bin ich viel zu subjektiv, um einen gescheiten Film über ihn zu drehen.»

«Wer sagt denn, dass der Film objektiv sein muss?»

Ariane hob die Schultern. «Aber ...» Sie brach ab. «Ich weiß gar nichts über ihn.»

«Du weißt mehr, als du glaubst», erwiderte Viggo. «Und den Rest findest du heraus.»

Einen Augenblick lang dachte Ariane an das Foto, das sie

in Viggos Haus gefunden hatte. Das Foto, das 1988 in Stockholm entstanden war. Sollte sie die Gelegenheit nutzen, um Viggo zu fragen, ob Jörg auch sein Vater war? Sie ließ es. Sie war glücklich. Und sie wollte sich das Glück nicht verderben lassen.

Und Ariane nickte. «Bestimmt hast du recht. Ich muss darüber nachdenken.» Sie lachte ein wenig, dann winkte sie ab. «Wahrscheinlich interessiert aber niemanden das Leben von Jörg Bentheim.»

«Das kannst du nicht wissen. Ruf doch einfach bei deinem Sender in Leipzig an und frag.»

Ariane fasste nach Viggos Hand. «Ja. Das werde ich tun. Gleich morgen früh.»

Kapitel 16

1988

Ina fragte sich heimlich, warum Jörg nicht gegangen war, doch als sie das Thema Trennung noch einmal angesprochen hatte, war Jörg so wütend geworden, dass sie seither lieber schwieg.

Seit einigen Monaten schliefen sie zusammen. Ganz so, als ob sie ein richtiges Ehepaar wären. Ina fand das komisch. Es kam ihr so ähnlich vor wie damals, als sie mit ihren Puppen Vater-Mutter-Kind gespielt hatte. Sie glaubte, jeder würde merken, dass Jörg und sie gar kein richtiges Ehepaar waren. Jörg war eines Nachts auf ihre Bettseite gekrochen, hatte sie geküsst und ihre Brüste gestreichelt. Und Ina hatte einfach so dagelegen. Jörgs Berührungen waren ihr nicht unangenehm, aber sie hatte sie auch nicht herbeigesehnt. Hinterher nahm Jörg sie in den Arm. «Ich habe mich in dich verliebt», hatte er geflüstert. «Ich liebe dich jetzt, Ina.»

Ina wusste, dass sie sagen sollte: «Ich dich auch.» Aber sie tat es nicht. Sie stellte sich die Frage nicht, ob sie Jörg liebte. Sie hatte keine Kraft mehr für zusätzliche Gefühle, war noch immer ganz ausgefüllt vom Verlust ihres Kindes. Ab und zu schrieb sie an die Botschaft in Stockholm und fragte nach, wie es mit der Familienzusammenführung stand.

Doch die Antwort ließ auf sich warten. Einmal war sie sogar zur Botschaft hingefahren, die zwar deutsch war, aber eigentlich nicht ihre. Sie hatte noch einmal ihre Geschichte erzählt, bis der Botschaftsmitarbeiter sie lächelnd unterbrochen hatte: «Da haben Sie ja Glück im Unglück gehabt.» Und Ina hatte ihn fassungslos angestarrt. Hatte der Mann gerade den Verlust ihres Kindes als Glück im Unglück bezeichnet? Sie war wortlos aufgestanden und gegangen. Seither telefonierte sie jeden zweiten Montag mit Stockholm, doch man sagte ihr immer wieder nur, dass an ihrem Fall gearbeitet würde.

Während Ina litt, dabei immer leiser und leiser wurde, wurde Jörg laut. Es gefiel ihm in Schweden. Er hatte nicht die geringste Sehnsucht nach seiner alten Heimat. Ina hatte außer Herrn Nynquist keine Bekannten, doch Jörg hatte sich einen Freundeskreis zugelegt. Seine Reportagen kamen gut an, und nun hatte die Redaktion der Sydsvenskan beschlossen, ihn durch ganz Skandinavien zu schicken, um Reportagen zu schreiben und zu fotografieren. Jörg selbst hatte einige Fotos an den SPIEGEL in Hamburg geschickt, aber von dort noch keine Antwort bekommen. Auch die Zeitschrift Stern hatte sich noch nicht gemeldet. Jörg fragte Ina, ob sie damit einverstanden wäre, wenn er länger von zu Hause wegblieb, und Ina nickte einfach. Sie wusste, dass Jörg den Eindruck hatte, sie würden miteinander reden, würden Dinge miteinander teilen, aber Ina sah das anders. Wenn sie aus der Musikbibliothek nach Hause kam, hatte er meist schon Kaffee gekocht. Ina ließ sich von ihm auf den Mund küssen, dann setzte sie sich, tat einen Löffel Zucker in ihren Kaffee und rührte um. Und jedes Mal fragte Jörg: «Und, Liebes, wie war dein Tag?»

Am Anfang hatte Ina nicht gewusst, was sie darauf antworten sollte. Wie war ihr Tag? Nun, er war wie der gestrige, und der morgige würde wie der heutige sein. Es hatte eine Weile gedauert, bis sie ihm antworten konnte: «Heute war es voll in der Bibliothek. Eine Schulklasse war da; sie haben sich für Rockmusik interessiert. Auch für deutsche. Allerdings nur für westdeutsche.»

Als sie das berichtet hatte, hatte Jörg seine Kaffeetasse abgestellt und sie ernst angesehen. «Du lebst in der Vergangenheit, Ina.»

Sie hatte beide Hände um ihren Kaffeebecher gelegt und geantwortet: «Ja. Was ist daran schlecht?»

Da war Jörg wütend geworden. «Was ist mit mir?», hatte er geschrien. «Zähle ich etwa gar nicht?»

Von da an hatte Ina sich Mühe gegeben. Sie hatte sich auf dem Heimweg immer kleine Begebenheiten ausgedacht, die sie Jörg erzählen konnte. Sie hatte auf seine Zärtlichkeiten reagiert, aber ohne innere Beteiligung. Sie funktionierte, aber sie nahm keinen Anteil. Dann lag eines Tages ein Brief in ihrem Postkasten. Ein Brief, auf dem ihr Name stand. Sonst nichts. Keine Adresse, kein Absender. Und doch wusste Ina auf Anhieb, von wem der Brief war. Es war die Handschrift ihres Vaters.

«*Meine liebe Ina*», schrieb er.

Du wirst dich sicher nicht über den ungewöhnlichen Postweg dieses Briefes wundern. Wir können dir nicht auf

normale Art schreiben, das wirst du dir denken können.
Ariane geht es gut. Sie spricht inzwischen die ersten längeren Sätze. Im Kindergarten hat sie einen Freund. Er heißt Friedrich. Die beiden sind unzertrennlich. Sie ist ein normales kleines Mädchen, das uns viel Freude macht.
Wir wissen noch immer nicht, was dich dazu bewogen hat, in Schweden zu bleiben. Man hat uns gesagt, du hättest deine Flucht gründlich geplant, aber das wollen wir nicht glauben.
Mama und mir geht es nicht schlecht. Ich arbeite nicht mehr als Verkehrsmeister, sondern fahre wieder mit dem LKW Waren aus. Es macht mir Spaß. Der Kontakt mit den Kunden hat mir immer Spaß gemacht. Mama wurde aus der Datenerfassung ins Archiv versetzt. Es gefällt ihr, der Druck ist nicht mehr so hoch, doch sie ist jetzt den ganzen Tag allein. Sie hat ihre Arbeitszeit reduziert, um sich um Ariane kümmern zu können.
Wir hoffen sehr, dass es dir gutgeht. Was immer auch passiert ist, du wirst stets unsere Tochter bleiben.
Viele Grüße!

Ina ließ den Brief sinken und brach in Tränen aus. Ihr ganzes Inneres zog sich zusammen. Sie hatte den Eindruck, nicht mehr atmen zu können. Ihre Kehle fühlte sich verstopft an, und sie taumelte beinahe in die Küche, füllte ein Glas mit Wasser und trank es in kleinen Schlucken. Dann presste sie eine Hand auf ihr wild schlagendes Herz, während ihr die Tränen über die Wangen liefen. Sie hatte den Brief verstanden, hatte die Zeilen zwischen den Zeilen gelesen und fühlte sich entsetzlich ohnmächtig und schlecht. Sie nahm den Brief noch einmal in die Hand und las erneut, was zwischen den Zeilen geschrieben stand:

Liebe Ina,
die Staatssicherheit fängt die Briefe ab, die du uns wahrscheinlich schreibst. Wir dürfen dir nicht schreiben.
Mach dir um dein Kind keine Sorgen, wir kümmern uns um Ariane, und es geht ihr gut. Im Kindergarten wird sie nicht ausgegrenzt, obwohl ihre Mutter eine Republikflüchtige ist.
Man hat mich degradiert, deshalb muss ich nun wieder LKW fahren, doch das ist nicht schlimm. Auch deine Mutter wurde versetzt. So werden wir dafür bestraft, dass wir eine Landesverräterin großgezogen haben.
Wir wissen nicht, was mit dir passiert ist, aber wir lieben dich noch immer.

Sie las den Brief wieder und wieder, und dann wurde die Trauer kleiner und die Wut größer. Sie stand in der Küche ihrer kleinen Malmöer Wohnung, holte tief Luft, und dann schrie sie so laut sie konnte. Sie trommelte mit beiden Fäusten auf den Küchentisch, sie schlug gegen die Schränke, gegen den Türrahmen. Sie schrie und schrie, und dann wurden ihre Schreie leiser, und sie sank einfach auf den Boden, lag zusammengekrümmt wie ein Baby und wimmerte.

Sie wurde wach, als jemand ihre Schulter berührte. Es war Jörg. Er kniete neben ihr. «Was ist passiert?», fragte er, und in seiner Stimme lag echte Besorgnis.

«Der Brief auf dem Tisch», antwortete Ina. Sie fühlte sich unendlich schwach und grenzenlos erschöpft.

«Komm, steh auf, Schatz. Soll ich dir einen Kaffee kochen? Oder möchtest du lieber einen Schnaps?»

Mühsam richtete Ina sich auf. Sie zitterte am ganzen Leib, und als Jörg das sah, griff er ihr unter die Arme, zog sie hoch, setzte sie auf einen Küchenstuhl und küsste sie aufs Haar. Dann las er den Brief. Ina beobachtete ihn dabei. Seine Augen huschten über das Papier, dann ließ er es sinken. «Verdammte Schweine», flüsterte er. «Verfluchtes Pack.» Er trat zu Ina, legte ihr eine Hand auf die Schulter, blickte hilflos umher.

«Wir können nichts tun», sagte Ina leise. «Wir sind vollkommen machtlos.» Sie sagte es leise, und ihre Stimme leierte dabei ein wenig. Sie ließ den Kopf auf die Tischplatte sinken. Einfach so liegen bleiben. Liegen bleiben und sterben. Mehr wollte Ina nicht. Sie hatte ein Kind verloren. Etwas Schlimmeres gab es nicht. Jetzt, in diesem Augenblick, begriff Ina, dass sie Ariane für immer verloren hatte. Selbst wenn sie ihre Tochter in zwei oder drei oder fünf Jahren zu sich holen konnte, so hatte sie sie doch verloren. Denn ihr Verhältnis könnte niemals wieder so sein wie das einer normalen Mutter zu ihrem Kind. Sie, Ina, war eine Mutter, die ihr Kind verlassen, es alleingelassen hatte. Und alle Psychologen dieser Welt waren sich einig: So etwas blieb nicht ohne Folgen.

«Kann ich etwas tun?», fragte Jörg leise. Er strich ihr über den Rücken, doch Ina bewegte sich nicht. Lange stand er so, starrte ins Leere und fuhr mit seiner Hand sanft über die

Höcker ihrer Wirbelsäule. Irgendwann, die Dämmerung hatte sich schon über die Stadt gelegt und die Konturen im Zimmer verwischt, hob Ina den Kopf. «Jörg, ich möchte ein Kind von dir.»

Kapitel 17

Ariane war glücklich, und zugleich misstraute sie ihrem Glück. Sie war glücklich mit Viggo. Er gefiel ihr, er roch und schmeckte gut, er war sanft zu ihr und wild in seinem Leben, doch sie hatte Angst, dass Viggo ihr eines Tages etwas erzählte, das ihre zarte Verliebtheit ersticken würde. Sie hatte keine Ahnung, warum das so war. Es gab keinen Anlass, in Sorge zu sein. Nur die Fotos, die sie in seinem Haus gesehen hatte. Die Fotos, auf denen Jörg den Arm um eine fremde Frau legte. Sie hätte Viggo gern danach gefragt, sie musste ihn danach fragen, aber sie wagte es nicht. Ihr Handy klingelte. Ina war dran. «Kannst du mir im Laden helfen? Frau Broder ist krank.»

«Ja. Ich komme.» Ariane legte auf. Es war mittlerweile Ende November, und die Tage waren grau und dunkel. Der See vor ihrem kleinen Haus lag bleischwer und düster zwischen den Wäldern. Eine Schar Schneegänse flog in einer Pfeilformation über die Gegend, ihre Schreie waren lauter als Arianes Gedanken. Sie zog sich einen dicken Pullover über die Bluse, dann holte sie das Fahrrad aus dem Schuppen und stieg auf. Bis nach Söderby zum Laden ihrer Mutter waren es ungefähr sechs Kilometer. Schon nach dem ersten pfiff der Wind so um Arianes Ohren, dass sie sich eine Mütze wünschte. Sie trat kräftig in die Pedale und beschloss, sich noch heute nach einem Auto umzusehen. Neben der Tankstelle, in der Jolante arbeitete, gab es einen kleinen Autohändler. Sie brauchte keine Luxuslimousine, ein Kleinwagen reichte ihr aus. Doch wenn sie jetzt gleich dort anhielt, dann müsste sie auch Jolante einen Besuch abstatten.

Sie stellte das Fahrrad neben Jolantes Atelier ab und klopfte. Jolante lächelte, als sie Ariane sah. «Komm rein. Wenn du Zeit hast, koche ich dir einen Kaffee. Dann kannst du mir auch gleich deine Meinung zu meinem neuen Projekt sagen.»

Ariane freute sich, doch sie schüttelte den Kopf. «Ich bin nur kurz hierhergekommen, um dich zu fragen, ob du mir hilfst, ein kleines Auto zu kaufen. Ich wette, du kennst den Besitzer der Autohandlung gleich nebenan.»

Jolante nickte. Sie griff nach einem Lappen, wischte sich die Hände daran sauber.

«Wenn es dir passt, komme ich gern heute Abend zu dir, um mir das Projekt anzusehen.»

«Klingt nach einem Plan», sagte Jolante, dann gingen die Schwestern zur Autohandlung, und schon eine halbe Stunde später hatte Ariane einen kleinen, sechs Jahre alten Fiat gekauft, dessen Farbe an die von Gentomaten erinnerte. «Ich kümmere mich um die Formalitäten», bot der Autohändler, ein ehemaliger Schulkamerad von Jolante, an. «Du kannst den Wagen heute Nachmittag abholen.»

Sie kam verspätet in der Musikalienhandlung an. «Tut mir leid, aber Jolante und ich haben mir gerade ein kleines, rotes Auto gekauft.»

Ina nickte. «Soso, ein Auto. Du scheinst dich ja einzuleben! Schön, dass Jolante dir hilft. Schließlich seid ihr Schwestern.»

Ariane wusste nicht, wie sie diese Bemerkung verstehen sollte, doch sie fragte nicht. Ina deutete auf ein paar Kisten und sagte: «Das sind alles Schulbestellungen. Noten und Musikbücher. Kannst du sie zählen?»

Ariane nickte. «Was hat Frau Broder?»

Ina zuckte mit den Schultern. «Ich glaube, sie hat sich den Magen verdorben. Sie denkt, dass sie morgen wieder da sein kann. Aber die Schulen warten auf ihre Bücher. Ich muss sie heute noch ausliefern.»

Ariane arbeitete schweigend. Sie zählte Bücher, packte Pakete, schrieb Lieferscheine. Zu Mittag ging sie mit ihrer Mutter in das kleine Café mit eigener Rösterei, das der Musikalienhandlung gegenüberlag. Es war gut besucht, aber in einer Ecke fanden sie noch einen freien Tisch. Frau Larson stand hinter der Theke, während Frau Bengtzon einen Tisch mit einem nassen Lappen säuberte. «Ah, die Bentheims! Wie geht's immer so?», lärmte Frau Larson. Immer wenn sie im Café war, sprach sie so laut, als wären alle schwerhörig. Oder als müsste sie die Gäste unterhalten, sie alle miteinander bekannt machen.

«Es geht uns gut. Und Ihnen?»

«Der Nebel zieht mir in die Knochen», erklärte Frau Larson. «Aber ich jammere nicht. Stimmt's, Pernilla?»

Frau Bengtzon erwiderte: «Das stimmt, sie jammert nicht.»

Während Ina nur einen Kaffee wollte, bestellte sich Ariane zum Kaffee zwei Zimtschnecken. Sie biss genießerisch hinein: «Eines der Dinge, die ich in Deutschland vermisst habe», sagte sie und blickte zur Theke. Frau Larson war mittlerweile in den hinteren Räumen verschwunden, während Frau Bengtzon die Auslage wischte.

Ina nickte, rührte Zucker in ihren Kaffee. Ariane betrachtete ihre Mutter. Sie war noch schlanker geworden seit Jörgs Tod, war jetzt beinahe mager. Das mittelbraune Haar, das ihr bis zu den Schultern reichte, war frisch geschnitten, aber ohne Glanz. Manchmal band Ina es zu einem Pferdeschwanz oder einem Dutt zusammen, doch Ariane fand, dass das offene Haar ihre Miene weicher machte. Ihr Gesicht war blass, aber das war es eigentlich immer. Früher hatte sich Ina geschminkt. Ja, als sie das letzte Mal in Leipzig gewesen war, hatte sie Mascara, Rouge und Wimperntusche und sogar einen Hauch Lipgloss getragen. Heute war ihr Gesicht nackt, und Ariane fielen die dunklen Augenschatten auf und die kleinen Fältchen über der Oberlippe. Ina trug eine Jeans und dazu eine blau-weiß gestreifte Bluse. In ihren Ohren steckten kleine Perlen, und sie trug nach wie vor ihren Ehering.

Zum ersten Mal hatte Ariane den Eindruck, dass ihre Mutter alt wurde. Dreiundfünfzig Jahre waren eigentlich kein Alter. Es war das neue Dreiunddreißig. Das stand zumindest überall geschrieben und wurde überall wiederholt, aber das machte es nicht wahrer. So dachte wenigstens Ariane.

«Du siehst müde aus», sagte sie. Sie hätte gern über den Tisch gegriffen und die Hand ihrer Mutter gestreichelt, doch solche Gesten waren zwischen ihnen nicht üblich.

«Ich bin auch müde», sagte Ina leise.

«Kann ich dir helfen?»

Ina blickte auf, lächelte, und für einen Augenblick war ihr Gesicht ganz weich. «Nein, danke, Schatz. Du hast genug mit dir selbst zu tun. Aber es ist lieb, dass du fragst.»

Ina sah sich nach der Kellnerin um, eine von Frau Bengtzons zahlreichen Nichten, und bestellte noch einen Kaffee. «Möchtest du auch noch einen?», fragte sie. Ariane schüttelte den Kopf.

«Ich habe Jörgs Fotoausrüstung zusammengesucht. Du weißt schon, seine Kameras, die Objektive, den Videorecorder, seinen Laptop mit den Programmen zur Filmbearbeitung und zum Schnitt. Möchtest du sie dir anschauen und dir mitnehmen, was du gebrauchen kannst?»

«Willst du die Ausrüstung nicht verkaufen?»

«Nein. Ich denke, Jörg hätte gewollt, dass du die Sachen bekommst. Sie standen im Sommerhaus, aber nach Jörgs Tod habe ich sie mit zu mir genommen. Im letzten Jahr gab es ein paar Einbrüche.»

«Gern. Sehr gern.» Ariane lächelte vor Freude. Sie hatte zwar selbst eine Videokamera, doch Jörg hatte stets über das neueste Equipment verfügt.

«Hast du in letzter Zeit mal etwas fotografiert oder gefilmt?», fragte Ina nun.

«Ich möchte gerne eine Reportage über den Elchpark machen. Und eine über Gränna. Ich habe schon mit dem MDR gesprochen. Es besteht Interesse.»

Ariane dachte an das Telefonat, das sie am Morgen geführt hatte. Das Telefonat mit dem Fernsehsender 3sat. «Es gibt auch Interesse an einer Reportage über Jörg.»

Ina nickte wieder, doch ihr Blick hing jetzt an ihrer Kaffeetasse fest. Sie steckte den Löffel in den Milchschaum und rührte abwesend darin herum. «Eine Reportage über Jörg», wiederholte sie. «Worum soll es da gehen?»

«Um sein Leben, seine Arbeit. Warum er das gemacht hat, was er gemacht hat. Warum er der geworden ist, der er war.»

Jetzt blickte Ina auf. «Weißt du das denn?»

Ariane sah ihre Mutter fest an. «Na ja, ich dachte, du kannst mir dabei helfen.» Natürlich dachte sie dabei auch an das Manuskript, doch sie verkniff sich die Frage danach.

«Ich kann dir nicht helfen. Er ist doch gerade erst gestorben.»

«Vielleicht hilft dir die Erinnerung an eure gemeinsame Zeit ein wenig in deiner Trauer?»

Inas Kopf schnellte nach oben. Ihre Augen funkelten. «Warum könnt ihr mich nicht einfach in Ruhe lassen?», fauchte sie.

Ariane wich zurück. «Ich wollte ...», aber Ina unterbrach sie. «Warum könnt ihr mich nicht in Ruhe lassen?», wiederholte sie. «Du und Jolante und Thomas Freund.»

Ariane fuhr erschrocken zurück. Sie hatte bislang nicht den Eindruck gehabt, ihrer Mutter auf die Nerven zu gehen. Schweigend trank sie ihren Kaffee aus, blickte sich dann in dem Café um, stand auf, ging zu einem kleinen Tisch, auf dem eine Wasserkaraffe stand, füllte sich ein Glas und wollte sich gerade wieder an den Tisch setzen, als jemand ihren Namen rief. Sie blickte sich um und erkannte Linnea, eine alte Schulkameradin. Ariane wollte ihr einfach kurz zunicken, doch da war Linnea schon aufgestanden und kam auf sie zu. Ariane ließ sich umarmen und auf die Wange küssen. «Wie geht es dir?», fragte Linnea. «Ich habe dich schon Ewigkeiten nicht mehr gesehen. Du warst in Deutschland, oder? Und sonst? Verheiratet? Kinder? Erzähl!»

Ariane schluckte. «Da gibt es nicht viel zu erzählen. Kein Ehemann, keine Kinder.»

Linnea legte den Kopf schief und betrachtete Ariane von oben bis unten. «Lieber Karriere?»

«Was?»

«Ich meine, ob du eine von den Frauen bist, die lieber Karriere machen, als eine Familie zu gründen.»

Ariane wich ein wenig zurück. Sie fand Linneas Fragen übergriffig, doch zugleich wusste sie, dass ehemalige Schulkameradinnen einander solche Dinge fragten. Als ob Ehemann und Kinder die einzigen Kriterien waren, die zählten. «Ich weiß nicht, was ich für eine bin.»

Als sie sah, wie Linnea beleidigt die Mundwinkel nach unten zog, sagte sie etwas sanfter: «Aber du hast bestimmt Mann und Kinder, nicht wahr? Wie alt sind denn die Kleinen?»

Versöhnt lächelte Linnea. «Ich bin seit sechs Jahren verheiratet. Ich weiß, das ist früh, aber wir waren uns einfach so sicher, verstehst du?»

Ariane nickte, auch wenn sie nicht verstand. Wer konnte sich schon eines anderen sicher sein?

«Und wie alt sind deine Kinder?»

«Bosse ist vier, Mio zwei, und das dritte Kind kommt im nächsten Frühjahr.» Linnea legte eine Hand auf ihren

Bauch und strahlte dieses Lächeln, das nur Schwangere und junge Mütter haben. Ein Lächeln zwischen Stolz und Milchbrei.

Ariane überlegte krampfhaft, was sie jetzt sagen sollte, und entschied sich für: «Ich freue mich, dass es dir gutgeht. Aber jetzt muss ich zu meiner Mutter zurück. Ich wünsche dir alles Gute.»

Sie wartete nicht auf Linneas Antwort, sondern setzte sich wieder zu Ina. «Wer war das?», wollte die Mutter wissen.

«Linnea. Weißt du noch, aus der Schule. Sie hat einen Mann und bald drei Kinder.»

Ina nickte, aber Ariane sah, dass sie das automatisch tat. Ina hatte für Hausfrauen nicht allzu viel übrig. Sie konnte einfach nicht verstehen, warum sich manche Frauen mit der Rolle als Mutter und Ehefrau zufriedengaben. Aber Ariane hatte plötzlich so etwas wie ein schlechtes Gewissen. Bald hatte Linnea drei Kindern das Leben geschenkt. Und sie? Was hatte sie bislang vollbracht?

«Ich möchte nicht, dass du in meinem und Jörgs Leben herumschnüffelst», sagte Ina plötzlich.

Ariane zuckte zusammen. Ihre Mutter sah sie mit zusammengepressten Lippen an.

«Ich wollte doch nicht schnüffeln. Ich wollte nur meine Arbeit machen. Jörg hätte das verstanden», erwiderte Ariane verletzt.

«Ja», bestätigte Ina. «Jörg hätte verstanden, dass immer alles ans Licht gehört. Aber ich bin anders. Ich bin seine Witwe. Ich bestimme, was mit seinem Erbe geschieht.»

«Du meinst das Manuskript?»

Ina schüttelte den Kopf. «Es gibt kein Manuskript.» In ihrer Stimme lag Überdruss.

Ariane beugte sich über den Tisch und versuchte im Gesicht ihrer Mutter zu lesen. «Wovor hast du Angst?», fragte sie, aber sie bekam keine Antwort.

Kapitel 18

1989

An manchen Tagen dieses Sommers wurde es bis zu dreißig Grad warm, und in der Musikbibliothek in Malmö standen alle Fenster offen, damit der Wind ein wenig Kühlung bringen konnte. Herr Nynquist hatte sein Radio mit in die Bibliothek gebracht. Ina hatte lange suchen müssen, aber endlich hatte sie den Deutschlandfunk gefunden. Bei jeder Nachrichtensendung hielt sie den Atem an und lauschte dem Sprecher:

«Das ungarische Barockstädtchen Sopron an der österreichischen Grenze unweit des österreichischen St. Margarethen ist von Hunderten DDR-Touristen bevölkert, die darauf warten, ihrer Heimat endgültig den Rücken kehren zu können. Mittlerweile haben 1,5 Millionen DDR-Bürger ihre Ausreise beantragt. Sie belagern zu Hunderten die westdeutschen Botschaften in Prag, Warschau und Budapest sowie die Ständige Vertretung in Ost-Berlin. Dutzende sind bereits über die grüne Grenze von Ungarn nach Österreich geflüchtet, und täglich spitzt sich die Lage zu.»

Ina war schwanger, und die Schwangerschaft verursachte ihr Übelkeit. Sie war noch blasser als sonst. Im November sollte ihr zweites Kind zur Welt kommen, doch nicht die

Schwangerschaft wühlte sie auf, sondern die Geschehnisse an der Grenze. Sie wusste, dass Margarethe und Benno einen solch drastischen Schritt, wie es die Republikflucht war, niemals gehen würden, schon gar nicht mit einem kleinen Kind, und trotzdem hoffte sie jeden Tag, dass sie ihre Familie wieder traf. Am Tag zuvor war sie durch die Einkaufsstraße von Malmö gepilgert, um Sachen für das Baby zu kaufen. Da sah sie plötzlich vor sich ein älteres Ehepaar mit einer ungefähr Dreijährigen an der Hand. So schnell sie konnte, überholte Ina das Ehepaar. Ihr Herz schlug wie rasend, sie schwitzte und fror zugleich, doch als sie die Leute überholt und gesehen hatte, dass es natürlich nicht Benno und Margarethe mit Ariane waren, überfiel sie eine so bleierne Müdigkeit, dass sie sich setzen musste. Es ging ihr oft so, dass sie ihre Familie irgendwo zu sehen meinte. Aus dem Bus heraus, durch die Fensterscheibe in einem Geschäft, als Passagiere in einem Taxi, einige Reihen vor sich im Kino. Sie hatte wieder angefangen, an den Wochenenden nach Trelleborg zu fahren. Aber nun weniger, um auf Margarethe, Benno und Ariane zu warten, sondern um Nachrichten zu erhalten. Sie hielt Leute an, die an ihrer Kleidung und am Dialekt als Ostdeutsche zu erkennen waren. «Wie sieht es aus in der DDR? Wie steht es in Leipzig?»

Und die Leute redeten mit ihr: «Es wird immer schlimmer. Die Wirtschaft ist desolat. Es gibt kaum noch Büromaterial. Aus Halle hört man, dass dort vier Wochen lang keine Zahnpasta in den Läden war. H-Milch gibt es nur in Berlin. Vielen Bürgern werden Visa für Ungarn verwehrt, und auch in die Tschechoslowakei kommen nur noch die wenigsten. In den Betrieben werden die Kampfgruppen fit gemacht, und die Nationale Volksarmee übt ein Manöver nach dem anderen.»

Ina erschrak. «Was hört man aus Leipzig?»

Ein junger Mann hatte Inas Frage gehört und mischte sich direkt ins Gespräch. «Ich komme aus Leipzig, bin über die grüne Grenze von Ungarn nach Österreich und jetzt weiter nach Schweden geflüchtet. Jeden Montag werden in der Nikolaikirche Friedensgebete abgehalten. Die Hälfte der Bänke ist von Stasimitarbeitern besetzt. Und die, die dorthin gehen, werden beobachtet. Manche wagen sich nicht mal mehr in die Nähe des Nikolaikirchhofes, aus Angst, dass sie sofort als Oppositionelle gelten. Es gibt Verhaftungen. Mehr als je zuvor. Und trotzdem gehen immer mehr Bürger auf die Straße. Es wird eine Revolution geben, und sie wird von Leipzig ausgehen.»

Ina schluckte. «Glauben Sie wirklich?», fragte sie weiter. Der Leipziger nickte.

«Besteht für normale Bürger Gefahr?», fragte Ina weiter.

Der Mann zuckte mit den Schultern. «Keine Ahnung. Es heißt, es könnte hart auf hart kommen. Honecker soll selbst vor Toten nicht zurückschrecken. Es wird davor gewarnt, die Innenstadt am Montagnachmittag aufzusuchen. Es gibt viele Parteiaustritte. Geheime Flugblätter mit Umweltdaten kursieren; es ist schlimmer als je befürchtet. Unsere ganze Hoffnung liegt bei Gorbatschow.»

Ina wusste nicht, ob sie froh oder ängstlich sein sollte. Alles in ihr drängte danach, noch einmal bei Benders in Leipzig anzurufen, doch sie tat es nicht, um niemanden aufzuschrecken.

Abends erzählte sie Jörg, was sie gehört hatte. War er unterwegs, so telefonierten sie. Er hatte gute Kontakte zu den westlichen Medien, kannte Reporter vom SPIEGEL und vom Stern, die Inas Geschichten bestätigten.

Eines Abends fasste Jörg nach ihrer Hand: «Wenn das alles stimmt, was wir hören, dann können wir dieses Weihnachten nicht nur mit dem Baby, sondern auch mit deinen Eltern und Ariane feiern.» Ina lächelte, aber das Lächeln kam nicht von Herzen. Wenn sie ganz ehrlich zu sich selber war, dann musste sie gestehen, dass sie voller Wut war. Wut auf Margarethe und Benno. Und das nicht erst seit gestern. Seit dem heimlichen Brief, der eines Tages bei ihr im Postkasten gesteckt hatte, hatte sie nichts mehr von ihren Eltern und ihrer Tochter gehört. Sie fragte sich, warum das so war. Hätten sie ihr nicht weiter über den geheimen Kanal schreiben können? Ahnten sie nicht, wie sehr sie Ariane vermisste? Waren sie etwa umgekippt und hielten sich an die Stasi? Warum hatten sie sich geweigert, ihr das Abiturzeugnis und die Studienbescheinigungen zu schicken? Nur, weil sie es nicht getan hatten, hatte sie ihr Studium nicht weiterführen können und hatte nun keinen Abschluss, keinen Beruf. Sie antworteten nicht auf ihre Briefe. Ja, es konnte schon sein, dass die Staatssicherheit ihre Post zurückhielt, aber sie hatte so viele Briefe geschrieben. Wenigstens einer musste doch durchgekommen sein. Wenigstens die Briefe, die sie Jörg mit nach Norwegen und Dänemark gegeben hatte, die mit dem falschen Absender. Aber da kam nichts. Sie hatte ihren Eltern geschrieben, dass sie die Antworten nicht an ihre Adresse schicken sollten, sondern an zwei andere: eine war die von Herrn Nynquist, die andere die von einem von Jörgs Kollegen, einem Reporter, der sogar schon einmal in der DDR gewesen war, in Potsdam, und dort einen Brief eingesteckt hatte. Aber was immer Ina auch getan hatte, sie hatte keine Antwort erhalten. Zuerst war sie todtraurig darüber gewesen, danach wütend und mittlerweile verbittert. Wie konnten ihre Eltern ihr das nur antun? Sie fühlte sich nicht nur von ihnen verraten, sie wusste sogar, dass sie von ihren Eltern verraten worden war. Und trotzdem: Wie hatten sie zulassen können, dass Ina nicht weiterstudieren konnte, dass sie keine Nachrichten von ihrem Kind bekam? Sie mussten doch verstehen, dass sie das hier alles nicht aus freien Stücken tat. Oder waren sie wirklich der Meinung, Ina hätte ihre kleine Tochter im Stich gelassen? Glaubten sie das wirklich? Gut, sie hatte sich oft über bestimmte Dinge in der DDR beklagt. Darüber, dass es so wenig Auswahl an Obst und Gemüse gab, das sie ihrem Kleinkind geben konnte. Darüber, dass sie nicht einfach hinfahren konnte, wohin sie wollte. Sie hatte auch Angst, nach dem Studium an einen Ort «delegiert» zu werden, an den sie um keinen Preis wollte. Und einmal hatte sie sich beschwert. Einer anderen Mutter aus der Kindertagesstätte war angedroht worden, sowohl den Kindergartenplatz als auch den Studienplatz zu verlieren. Ihr fünfjähriger Sohn war nach Hause gekommen und hatte seine Mutter gefragt: «Mama, was ist ein Kommunist?»

«Wie kommst du auf diese Frage?»

«Die Kindergärtnerin hat uns gesagt, wir sollen unsere Eltern danach fragen.»

Die Mutter hatte nicht lange überlegt, sondern gesagt: «Schatz, das musst du falsch verstanden haben. Es heißt nicht Kommunist, sondern Komponist. Und ein Komponist ist einer, der Musik erfindet.»

Am nächsten Tag war in der Kindereinrichtung die Hölle los gewesen. Man hatte der Mutter aufgetragen, eine schriftliche Stellungnahme anzufertigen, die an der Wandzeitung ausgehängt werden sollte. Ina hatte sich für die junge Frau eingesetzt, doch es hatte nichts genützt. Zwei Tage später hing ein Brief an der Wandzeitung, in dem sich die Mutter entschuldigte und ihre Treue zum sozialistischen Staat betonte.

Und jetzt? Jetzt hatte sich Ina sogar bei dem Chor in Malmö eingeschrieben, der damals ebenfalls beim Chorfestival dabei gewesen war. Sie hatte gehofft, noch einmal zu einem Festival fahren zu können, das in der DDR stattfand, aber die ostdeutschen Behörden hatten ihr die Einreise verweigert.

Ina konnte nachts kaum mehr schlafen. Sie war überempfindlich geworden, weinte bei jedem falschen Wort, war bei jeder noch so allgemeinen Bemerkung beleidigt und interessierte sich für nichts anderes mehr als für die Nachrichten aus der DDR.

«Du solltest dich ein wenig ausruhen», mahnte Jörg. «Der seelische Stress ist bestimmt nicht gut für das Baby.»

«Und was ist gut für Ariane?», fauchte Ina zurück, doch zugleich legte sie sich die Hand schützend auf den Bauch.

Kapitel 19

Ariane fuhr von Inas Geschäft direkt zu Jolante.

«Da bin ich. Wie versprochen. Und jetzt bin ich sehr gespannt auf dein neuestes Projekt.»

Jolante stand in ihrer ledernen Arbeitsschürze in der kleinen Küche und goss Wasser in die Kaffeemaschine. Auf dem Boden des Ateliers lagen verschiedenfarbige Zettel herum, auf denen etwas geschrieben stand oder die mit Fotos beklebt waren. Ariane deutete darauf. «Hat das hier was mit dem neuen Projekt zu tun?»

«Ja», rief Jolante über das Gurgeln der Kaffeemaschine hinweg. «Ich werde alle diese Dinge in Glas stecken. Wer wissen will, was auf den Zetteln oder auf den Fotografien ist, der muss das Glas zerbrechen.»

«Aha.»

Jolante lachte. «Das klingt, als hättest du nicht den leisesten Schimmer, was das bedeuten könnte, stimmt's?»

«Du weißt doch, dass ich ganz schlecht abstrakt denken kann.»

«Es bedeutet, dass du etwas Altes zerstören musst, um an etwas Neues zu gelangen.»

Ariane runzelte die Stirn. «Ist das so?», fragte sie.

«Vielleicht nicht immer, aber oft. Ich mache eine Performance daraus, die ich gern in Malmö aufführen möchte. Vor dem Gebäude der Sydsvenskan. Ich werde sie unserem Vater widmen.»

Ariane setzte sich auf einen Holzstuhl und nahm dankend den Becher mit Kaffee entgegen. «Wieso? Hast du etwa den Eindruck, dass man zuerst Jörgs Oberfläche zerbrechen muss, um an seinen Kern zu kommen?»

Jolante starrte Ariane mit offenem Mund an. Dann räusperte sie sich und sagte: «Lass das bloß nicht Ina hören.» Ariane lächelte. Sie versuchte sich zu erinnern, seit wann sie die Eltern beim Vornamen nannten, wenn sie unter sich waren, doch es fiel ihr nicht ein.

«Nein, im Ernst. Gibt es etwas an Jörg, das bislang versteckt war?», wollte Ariane wissen.

Jolante stellte die beiden Kaffeebecher auf den Tisch, gab einen Löffel Zucker in ihre Tasse. «Das Manuskript zum Beispiel.»

«Du glaubst auch, dass es existiert, nicht wahr?»

Jolante nickte.

«Und warum will Ina nicht, dass es das Manuskript gibt? Sie tut ja gerade so, als könnte darin eine ungeheuerliche Wahrheit stehen.»

«Das weiß ich nicht, Ariane. Ich weiß nur, dass wir unsere Eltern wohl schlechter gekannt haben als vermutet.»

«Was meinst du damit?», fragte Ariane.

Jolante stand auf und knipste das Licht einer Stehlampe an, die neben dem Tisch stand. Draußen dämmerte es bereits. Der Wind klapperte ein wenig mit den Fensterläden, und Ariane hatte vorhin im Auto sogar gehört, dass es Schnee geben sollte.

«Nichts Bestimmtes eigentlich», sagte Jolante. «Ich erinnere mich nur an eine Begebenheit von vor ein paar Jahren. Du warst schon in Deutschland zum Studium. Ich habe noch zu Hause gewohnt, hatte gerade mal Abitur gemacht. Eines Abends hatten sie einen wirklich schlimmen Streit.»

Ariane zog eine Augenbraue hoch. «Sie haben sich doch selten gestritten, oder?»

«Es war mehr geworden. Und an diesem Abend war es wirklich heftig, und irgendwann schrie Ina: ‹Liebe kann man nicht herbeificken!›»

Ariane riss Mund und Augen auf. Sie hatte Ina noch niemals fluchen oder Schimpfwörter benutzen hören. Ja, sie hatte nicht einmal geglaubt, dass ihre Mutter das F-Wort überhaupt kannte. «Und was sollte das heißen?»

«Das weiß ich nicht», gab Jolante zu. «Sie haben zwei Tage lang nicht miteinander gesprochen. Du weißt schon, nicht richtig, sondern bloß das Nötigste: ‹Würdest du mir bitte mal die Butter reichen?› – ‹Ja, natürlich.› – ‹Vielen Dank.›»

Ariane nickte. «Ich kann's mir vorstellen. Du meinst also, sie haben sich in den letzten Jahren nicht mehr so gut verstanden?»

«Ich weiß es wirklich nicht. Ina ist noch nie besonders herzlich gewesen. Es fällt mir schwer, hinter ihre Fassade zu gucken. Ich weiß oft nicht, was sie gerade denkt oder fühlt.»

«Wirklich? Ich hatte immer das Gefühl, dass du sie verstehst, dass du sie kennst.»

«Nur manchmal, Ariane.»

«Hast du den Eindruck, dass unsere Mutter, also jedenfalls vor Jörgs Tod, glücklich war?» Ariane sprach ganz leise, als hätte sie Angst vor der Antwort.

«Nein, glücklich nicht. Vielleicht zufrieden. Aber nicht glücklich.»

«Und woran kann das liegen? Hat Ina Jörg am Ende gar nicht geliebt oder nicht mehr geliebt? Was soll das heißen: ‹Liebe kann man nicht herbei... her... du weißt schon, was.»

Jolante stellte ihren Kaffeebecher ab und legte die Unterarme auf den Küchentisch. Ihre Finger spielten mit dem Kaffeelöffel. «Was wissen Kinder schon über ihre Eltern?», fragte sie. «Ina ist selten ausgelassen und fröhlich. Aber heißt das gleich, dass sie unglücklich ist? Bedeutet es, dass unsere Eltern sich nicht geliebt haben?» Sie sah hoch, und Ariane nickte. «Du hast sicher recht. Was wissen wir schon über unsere Eltern.»

Zwei Stunden später holte sie ihr neues Auto ab und fuhr damit zu Viggo. Im Gegensatz zu den anderen Häusern rund um Söderby war Viggos Haus nicht im typischen Falunrot gestrichen, sondern hatte eine hellgraue Farbe, die durch die weiß abgesetzten Fenster und die weiße Tür frisch und luftig wirkte. Sie klingelte, und gleich darauf hörte sie Schritte, und die Tür ging auf. «Ariane! Du kannst hellsehen. Ich habe gerade bei dir im Sommerhaus angerufen, um zu fragen, ob wir nicht eine Flasche Wein köpfen wollen. Komm rein.»

Er trat zur Seite und ließ Ariane den Vortritt. Sie bemerkte Viggos Unschlüssigkeit, sah, wie er kurz im Begriff war, die Arme zu heben und sie zu umarmen, sich dann aber dagegen entschied, als wisse er nicht, was angemessen wäre.

Ariane lief ein paar Schritte über den schwarz und weiß gefliesten Flur, an der Küche vorbei, deren Kiefernmöbel in der Abendsonne beinahe golden schimmerten. «Ins Wohnzimmer?», fragte sie.

«Ja. Ich habe den Kamin angemacht. Der Rotwein steht bereit.»

Ariane setzte sich auf das bequeme Sofa. Erst jetzt fröstelte sie ein wenig. «Ich habe gar nicht gemerkt, dass der Herbst beinahe vorbei ist», sagte sie und schlang die Arme um sich.

Viggo reichte ihr eine Decke. «Es gab schon Bodenfrost in der Nacht. Und Raureif am Morgen. Bestimmt schneit es bald. Ich werde in den nächsten Tagen mal nach deinen Holzvorräten sehen.»

«Ach ja? Das wäre schön.» Ariane fiel es schwer, sich auf Viggos Worte zu konzentrieren. Das Gespräch mit Jolante ging ihr noch im Kopf herum. Plötzlich fiel ihr etwas ein. Sie lächelte Viggo an, streckte eine Hand nach ihm aus und strich kurz über seinen Unterarm. «Ich weiß so wenig von dir», sagte sie.

Viggo zuckte mit den Achseln. «Da lässt sich was machen. Was willst du wissen?»

«Wo und wie bist du aufgewachsen? Wer waren deine Eltern? Was für Hobbys hattest du?»

Viggo setzte sich in einen Sessel, der neben der Couch stand, öffnete den Rotwein, schenkte ihnen ein. «Ich bin

1984 geboren. Am 4. März übrigens. In Stockholm. Meine Mutter hat mich alleine aufgezogen. Sie war Lehrerin. Sie ist noch immer Lehrerin, aber sie wird nächstes Jahr in den Ruhestand gehen.» Er lachte kurz auf. «Auch wenn ich keine Ahnung habe, was für einen Ruhestand meine Mutter haben wird. Sie ist sehr temperamentvoll, weißt du. Sie kann nicht ruhig sitzen. Ich nehme an, sie wird dann Flüchtlinge unterrichten oder so etwas.» Wieder lachte Viggo und strich sich eine Haarsträhne aus der Stirn.

«Siehst du ihr ähnlich?»

«Ich finde nicht, aber die Leute sagen, wir sähen uns sehr ähnlich. Na ja, sie hat auch blonde Haare, ein wenig heller als meine. Und sie hat blaue Augen. Genau wie ich.»

«Du magst sie, nicht wahr? Steht ihr euch nahe?»

Viggo nickte, lächelte, und Ariane spürte einen Stich der Eifersucht. Sie würde niemals so lächeln, wenn sie über Ina sprach.

«Wie ist es, eine richtige Mutter zu haben?», wollte sie fragen, doch sie biss sich auf die Zunge. Sie hatte nicht über diesen Satz nachgedacht. Er war ihr einfach so in den Kopf gekommen, und Ariane erschrak sehr darüber. Ina war doch eine richtige Mutter gewesen. Sie hatte mit ihr Mathe geübt, hatte am Geburtstag einen Kuchen gebacken, hatte ihr neue Kleider gekauft. Ina hatte sie getröstet, wenn sie hingefallen war, und war mit ihr zum Arzt gegangen, wenn sie krank war. Aber, dachte Ariane jetzt, sie hat mich nie verstanden. Sie hat sich irgendwie nie so richtig für mich interessiert. So, als wäre ich eigentlich gar nicht richtig ihre Tochter.

«Wir stehen uns nah», wiederholte Viggo.

«Und dein Vater?», fragte Ariane.

«Er hat erst in den letzten Jahren eine Rolle gespielt.»

Ariane nickte. Ihr fielen die Fotos ein, auf denen Viggo mit Jörg zu sehen war.

«Ich würde gern Fotos sehen», sagte sie. «Zeig mir doch ein paar aus deiner Kindheit, ja?»

Viggo strich sich mit der Hand über das Kinn, als wolle er einen Bart glätten, doch er hatte keinen richtigen Bart, sondern nur Drei-Tage-Stoppeln. «Wenn du willst», antwortete er, wirkte aber, als könne er nicht recht glauben, dass an Fotos aus seiner Vergangenheit etwas Interessantes sein konnte. Er stand auf, öffnete die Tür eines Sideboards und holte ein anderes Album hervor als das, in dem sie heimlich geschnüffelt hatte. Viggo setzte sich neben sie, schlug die erste Seite auf. Ariane erblickte einen etwa fünfjährigen Jungen, der grinsend auf einer Schaukel saß. «Das ist im Djurgarden in Stockholm», erklärte er. Er blätterte um, und Ariane sah einen kleinen Viggo auf einem Kinderfahrrad, einen beim Luciafest mit leuchtenden Augen und einer roten Bommelmütze, Viggo badend in einem See, Viggo mit einer Angel, Viggo mit Fußball, Viggo im Tierpark. Dann sah Ariane noch zwei oder drei Fotos, auf denen eine junge Frau mit hellen Haaren und lachendem Gesicht abgebildet war. «Das ist meine Mutter», erklärte Viggo.

«Warum ist dein Vater nicht bei euch gewesen?», wollte Ariane wissen.

Viggo zögerte. «Er hat eine andere Frau geheiratet.»

«Und warum nicht deine Mutter?»

Wieder zögerte Viggo, trank einen Schluck Rotwein, ehe er sagte: «Die andere Frau hat ihn dringender gebraucht als meine Mutter.»

Ariane zog die Stirn in Falten. «Ist das ein Grund?», fragte sie.

Viggo lächelte, aber seine Augen lächelten nicht mit. «Für ihn war es ein Grund.»

«Hast du vielleicht noch ein Bild von deinem Vater?», fragte Ariane weiter. Sie wollte unbedingt herausfinden, was Jörg auf einem Foto mit dem kleinen Viggo und seiner Mutter zu bedeuten hatte. Wenn Viggo 1984 geboren war, dann mussten sich Jörg und Viggos Mutter 1983 getroffen haben. Aber da war Jörg doch noch in der DDR gewesen! Nein, Jörg konnte nicht Viggos Vater sein, das war unmöglich. «Viggo ist nicht dein Bruder», hörte sie ihre Mutter immer noch sagen. Es war zum Verrücktwerden.

Viggo zuckte mit den Achseln. «Ich weiß nicht. Vielleicht irgendwo. Ich zeige es dir, wenn ich es gefunden habe.»

Ariane sah Viggo direkt in die Augen. «Bitte», flüsterte sie. «Bitte lüg mich nicht an.»

Viggo strich ihr über die Wange. «Nein, ich werde dich nicht anlügen. Wie kommst du darauf?»

«Ist Jörg dein Vater?»

Viggo sah sie einfach nur an. Dunkel. «Du musst Ina fragen. Es ist an ihr, dir die Antworten zu geben, die du suchst.»

Ariane trank einen Schluck Wein. Als Viggo ihr Gesicht in seine Hände nahm, mit dem Daumen die Linien ihres

Mundes umrundete und sie zuerst ganz sanft und dann immer leidenschaftlicher küsste, da vergaß Ariane sämtliche Verwandtschaftsgedanken und erwiderte seine Küsse.

Später, viel später, lag sie im Bett, die Arme unter dem Kopf verschränkt, und betrachtete ihre Zimmerdecke im Sommerhaus. Sie hatte das Fenster einen Spalt weit offen, sodass die kühle Nachtluft ihr über Gesicht und Arme strich. Ariane fröstelte, doch sie merkte es kaum, weil die Gedanken ihr im Kopf herumwirbelten wie Schneeflocken in einem Sturm. Viggo hatte ihr auf die Frage nach seinem Vater nicht geantwortet, aber er hatte auch nicht abgestritten, Jörg Bentheims Sohn zu sein. Was dann geschehen war, raubte Ariane die Nachtruhe. Sie hatten miteinander geschlafen. Viggo und sie. Es war schön gewesen; Viggo war ein sanfter Liebhaber, der auf ihrem Körper spielte wie auf einem Klavier. Noch nie war es für Ariane so schön gewesen, und wenn sie jetzt daran dachte, bekam sie auf der Stelle Sehnsucht nach Viggo, nach seinen Händen, seinen Lippen. Aber wenn sie nun doch verwandt waren? Wenn Ina sie angelogen hatte, um ihre Ruhe zu haben? Dann hatte Ariane mit ihrem Bruder geschlafen. Sie spürte, wie ihr die Tränen in die Augen stiegen, aber da war noch etwas, das viel schlimmer war. Wenn Viggo und sie Geschwister waren, dann war das, was sie heute Abend getan hatten, eklig. Unanständig. Inzüchtig. Sie wollte nicht, dass die wunderbaren Stunden mit Viggo beschmutzt wurden. Das durfte einfach nicht sein. Aber sie musste nun einmal davon ausgehen, dass Viggo Jörgs Sohn war.

Und dann schoss es Ariane eiskalt durch den Körper. Wenn Ina nicht gelogen hatte, dann blieb nur noch der Schluss, dass Jörg Bentheim nicht ihr Vater war. Und das würde einiges erklären. Zum Beispiel, dass sie weder Ina noch Jörg ähnlich sah. Dass sie anders war und aussah als Jolante. Dass sie sich immer ein wenig abseits gefühlt hatte.

Ariane suchte nach einer Erinnerung. Nach einer sehr frühen Erinnerung. Konzentriert starrte sie an die Decke, doch alles, was ihr einfiel, war ein Weihnachtsfest in Söderby, bei dem Jolante fast noch ein Baby gewesen sein musste. Weihnachten 1990. Es gab ein Foto davon, und Ariane wusste nicht, ob ihre Erinnerung nicht einfach nur der Abdruck dieses Bildes in ihrem Gedächtnis war. Einmal hatte sie von einer Frau gelesen, die sich sogar an ihre eigene Geburt erinnern können wollte. Ariane konnte sich noch immer nicht vorstellen, dass das stimmte, doch jetzt wünschte sie, sie könnte sich an ihre frühe Kindheit erinnern. Es gab einen Geruch, den sie von früher her zu erinnern meinte. Einen Geruch, den sie aus Leipzig kannte. Es war der Geruch eines Parfüms. Oma Margarethe hatte dieses Parfüm immer getragen. Es hieß Schwarzer Samt, und Ariane würde diesen Duft unter sämtlichen Düften der Welt immer erkennen. Warum erinnerte sie sich an das Parfüm ihrer Oma, wusste aber nicht mehr, wie ihre Mutter gerochen hatte? Und dann gab es da noch eine andere Erinnerung: eine Wohnung. Ein Zimmer. Eine blassrot karierte Couchgarnitur mit Sesseln in derselben Farbe. Die Couchgarnitur ihrer Großeltern. Und darauf ein Kissen, das Ariane immer mit sich herumgeschleppt hatte. Ganz egal, wo sie in den ersten Jahren ihres Lebens war, ihr Kissen war immer dabei. Das Pingkissen. Sie wusste nicht mehr, warum das Kissen so hieß, doch sie erinnerte sich deutlich an seinen Namen. Wo war das Pingkissen geblieben?

Sie war in Leipzig geboren, so stand es in ihrer Geburtsurkunde. Als Mutter war Ina eingetragen, doch das Feld für den Vater war leer. Ina hatte ihr erzählt, dass sie noch nicht mit Jörg verheiratet gewesen sei, als Ariane auf die Welt kam, und dass deshalb sein Name auf der Urkunde fehle. Ariane hatte das geglaubt, hatte es nie hinterfragt. Warum auch? Aber jetzt kam ihr dieses Detail in den Sinn. Warum konnte sie sich nicht an ihren Umzug von Leipzig nach Schweden erinnern? Ina hatte ihr erzählt, dass die ganze Familie gleich nach der Wende nach Schweden gezogen sei, weil Jörg dort eine Anstellung bekommen hätte. In ihren Gedanken war sie bei Oma und Opa gewesen und dann – irgendwann später – plötzlich in Schweden.

Wer war Jörg Bentheim?

Die Gedanken wühlten Ariane derart auf, dass sie sich im Bett aufsetzte. Sie wusste, dass sie in der nächsten Zeit nicht mehr würde einschlafen können. Deshalb stand sie auf, öffnete eine Flasche Wein und trank beinahe in einem Zug ein ganzes Glas leer. Dann setzte sie sich an den Küchentisch und wartete auf die Müdigkeit. Als die Dämmerung hereinbrach, saß Ariane noch immer am Tisch, neben sich die mittlerweile leere Flasche Wein. Sie fühlte sich ein wenig betrunken, doch die Gedanken lasteten nicht mehr ganz so schwer auf ihren Schultern wie zuvor. Sie stand auf, legte sich ins Bett und grinste, als sie merkte, dass ihr Bett sich drehte. Sie trank selten so viel Alkohol und fürchtete sich jetzt schon vor dem Kater nach dem Aufwachen. Aber noch mehr als den Kater fürchtete sie das Gespräch, das sie mit Ina würde führen müssen.

Kapitel 20

1989

Im September saß Ina jeden Montag vor dem Fernseher und versuchte, einen deutschen Sender einzustellen. Manchmal klappte es, manchmal sendete die ARD bis nach Schweden. Und wenn die Tagesschau begann, dann saß Ina auf der Sofakante und hatte eine Faust vor ihren Mund gepresst. Sie hörte die Berichte aus Leipzig. Sie hörte von den Montagsdemonstrationen, die nach dem Friedensgebet in der Nikolaikirche stattfanden. Am 4. September waren es 1200 Menschen, die demonstrierten. Wie viele davon Stasileute waren, wusste keiner. Auf den Plakaten stand: «Reisefreiheit statt Massenflucht!» Und der Chor der Demonstranten rief wieder und immer wieder: «Stasi weg!» Am 2. Oktober waren es schon 8000 Menschen, die auf die Straße gingen. Und dann kam der 9. Oktober 1989. Die Stimme des Nachrichtensprechers überschlug sich schier. Es war die Rede von Panzern und Wasserwerfern in der Leipziger Innenstadt. Es wurde von einem Schießbefehl gesprochen und davon, dass die Polizei und auch die Armee mit Waffen ausgestattet worden waren. Die Krankenhäuser waren in Bereitschaft, Blutkonserven aus der ganzen Republik wurden nach Leipzig gebracht. Die Leipziger wurden angehalten, die Innenstadt zu meiden. Als Ina das hörte, stockte ihr der Atem. Die Tagesschau zeigte noch einmal Berichte von den letzten Montagsdemos. «Wir wollen raus», skandierten die Leute. Aber seit dem 2. Oktober gab es noch andere, die riefen: «Wir bleiben hier!» Ganz Deutschland hielt den Atem an. Und dann passierte etwas, mit dem niemand gerechnet hatte. Über den Stadtfunk Leipzig wurde eine Erklärung verlesen, ein Aufruf zur Vernunft und Gewaltlosigkeit. Diesen Aufruf hatten der Gewandhauskapellmeister Kurt Masur, der Kabarettist Bernd-Lutz Lange, der Theologe Peter Zimmermann und drei SED-Funktionäre aufgesetzt. Die Leute blieben unter den Lautsprechern des Stadtfunks stehen. Trauben bildeten sich um die grauen schmalen Säulen. Einige brachen in Tränen aus. Andere klatschten. Aber allen war wohl klar, dass das Schlimmste nun vorbei war, dass die Nationale Volksarmee nicht auf die Bürger schießen würde, dass die Chirurgen in den Krankenhäusern eine Pause einlegen konnten. Und Ina saß vor dem Fernseher, weinte und weinte und konnte sich gar nicht mehr beruhigen. Jörg saß neben ihr. Er hielt ihre Hand, doch seine Augen blieben trocken. «Wir müssen etwas tun!», rief Ina und rüttelte an seiner Schulter. Aber Jörg schüttelte den Kopf. «Was denn? Was sollen wir tun?»

Da wurde Ina still. «Ja. Was sollen wir tun? Wir gehören ja nicht mehr dazu.»

Und trotzdem saß sie weiter jeden Tag vor dem Fernseher, verpasste keine Nachrichten, verpasste keine Sondersendungen. Sie wollte alles wissen. Und einmal versuchte sie sogar noch, die Familie Bender anzurufen. Doch niemand ging ans Telefon. Sie sprach es nicht aus, aber sie dachte ununterbrochen an Ariane, an Margarethe und an Benno. Würde sie ihre Tochter bald wiedersehen? Wann immer sie sich diese Frage stellte, spürte sie sofort den riesigen Stein in ihrem Bauch.

Am 23. Oktober gingen in Leipzig 300 000 Menschen auf die Straße, und Ina saß vor dem Fernseher und versuchte, jemanden zu entdecken, den sie kannte. Frauen und Männer wurden interviewt; alle waren bewegt vor Glück, sie jubelten und schrien in die Mikrophone, machten das Victory-Zeichen. Auf den Plakaten stand nun: «Wir sind das Volk», und Ina wusste nicht so genau, ob sie vor diesem Volk Angst haben oder es bewundern sollte.

Und dann kam der 9. November, ein trüber Herbsttag, an dem es gar nicht richtig hell werden wollte. Dicke graue Wolken bedeckten den Himmel, und obwohl sie nur auf den Bildschirm starren konnte, spürte Ina die Anspannung, die in ganz Deutschland herrschte. Es war so viel passiert, dass die Leute mit dem Denken und Fühlen nicht hinterherkamen. Und jeden Tag passierten wieder Dinge, die man vor kurzem noch nicht für möglich gehalten hätte. Es kursierten Gerüchte, dass eine neue Reiseregelung erarbeitet werden solle. Ina hielt die Luft an. Würde sie tatsächlich Ariane bald wiedersehen können? Sie wollte es so gern glauben, doch sie hatte Angst vor der Enttäuschung. Sie wusste, es würde sich anfühlen, als hätte man ihr die Kleine zum zweiten Mal weggenommen. Und ja, sie dachte wirklich, dass man ihr das Kind weggenommen hatte, denn sie hatte ja zurück in die DDR gewollt. Sie hatte Ariane nicht allein lassen wollen. Niemals. Und jetzt diese Ereignisse in ihrer Heimat. Sie wollte so gern glauben, was sie in den Nachrichten hörte, aber tatsächlich glaubte sie nur das, was sie über die Methoden des Ministeriums für Staatssicherheit hörte: von den Geruchsproben, von der Kontrolle privater Post, von der tausendfachen Bespitzelung. Es war nicht so, dass Ina bis dahin für diese Dinge blind gewesen wäre. Schon immer wurden die unglaublichsten Geschichten über die Stasi geflüstert und geraunt. Jeder wusste vom letzten Todesurteil in der DDR, das 1981 in Leipzig vollstreckt worden war. Der Hingerichtete war ein Hauptmann der Staatssicherheit gewesen, der wegen Spionage und Fahnenflucht mit einem Nahschuss getötet worden war. Jeder wusste, dass die, die einen Ausreiseantrag gestellt hatten und seitdem ein weißes Band an der Antenne ihres Trabis trugen, Repressalien zu erleiden hatten. Viele verloren ihre Jobs, kamen nur noch als Friedhofsgärtner zum Einsatz. Und jeder hatte schon von einem gehört, der einmal einen Witz zu viel erzählt hatte.

In der Musikbibliothek hatte Herr Nynquist das Radio auf einen deutschen Sender eingestellt. Ina saß den ganzen Tag davor, und Herr Nynquist ließ sie. Es gab Gerüchte über eine neue Reisegesetzgebung, aber niemand wusste, wie die aussehen könnte. Jörg hatte sie am Vorabend gewarnt: «Mach dir nicht zu große Hoffnungen», hatte er gesagt. «Solche Dinge brauchen viel Zeit. Die Politik ist keine Sprinterin.» Und Ina hatte ihn angeschaut und sich gefragt, warum er das gesagt hatte. Hatte er nicht verstanden, was da gerade vor sich ging? Wollte er es nicht verstehen?

«Es ist eine Revolution im Gange, Jörg», hatte sie gesagt,

ja, sie hatte es beinahe gerufen, so groß und mächtig war das, was sie da fühlte, das, was Jörg nicht zu fühlen schien. «Eine Revolution, verstehst du? Eine friedliche! Und Leipzig ist eine Heldenstadt.»

«Ich meine ja nur», hatte Jörg erwidert. «Schließlich wirst du dann in meinen Armen weinen.»

Ina hatte die Augen zu schmalen Schlitzen verengt. «Ich werde nicht mehr in deinen Armen weinen», verkündete sie und wusste, dass der Ausgang dieser friedlichen Revolution damit nicht das Geringste zu tun hatte.

Am 9. November 1989 um 18.57 Uhr war es so weit: Die Regierung unter Egon Krenz verkündete durch Günter Schabowski das neue Reisegesetz. Die BBC berichtete als erster Nachrichtensender davon, dass das neue Gesetz auf der Stelle, also UNVERZÜGLICH, in Kraft treten sollte. Und was dann passierte, das hatte die Welt noch nicht gesehen.

Ina saß vor dem Fernseher, ganz starr, hatte die Augen weit aufgerissen und wagte kaum zu atmen. Sie hätte Jörg gern gefragt, ob er dasselbe wie sie gehört hatte, doch sie wagte es nicht. Jörg saß neben ihr und sog die Luft scharf durch die Zähne. Die Fingerspitzen seiner linken Hand trommelten auf dem kleinen Couchtisch herum.

Kapitel 21

Am nächsten Morgen war der Waldboden von einer starken Reifschicht bedeckt. Der Himmel war schwer von Wolken, der See lag bleigrau und beinahe unbewegt vor Arianes Haus. Sie öffnete das Fenster, und die kalte Luft nahm ihr kurz den Atem. Sie schob zwei Brötchen in den Backofen, holte die Butter aus dem Kühlschrank und stellte ein Glas Preiselbeerkonfitüre auf den Tisch, das Jolante ihr geschenkt hatte. Nachdem sie die Brötchen gegessen hatte, nahm Ariane ihren Becher mit dem heißen Kaffee, warf sich eine Decke über die Schulter und ging hinaus auf die Veranda. Dort setzte sie sich trotz der Kälte in einen Korbstuhl und rauchte eine Zigarette. Ariane war zwar nur Gelegenheitsraucherin, doch jetzt hatte sie das unbedingte Bedürfnis nach einer Zigarette. Sie würde heute zu Ina fahren, das hatte sie in der Nacht beschlossen. Und sie würde Ina ein paar Fragen stellen, vor deren Antworten sie sich ein wenig fürchtete. Aber es musste sein.

Ariane erhob sich, duschte und zog sich an. Dann schloss sie das Haus ab. Ihr Blick huschte zum Holzstapel neben dem Haus. Sie musste die Vorräte aufstocken, wenn sie auch weiterhin am Abend den Kamin anmachen wollte. Doch dann fiel ihr ein, dass Viggo sich darum kümmern wollte. Es tat gut, dieser Gedanke. Der Gedanke, dass sich jemand um sie kümmerte. Sie befreite die Scheibe ihres kleinen roten Autos von der dünnen Eisschicht und fuhr nach Söderby. Es war noch früh, die meisten Geschäfte hatten geschlossen, nur die Kaffeerösterei mit dem angeschlossenen Ausschank hatte schon offen. Ariane kaufte bei Frau Bengtzon zwei Zimtschnecken und zwei Becher Kaffee zum Mitnehmen, hörte sich die Geschichte von Frau Larsons Grippe in allen Einzelheiten an und klopfte dann an die Tür zu Inas Laden. Sie hatte Ina bereits durch die gläserne Eingangstür gesehen. Ihre Mutter war gerade dabei, einige Kisten auszupacken. Wahrscheinlich mit Noten für Weihnachtslieder. Auch das Luciafest stand kurz bevor. Ariane lächelte, als sie daran dachte. In der DDR war der 13. Dezember der Geburtstag der Pioniere gewesen, bei dem die Kleinen Lieder sangen, hatte Ina erzählt. Und in Schweden feierte man das Lichterfest, und auch hier wurden Lieder gesungen. «Musik gibt es immer. Und Leute, die Musik lieben, auch.» Das sagte Ina stets, wenn jemand sie fragte, ob es sich lohne, eine Musikalienhandlung zu führen.

Ariane stellte einen der Kaffeebecher auf den Boden, dann klopfte sie. Ina hob den Kopf, nickte und schloss die Tür auf. «Ich habe nicht damit gerechnet, dass du so zeitig kommst», sagte Ina, trat einen Schritt zur Seite, während Ariane ihr den Kaffeebecher reichte. «Ich hätte auch nicht gedacht, dass ich so früh komme, aber ich habe die ganze Nacht nicht geschlafen.»

Ariane hatte erwartet, dass die Mutter sie fragen würde, warum sie nicht geschlafen hatte, aber Ina schwieg und ging zurück zu ihren Kisten. Sie stellte den Kaffee auf den Kassentisch und machte sich daran, weiter auszupacken.

«Ich muss mit dir reden», sagte Ariane.

«Ja. Gleich. Hilf mir nur kurz, die Notenhefte für die Astrid-Lindgren-Schule einzupacken.»

«Nein!» Ariane verschränkte die Arme vor der Brust. «Ich muss jetzt mit dir reden.»

Da richtete Ina sich auf, streckte den Rücken, schob das Kinn ein Stück nach vorn. «Worüber willst du reden? Und warum hat das nicht Zeit bis zur Mittagspause?»

«Weil schon viel zu viel Zeit vergangen ist, deshalb. Und reden möchte ich mit dir über Jörg.»

Ina runzelte die Stirn. «Jörg ist tot. Daran kann man nichts mehr ändern. Also braucht man auch nicht mehr darüber zu reden. Und schon gar nicht jetzt sofort und auf der Stelle.»

Ariane sah, wie Inas Augen sich verdunkelten. Die Mutter hatte jetzt ebenfalls die Arme vor der Brust verschränkt, und Ariane sah, dass sie sich anstrengen musste, um ihr Informationen zu entlocken.

«Ist Jörg mein Vater?», fragte Ariane.

Ina wich ein wenig zurück. «Was?»

«Ist Jörg mein Vater?»

«Warum willst du das wissen?»

«Weil jedes Kind das Recht hat zu wissen, wer seine Eltern sind.»

«Jörg hat dich aufgezogen.» Ina bückte sich wieder nach einer Kiste. Ariane trat hinzu, schob die Kiste mit dem Fuß außer Inas Reichweite. «Antworte mir.»

Ina seufzte, als wäre Ariane heute besonders lästig. «Wie

ich schon sagte, er hat dich aufgezogen. Er hat mit dir Hausaufgaben gemacht, hat dir Taschengeld gegeben, von ihm hast du deine erste Kamera.»

«Das weiß ich alles. Ist er mein Vater?»

Ina wich Arianes Blick aus. «Nein», sagte sie leise.

Ariane stand wie erstarrt. Sie hatte mit dieser Antwort gerechnet, und dennoch war sie überrascht. «Und wer ist mein Vater?», fragte sie leise und merkte, dass ihr Herz rasend schnell schlug und ihre Hände zitterten.

«Es war ein One-Night-Stand. Nichts Ernstes. Ich habe den Mann nie wieder getroffen.»

«Nichts Ernstes», wiederholte Ariane. «Ich bin ein One-Night-Stand.»

Dann ließ sie sich auf ein kniehohes Regal sinken und starrte vor sich hin.

«Du hast mich falsch verstanden», mühte sich Ina. «Du bist mir wichtig, bist mir immer wichtig gewesen. Es war nur der Mann, den ich nicht wollte. Und er wollte mich auch nicht.»

«Und mich? Wollte er mich?»

Ina strich sich eine Strähne aus dem Gesicht. «Er weiß nichts von dir», murmelte sie.

«Wie bitte?»

«ICH SAGTE, ER WEISS NICHTS VON DIR!» Ina schrie, und Ariane schaute so schockiert drein, dass Ina abwinkte und laut seufzte. «Entschuldige bitte, ich wollte nicht schreien.»

Ariane schwieg. Sie saß kerzengerade mit den Händen auf den Knien und schaute nach draußen. Zwei kleine Mädchen blieben vor dem Schaufenster stehen und zeigten auf eine Blockflöte. Ein alter Mann schob seinen Rollator vorüber, und dann kam der Postbote auf seinem Fahrrad, stieg vor dem Laden ab, öffnete die Tür und legte ein paar Umschläge auf den Kassentisch. «Und? Alles gut bei euch?», wollte er wissen.

Ina lächelte gezwungen. «Ja. Alles gut bei uns.»

Der Postbote hob grüßend die Hand und verschwand.

«Ariane. Komm, lass uns weiterreden», sagte Ina.

Da erwachte Ariane aus ihrer Starre. «Mein Vater weiß nicht, dass es mich überhaupt gibt?», fragte sie nach.

«Ich habe es ihm nie gesagt», erklärte Ina. «Nach der Wende hat Jörg dich adoptiert. Du bist also seine Tochter, nur eben nicht blutsverwandt mit ihm.»

«Und Viggo ist sein Sohn? Sein leiblicher Sohn?» Arianes Worte kamen leise und blass.

«Ja.»

Ariane nickte. Sie überlegte eine Weile, starrte dabei weiter aus dem Fenster, ehe sie sagte: «Ich habe Fotos gesehen. Fotos von Viggo und Jörg und einer blonden Frau. Viggo sagte, sie wären 1988 gemacht worden. Aber da kann Jörg doch noch gar nicht im Westen gewesen sein, oder?»

«Ariane! Ach, Ariane!» Ina kam, setzte sich neben ihre Tochter auf das kniehohe Regal und versuchte, Ariane einen Arm um die Schultern zu legen, doch Ariane schüttelte ihn ab.

«Was nützt es denn, wenn du Dinge wieder aufrollst, die alle längst vergessen haben? Dinge, die schon lange keine Rolle mehr spielen.»

«Ach? Es gibt noch mehr davon?» Ariane vermied es, Ina anzusehen.

«Nein. Natürlich nicht.»

Plötzlich fiel Ariane etwas ein. Sie schnellte hoch, stellte sich vor ihre Mutter: «Jetzt weiß ich auch, warum du nichts von dem Manuskript wissen wolltest. Dort steht drin, dass Jörg nicht mein Vater ist, dafür aber Viggos. Du wolltest nicht, dass wir das erfahren.»

Ina legte die Hände in ihren Schoß. «Nein. So ist es nicht.»

«Wie ist es denn dann?», schrie Ariane. Sie hatte den Oberkörper vorgebeugt und die Hände in die Seiten gestützt. Ina sah sie an. Wenn Ariane gewollt hätte, hätte sie in diesem Blick alles lesen können. Die Angst, die Scham, die Unsicherheit, die Reue. Aber Ariane schaute nicht hin. Sie wollte gar nichts sehen. In ihr tobte die Wut, stieg ihr vom Magen hoch durch die Kehle in den Mund. «Du hast mich belogen und betrogen!» Doch plötzlich floh alle Kraft von ihr. Sie fühlte sich so müde und erschöpft, dass sie meinte, sich kaum noch auf den Beinen halten zu können.

Sie maß ihre Mutter mit einem Blick, unter dem sich Ina duckte. «Du hast mich belogen und betrogen. Mein ganzes Leben lang.» Dann drehte sie sich um und ging zur Tür.

«Du hast doch keine Ahnung», rief Ina ihr nach, doch Ariane hörte sie nicht mehr. Sie setzte sich in ihr kleines rotes Auto und wollte zurück zu ihrem Sommerhaus fahren, aber sie zitterte am ganzen Körper und hatte Angst, einen Unfall zu bauen. Deshalb stieg sie wieder aus und wanderte langsam die Hauptstraße von Söderby entlang. Sie sah nicht die Auslagen in den Geschäften, sie hörte nicht Herrn

Navids Gruß aus dem kleinen ICA-Supermarkt, sie wich einem entgegenkommenden Paar nicht aus, sodass sich die beiden in der Mitte trennen mussten, um sie durchzulassen. Ariane lief und lief und lief, und als sie anhielt, da stand sie vor der Anwaltskanzlei Sörensen und Sörensen. Sie überlegte nicht lange, sondern ging auf der Stelle hinein. Die Sekretärin fragte, ob sie einen Termin habe, doch Ariane antwortete nicht, sondern ging einfach durch den Raum, klinkte die schwere Holztür zu Herrn Sörensens Büro auf und trat ein.

Sörensen hob überrascht den Kopf, richtete seine rote Fliege und lachte. «Na, Sie haben es aber eilig. Hoffentlich ist nichts passiert?»

«Haben Sie gewusst, dass Jörg Bentheim nicht mein Vater ist? Haben Sie auch gewusst, dass dafür Viggo Sander sein Sohn ist? Haben Sie?»

Der Anwalt strich sich über das Kinn. «Ich unterliege der anwaltlichen Schweigepflicht.» Er sah sie dabei so mitleidig an, dass sich Ariane auf einen Stuhl sinken ließ und zu weinen begann. Es war ihr peinlich, in der Kanzlei zu sitzen, dem Anwalt die Zeit zu stehlen und zu weinen, doch sie konnte jetzt nicht mehr. Und Herr Sörensen ließ sie gewähren. Er schlug etwas in einem Buch nach, las, markierte eine Stelle mit einem Zettel, schlug das Buch zu, stand auf, nahm ein anderes aus dem Regal, las auch darin, und dann hatte sich Ariane endlich wieder beruhigt. «Möchten Sie jetzt eine Tasse Kaffee?», fragte Sörensen so freundlich und unaufgeregt, als säßen jeden Tag weinende Frauen vor seinem Schreibtisch.

Ariane schüttelte den Kopf. «Nein. Keinen Kaffee. Ich zittere auch so schon. Aber hätten Sie vielleicht einen Schnaps?»

Da lachte Sörensen. «Natürlich. Einen finnischen Wodka, einen französischen Cognac, einen deutschen Obstbrand, einen tschechischen Absinth? Wonach steht Ihnen der Sinn?»

«Wodka», brachte Ariane gepresst hervor. «Doppelt, bitte.»

Ariane stürzte den Wodka in einem Zug herunter. Dann wischte sie sich sehr undamenhaft mit der Hand über die Lippen und stand auf. «Es war dumm von mir, hierherzukommen. Ich dachte, Sie könnten mir mehr erzählen, aber ich habe nicht an die Schweigepflicht gedacht.»

«Ein bisschen was kann ich Ihnen erzählen, Ariane.» Anwalt Sörensen lehnte sich im Stuhl zurück, legte die Hände bequem auf die Lehnen.

Ariane setzte sich wieder, knüllte aber das Taschentuch weiter in den Händen.

«Er hat Sie geliebt. So sehr, wie er Jolante und Viggo geliebt hat. Vielleicht sogar noch ein wenig mehr.»

«Woher wollen Sie das wissen?», fragte Ariane.

«Wir haben lange gesprochen, als er sein Testament aufgesetzt hat. Er wusste, dass er nicht besonders alt werden würde.»

«Woher wusste er das?»

Sörensen lächelte, hob ein wenig die Schultern. «Es gibt Leute, die so etwas fühlen.»

«Aber sie können sich auch irren.»

«Das ist wahr, Ariane. Aber Ihr Vater hat sich nicht geirrt.»

«Er ist nicht mein Vater.»

«Nicht Ihr leiblicher, aber Ihr sozialer.»

«Und er hat gesagt, dass er mich liebt?» Ariane runzelte ungläubig die Stirn.

«Ja. ‹Sie ist wie ich›», sagte er. «In ihr steckt viel Potenzial, und sie ist sensibel. Sie weiß es nicht, aber das ist sie. Eine Künstlerin.»

Ariane stand auf, blickte den Anwalt spöttisch an. «Ich kann mich noch an früher erinnern», sagte sie. «Sie haben meiner Schwester und mir manchmal Geschichten erzählt. Und ich habe Ihnen nie geglaubt. Daran hat sich bis heute nichts geändert.»

Kapitel 22

November 1989

Ina saß die ganze Nacht vor dem Fernseher. Wieder und immer wieder kam der Bericht, dem zufolge Schabowski die Grenzen geöffnet hatte. Und dann kamen die ersten DDR-Bürger zu den Grenzübergängen. Zuerst standen sie schüchtern vor den verunsicherten Grenzsoldaten. Und dann gingen die ersten einfach über die Grenze. Sie hoben die Schranke, ohne dass die Grenzer ihnen Einhalt geboten. Noch einmal blickten sie sich vorsichtig um, dann erstrahlte ein Lächeln, das immer breiter wurde. Einer hob die Siegerfaust, eine Frau weinte hemmungslos, eine andere fiel einem Grenzer um den Hals. Eine Stunde später standen die ersten Trabis an der Grenze, und drüben in Westberlin galt keine Sperrstunde. Fremde umarmten sich, beschenkten einander, und dazwischen schaltete sich in regelmäßigen Abständen ein Nachrichtensprecher ein, der die Ereignisse des Tages mit bewegter Stimme zusammenfasste.

«Ich gehe jetzt ins Bett», sagte Jörg kurz nach Mitternacht. «Und du solltest auch schlafen. Denk an das Baby.»

Ina sah ihn vollkommen verblüfft an. «Da wird Geschichte geschrieben», sagte sie. «Da ändert sich gerade auch unser Leben, und du willst schlafen?»

Jörg zuckte mit den Schultern. «Ich bin müde. Es hilft niemandem, wenn ich wach bleibe. Morgen wird in der Redaktion die Hölle los sein. Gut möglich, dass ich nach Westberlin geschickt werde.» Er gähnte, ohne sich die Hand vor den Mund zu halten.

Ina wandte sich ein wenig verächtlich ab. «Du hast einfach kein Rückgrat», sagte sie, doch Jörg hörte es nicht mehr.

Sie blieb sitzen und schaute. Ihre Augen brannten, doch sie konnte den Blick einfach nicht vom Bildschirm lösen. Sie hätte gern einen Schnaps getrunken, einen Wodka oder einen UTÖ, doch wegen des Babys tat sie es nicht.

Gegen zwei Uhr spürte sie, wie ihr Bauch ganz hart wurde. Und dann rann Flüssigkeit aus ihr heraus, sickerte auf die Couch. Mühsam stemmte Ina sich hoch. Sie hielt ihren Bauch mit beiden Händen, als hätte sie Angst, das Kind könne jeden Moment aus ihr rausrutschen. Mit kleinen, langsamen Schritten ging sie ins Schlafzimmer, rüttelte an Jörgs Schulter. «Wir müssen ins Krankenhaus», sagte sie.

Jörg war auf der Stelle hellwach. Er sprang schier aus dem Bett, verhedderte sich in einem Hosenbein, sodass Ina lachen musste. «Hast du Schmerzen?», fragte er. «Brauchst du ein Glas Wasser? Eine Aspirin?»

«Nein, Jörg. Nichts von alledem. Wir bekommen ein Kind, mehr nicht.»

«Mehr nicht?» Jörg streifte sich einen Pullover über, während Ina die seit Wochen schon gepackte Tasche unter ihrem Bett hervorzerren wollte.

«Lass das, ich mache das. Schau du lieber nach dem Autoschlüssel.»

Und dann saßen sie endlich im Auto, und während auf Jörgs Stirn dicke Schweißperlen standen, suchte Ina im Radio nach einem deutschen Sender. «Kannst du an nichts anderes denken?», fauchte Jörg.

Ina ließ die Hand sinken, sah ihren Mann mit funkelnden Augen an. «Nein», sagte sie. «Ich kann an nichts anderes als an meine erste Tochter denken und daran, dass ich sie vielleicht sehr bald schon wiedersehe.»

Da war Jörg still, doch Ina bemerkte, wie seine Kiefermuskeln mahlten.

Vier Stunden später, am 10. November 1989, morgens um 6.30 Uhr, war Jolante geboren. Jörg weinte, als er seine neugeborene Tochter zum ersten Mal im Arm hielt. «Ist sie nicht wunderwunderschön?», fragte er ein ums andere Mal. «Ist sie nicht fabelhaft?»

Ina nickte. «Ja. Das ist sie.» Aber im Stillen fragte sie sich, wie es in Deutschland weitergegangen war.

Und am Abend flog Jörg tatsächlich nach Westberlin, während Ina im Krankenhausfernseher verfolgte, wie die Ostdeutschen lange Schlangen vor den Polizeistationen bildeten, um sich einen Ausreisestempel in den Personalausweis drücken zu lassen.

Ina hielt ihre Tochter an die Brust gedrückt, strich mit dem Zeigefinger automatisch über ihre weiche Wange und sehnte sich nach ihrer ersten Tochter wie selten zuvor. Jetzt, da der Weg frei war, wollte sie keinen einzigen Tag länger warten. Sie fühlte sich im Gegensatz zu Arianes Geburt nicht besonders schwach oder erschöpft. Das Adrenalin floss in wahren Strömen durch ihren Körper. Sie dachte an all die Frauen, die ihre Kinder auf der Flucht bekommen hatten und die direkt nach der Entbindung hatten weitermarschieren müssen. Sie dachte an Bäuerinnen, die ihre Babys auf dem Feld gekriegt hatten und sofort weiter hinter dem Pflug gegangen waren. Sie stand auf, schwankte kurz, atmete tief durch und holte aus ihrer Tasche die Kleidungsstücke für das Baby. Sie zog das Kind an, setzte ihm ein Mützchen auf, dann verließ sie mit Jolante im Arm ihr Zimmer. Auf dem Gang wurde sie von einer Schwester angehalten. «Wo wollen Sie denn hin?»

«Nach Hause. Und dann nach Leipzig.»

«Aber Sie haben gerade entbunden; Sie müssen sich ausruhen. Legen Sie sich bitte wieder hin.»

Ina schüttelte den Kopf. «Dafür habe ich jetzt keine Zeit. Ich muss zu meiner anderen Tochter.»

Die Schwester, eingeschüchtert von Inas energischem Ton, schüttelte leicht den Kopf. «Ich kann Ihnen das nicht raten. Es wäre wirklich besser, Sie blieben hier. Wenn Sie aber partout gehen wollen, dann müssen Sie mir ein Formular unterschreiben. Sie müssen unterschreiben, dass Sie auf eigene Gefahr gegangen sind.»

Ina nickte, die Schwester blickte auf das eingepackte Baby. «Sie wirkt fidel und kerngesund. Aber bitte bedenken Sie, dass sie noch nicht einmal einen Tag alt ist.»

Ina nickte und nickte und konnte gar nicht richtig zuhören. Sie unterschrieb das Formular, ohne es zu lesen. Dann fragte sie einen Pfleger, ob er ihr die Tasche tragen und ihr ein Taxi rufen könne, und eine halbe Stunde später war sie mit Jolante in ihrer Wohnung in Malmö. Der Autoschlüssel lag dort, wo er immer lag: in der Schale auf dem Sideboard im Flur. Ina packte eine Tasche für das Baby, dann rief sie in der Redaktion der Sydsvenskan an und fragte, auf welchem Weg sie Jörg erreichen könne. Die Redaktionssekretärin nannte ihr Jörgs Hotel in Berlin, und Ina hinterließ dort eine Nachricht für ihn: «Komme heute Abend mit Jolante nach Berlin. Bitte reserviere Zimmer für uns.»

Dann schnallte sie das Baby in dem neu gekauften Kindersitz fest, verstaute die Dinge, die sie unterwegs brauchte, in der Handtasche, stellte sie neben die volle Wickeltasche und fuhr nach Trelleborg. Während der sechsstündigen Überfahrt mit der Fähre schlief sie, ihre Tochter fest an sich gepresst. Und als sie in Sassnitz angekommen war, stieg sie wieder in ihr Auto und fuhr die gut 300 Kilometer bis nach Berlin, während Jolante tief und fest weiterschlief. Kurz nach 20 Uhr war sie in Berlin, parkte ihr Auto in der Tiefgarage des Hotels Königslust. Als sie in die Lobby kam, sah sie Jörg mit großen Schritten und grimmigem Gesicht die Halle durchqueren. Er entdeckte sie beinahe sofort. «Bist du verrückt geworden?», fragte er ohne Gruß und nahm ihr den Säugling aus dem Arm. «Ich fasse es nicht. Wie kannst du unserer Tochter das antun?»

«Ich habe ihr nichts angetan. Sie hat geschlafen, und es war ihr gleichgültig, ob sie das auf der Fähre, im Auto oder im Krankenhaus getan hat. Immer wenn sie wach wurde, habe ich sie gestillt. Was also willst du?»

Jörg schüttelte den Kopf, sein Gesicht war blass, die Augen funkelten wütend, und er biss die Zähne zusammen. «Ich möchte sie dir am liebsten wegnehmen», zischte er, doch Ina war nicht zu erschüttern. «Dann kannst du dir jetzt ja ungefähr vorstellen, wie sich das anfühlt, wenn das eigene Kind in anderen Händen ist, auf deren Tun man keinen Einfluss hat.»

«Was hast du vor?», wollte Jörg später wissen. Er hatte sich ein wenig beruhigt und Ina auf das Familienzimmer begleitet, das er gebucht hatte.

«Ich möchte morgen nach Leipzig fahren», erklärte Ina.

Jörg nickte, und Ina atmete auf. Auch sie hatte sich langsam beruhigt und spürte jetzt, wie schwach sie nach der Geburt doch war. Ihre Knie zitterten so, dass sie befürchtete, auf der Stelle umzufallen. Sie klammerte sich an die Sessellehne des staubigen Hotelmöbels und atmete schwer. Vor ihren Augen tanzten schwarze Kreise.

«Ich habe es gewusst», erklärte Jörg. «Denk bloß nicht, dass ich dich alleine dorthin fahren lasse. Ich habe schon in der Redaktion angerufen und um Urlaub gebeten. Vielleicht mache ich ein paar Fotos für die Sydsvenskan, aber mehr auch nicht. Meine Sekretärin hat uns ein Hotel gebucht.»

Ina nickte. Sie streckte die Hand aus, um nach Jörgs Hand zu fassen. «Danke», sagte sie leise. Und Jörg kniete sich vor ihren Sessel und legte kurz den Kopf auf Inas Knie. «Du musst dich nicht bedanken», sagte er. «Verzeih, dass ich so unsensibel war.»

Am nächsten Morgen fuhren sie nach Leipzig. Jörg saß am Steuer, während Ina und das Baby auf der Rückbank Platz genommen hatten. Es dauerte lange, bis sie aus Berlin heraus waren. Alle Straßen Westberlins waren von Trabis, Škodas und Wartburgs verstopft. Auf den Wegen standen Westberliner und verteilten Bananen, Bier und andere Kleinigkeiten. Vor den Stadtverwaltungen standen riesige Schlangen von DDR-Bürgern, die sich ihr Begrüßungsgeld von hundert Mark auszahlen lassen wollten. Jörg schüttelte den Kopf. «Mein Gott, das ist so entwürdigend», sagte er.

«Nicht für die Leute, die dort stehen. Ich glaube, sie empfinden das Begrüßungsgeld als etwas, das ihnen zusteht. Immerhin haben sie auf der grauen Seite Deutschlands gewohnt, während sich die auf der bunten Seite über die Grauen lustig gemacht haben.»

Als sie in Leipzig ankamen, war der Himmel trüb. Über der Stadt schien eine riesige braungraue Glocke zu hängen. Es roch nach Kohle, und in der Luft wirbelte Ruß umher. Ina lächelte, als sie das roch. «Das ist der Geruch von Heimat», sagte sie, aber Jörg widersprach: «Das ist der Geruch von Lungenkrebs.»

Sie fuhren zuerst in das Hotel in der Stadtmitte. Und schon im Aufzug trafen sie andere ehemalige Leipziger, die nun hierhergekommen waren, um ihre Verwandten zu besuchen. Sie trugen volle Taschen und Körbe, waren mit Geschenken bepackt. Ina erschrak. «Wir haben nichts dabei. Wir kommen aus dem Westen und haben keine Geschenke dabei. Ich habe überhaupt nicht daran gedacht.» Sie sah regelrecht bestürzt aus.

«Im Erdgeschoss ist ein Intershop. Dort kaufen wir ein, bevor wir zu deinen Eltern fahren. Und außerdem, na ja, haben wir doch Jolante. Wenn die kein Geschenk ist.»

Ina nickte. Der Intershop. Sie hatte beinahe schon vergessen, dass es im Osten diese Läden gab, in denen man für Westgeld Westprodukte einkaufen konnte.

Später, als auch sie mit vollen Taschen bepackt waren, hielt Ina Jörg am Arm fest. «Bitte, ich möchte nachher allein zu meinen Eltern fahren.»

Jörg runzelte die Stirn. «Warum? Ich dachte, wir besuchen zuerst meine Eltern und fahren dann gemeinsam zu deinen.» Ina war erstaunt. «Du hast nie nach deinen Eltern gefragt, hast nie von ihnen erzählt. Ich dachte, ihr hättet euch entzweit.»

Jörg nickte. «Das stimmt. Aber ich würde gern noch einen letzten Versuch wagen, mit ihnen ins Reine zu kommen.»

«Ich bin sicher, dass meine Eltern dich auch gern kennenlernen würden, aber das hat auch noch später Zeit. Lass mich zuerst allein mit Jolante.» Ina ahnte, dass sie Jörg mit ihrer Bitte kränkte, aber sie konnte nicht anders. Sie musste mit ihren Eltern reden; sie hatten einiges zu klären.

Und als sie dann mit dem Auto durch Plagwitz fuhr, da sah sie ihre Stadt plötzlich mit ganz anderen Augen. Leipzig war eine schäbige Stadt. Nichts an ihr war stolz oder schön. Die Häuser hatten graue Fassaden, die zum Teil so bröckelig waren, dass man nicht an ihnen vorbeigehen mochte. Im Straßenbelag waren riesige Löcher, und selbst die Parkanlagen wirkten, als wären sie von einer Staubschicht überzogen. Sie sah die trostlosen Schaufenster der Geschäfte, aber sie sah auch die Kindergärten und Krippen, die in wunderschönen alten Villen ihren Platz gefunden hatten. An diesem Tag waren sie geschlossen, weil Samstag war. Sie war gerade einmal zwei Jahre weg gewesen, doch ihr Blick hatte sich bereits verändert. Sie merkte, dass sie mit einem Westblick auf ihre Stadt schaute. Sie hörte das Knattern der Trabis, roch die Autoabgase, fand auch den Himmel grau und alles, was sie sah. Sie hatte den Eindruck, dass Malmö eine Stadt in leuchtender Farbe war, während Leipzig ihr blass erschien.

Als sie das Auto vor dem Haus ihrer Eltern parkte, schlug ihr Herz heftig. Sie sah sich um. Alles sah beinahe noch so aus wie vor zwei Jahren. Die Geräte auf dem nahen Spielplatz hatten einen neuen Anstrich bekommen, jemand hatte Heidekraut in die Rabatte rund um die Parkbuchten gepflanzt. Sie sah zum Balkon ihrer Eltern hoch und war froh und enttäuscht zugleich, dass sich dort niemand über die Brüstung lehnte. Sie nahm das Baby in den einen und eine der großen Intershoptaschen in den anderen Arm. Sie wollte gerade unten klingeln, da kam Herr Bender aus dem Haus. Ina musterte ihn von oben bis unten. Dann grüßte sie. Herr Bender aber blickte ihr ins Gesicht und fauchte: «Das alles haben wir Leuten wie Ihnen zu verdanken. Sie und Ihresgleichen sind schuld an allem.»

Ina verstand nicht, was Bender meinte. Aber sie wollte Herrn Bender auch gar nicht verstehen. Nicht ihn und auch die anderen nicht, die sich Müller und Schulze nannten.

Sie lief die Treppen hoch und klingelte bei ihren Eltern. Das Baby auf ihrem Arm fing an zu schreien, und Ina schaukelte es hin und her, doch Jolante wollte sich nicht beruhigen. Da ging die Tür auf, und Margarethe stand vor Ina. Sie starrte sie mit großen Augen an, dann schrie sie leicht auf und presste sich beide Hände vor den Mund.

«Was ist los?», hörte Ina ihren Vater rufen, und schon öffnete sich die Wohnzimmertür, und auch er erschien im Korridor. Ihre Blicke trafen sich, und Ina wagte ein schüchternes Lächeln. «Wo ist Ariane?», fragte sie leise und mit klopfendem Herzen.

Kapitel 23

Ariane wusste nun, dass Jörg nicht ihr leiblicher Vater war und wartete darauf, dass sich bei ihr das Bedürfnis einstellte, ihren «richtigen» Vater kennenzulernen. Doch da war kein Bedürfnis. Sie hatte genug mit der Familie zu tun, die sie bereits kannte. Und nun stand fest, dass nur Jolante das leibliche Kind von Jörg und Ina war, während Viggo vorehelich und sie ein Beutekind war. Sie hätte gedacht, dass sie diese Tatsache kränken würde, aber das war nicht der Fall. Ariane war erleichtert. So, als hätte sie auf eine schlimme Diagnose gewartet, die letztendlich doch nur «banale Erkältung» lautete. Eigentlich war sie sogar ein wenig glücklich. Jetzt war das Geheimnis der Familie aufgeklärt, jetzt musste doch alles besser werden.

Sie rief Oma Margarethe und Opa Benno an. «Warum habt ihr mir nicht gesagt, dass Jörg nicht mein Vater ist?»

«Wir dachten, dass es die Aufgabe deiner Mutter ist, dir das zu sagen», erwiderte Oma Margarethe.

Dann schwiegen sie sich durch das Telefon hindurch an. Ariane wusste nicht, was sie noch fragen könnte. Sie fühlte sich ein wenig von Margarethe und Benno verraten. Ausgerechnet von ihnen. Ausgerechnet von den Menschen, die ihr am nächsten standen.

«Geht es dir gut, Kind?», fragte Oma Margarethe endlich.

«Ich weiß es nicht», erwiderte Ariane.

«Was machst du so?»

Sie lachte auf. «Auch das weiß ich nicht so genau. Eigentlich will ich eine Reportage über Jörg drehen, doch allmählich habe ich den Eindruck, dass ich ihn überhaupt nicht gekannt habe.»

«So ist das manchmal», sagte Oma Margarethe leise. «Das ist mir mit deiner Mutter auch so ergangen.»

Ariane stutzte. Sie wusste zwar, dass Ina ihren Eltern nicht besonders nahestand, aber sie hatte keine Ahnung, warum und seit wann das so war. Wenn sie danach gefragt hatte, hatte sie bislang immer die Antwort erhalten: «Wir sind einfach zu verschieden.» Doch diese Antwort hatte sie nie befriedigt. «Was war mit meiner Mutter?», wollte sie jetzt wissen.

«Ach, das ist lange her. Vergeben und vergessen.»

«Oma, bitte. Ich muss es wissen.»

«Nein, Ariane. Da gibt es nichts zu wissen. Wenn es etwas zwischen deiner Mutter und uns geben sollte, dann müssen wir das untereinander klären. Nicht du.»

Ariane schluckte. So hatte Oma Margarethe selten mit ihr gesprochen. «War ich als kleines Kind eigentlich oft bei euch?», fragte sie jetzt.

«Warum willst du das wissen? Was ist denn heute los mit dir, Kind? Solche Fragen hast du doch sonst nie gestellt.»

«Kann sein», erwiderte Ariane. «Aber jetzt will ich eine Reportage über Jörg drehen. Und ich stoße überall auf Geheimnisse.»

«Ja. Du warst oft bei uns.»

«Ich erinnere mich, dass du mich immer vom Kindergarten abgeholt hast.»

«Ja. Das stimmt. Ich habe dich eine ganze Weile vom Kindergarten abgeholt.»

«Und ich habe auch bei euch geschlafen. Ich hatte ein weißes Gitterbett in einem eigenen Zimmer. Dort, wo jetzt dein Bügelzimmer ist.»

Oma Margarethe lachte. «Ja. Das hattest du.»

«Warum hatte ich ein Bett bei euch?»

«Viele Kinder haben Bettchen bei ihren Großeltern. Ganz einfach, weil sie einen guten Ruf als Babysitter haben.» Margarethe lachte. «Du hattest auch einen Kinderstuhl und einen kleinen Tisch. Die Sachen stehen heute noch im Keller. Opa hat es nie geschafft, sie wegzuwerfen.»

«Hmm», machte Ariane. «Ich muss jetzt Schluss machen.»

«Kommst du bald mal wieder?», fragte Oma Margarethe. «Wir vermissen dich so.»

«Ja», erwiderte Ariane. Nur «Ja», nichts sonst. Dann legte sie auf.

Sie ließ sich auf den Stuhl vor ihrem Schreibtisch sinken und blickte aus dem Fenster. Seit dem frühen Morgen lag eine dichte Schicht Nebel über dem See und gab ihm ein unheimliches Aussehen. Ariane hatte gehofft, dass sich der Nebel bald verziehen würde und die Sonne durchkäme, denn sie hatte ein paar Szenen drehen wollen, hier an Jörg Bentheims Arbeitsplatz. Doch der Nebel hing fest über dem See. Ariane drehte sich auf dem Schreibtischstuhl einmal um sich selbst und sah sich um. Sie versuchte, so zu tun, als wäre sie Jörg. Das hier war sein Arbeitszuhause gewesen. Der Schreibtisch stand unter dem Fenster mit Blick auf den See. Auf dem Tisch befand sich eine Wagenfeld-Lampe. Daneben hatte Jörgs Laptop gestanden. Wo er wohl war? Hatte Ina ihn mitgenommen? Das Manuskript, das geheimnisvolle Manuskript, müsste doch dort drauf sein. Oder es müsste zumindest einen USB-Stick geben, auf dem es gespeichert war.

Ariane zog die Schubladen des Schreibtischs auf. Sie hatte schon einmal darin gestöbert, aber nur Dinge gefunden, die man wohl in jedem Büro fand. Briefumschläge, Briefmarken, ein paar Karten der Umgebung. Links neben dem Schreibtisch befand sich ein alter Holzschrank. Er war mit einer Kreideschicht überzogen und sah aus wie ein Stück aus einem Landhauskatalog, doch Ariane wusste, dass dieser Schrank wirklich alt war und nicht nur auf alt gemacht. In diesem Schrank hatte Jörg die Teile seiner Ausrüstung aufbewahrt, die Ina nun Ariane überlassen hatte. Daneben stand ein großer Lichtkasten, den Jörg früher gebraucht hatte, um seine Fotos zu bearbeiten. Der Lichtkasten lag auf einem Schrank mit vielen flachen, aber sehr breiten Schubladen. Es war ein Grafikschrank, in dem Jörg seine großen Fotografien aufbewahrte. Ariane hatte Ina gefragt, was mit Jörgs fotografischem Nachlass geschehen sollte, doch Ina hatte nur mit den Schultern gezuckt. «Weißt du es nicht, oder interessiert es dich nicht?», hatte Ariane wissen wollen.

«Ich denke, er hat seinen Nachlass seinen Kindern vermacht», hatte Ina geantwortet und Ariane dabei direkt in die Augen gesehen. «Seinen beiden Töchtern.»

Jetzt zog Ariane ein Fach auf, betrachtete die Fotos, die darin lagen. Jolante war darauf abgebildet. Jolante auf eine Art, wie Ariane sie nie zuvor gesehen hatte. Jörg hatte die Fotos in Jolantes Atelier gemacht. Die meisten zeigten sie bei der Arbeit. Auf einem der Bilder war Jolantes Gesicht ganz groß und nahe, und Ariane blickte ihrer Schwester in die Augen, versuchte, in deren Gesicht zu lesen. Sie sah eine energische junge Frau, aber auch eine suchende. War Jolante denn eine Suchende? Genau wie sie, Ariane? Wenn ja, was suchte Jolante? Ariane hatte geglaubt, Jolante hätte ihren Platz in der Welt gefunden, aber mit einem Mal erkannte sie, dass es nicht so sein konnte. Jolante wusste, was sie machen wollte, doch sie wusste auch, dass sie davon nicht würde leben können und dass sie deshalb an der Tankstelle arbeiten musste. Ob ihr Leben in zehn Jahren anders aussehen würde? Was wollte Jolante eigentlich vom Leben? Ariane wusste es nicht. Hatte es sie vielleicht nie genug interessiert? Plötzlich stand Ariane klar vor Augen, was sie tun musste. Sie zog sich an, schloss das Haus ab und fuhr in ihrem kleinen roten Auto zur Tankstelle. Jolante stand in einer Jeanslatzhose hinter dem Tresen und wischte gerade die Vitrine sauber, in der sonst die Brötchen und Zimtschnecken lagen.

«Oh, hallo! Welche Säule hattest du denn?», fragte Jolante.

«Gar keine. Ich bin nicht gekommen, um zu tanken. Ich bin gekommen, um einen Termin mit dir auszumachen.»

«Was für einen Termin?»

«Im Sommerhaus liegt Jörgs fotografischer Nachlass. Ich dachte, du könntest die Fotos vielleicht für deine Performances brauchen. Zumindest für die, die du Jörg widmen wolltest.»

Jolante zog die Augenbrauen hoch. «Gut», sagte sie einfach. «Ich habe in einer halben Stunde Schluss, ich hatte die Frühschicht. Willst du warten, oder soll ich nachkommen?»

«Ich hole dich in einer halben Stunde ab. Ich fahre rasch zum Supermarkt. Soll ich dir etwas mitbringen?»

Jolante lächelte und schüttelte den Kopf.

Im Supermarkt begrüßte Ariane Herrn Navid, lächelte seiner schönen Frau zu, die gerade die Obstauslage bestückte. Dann kaufte sie Äpfel und Bananen, Milch, Kaffee, ein bisschen Käse, ein abgepacktes Roggenbrot, Nudeln, Tomaten, zwei Paprikaschoten und ein wenig Rinderhackfleisch. Vor dem Süßwarenregal blieb sie stehen. Sie wollte ihrer Schwester gern eine Kleinigkeit mitbringen. Nichts Großes, sondern einfach nur etwas zum Zeichen, dass sie an Jolante gedacht hatte. Sie griff nach der Schokolade, doch dann fielen ihr die vielen Diäten ein, die Jolante als Jugendliche gemacht hatte. Jetzt war sie zwar ein wenig mollig, aber Ariane wusste nicht, ob sie verärgert wäre, wenn Ariane ihr Schokolade mitbringen würde. Sollte sie noch ein paar Äpfel nehmen? Nein, um Gottes willen, bloß das nicht! Dann würde Jolante wahrscheinlich denken, dass Ariane dachte, dass sie zu dick wäre. Schließlich kaufte Ariane einen prächtigen Weihnachtsstern, denn immerhin war in vier Wochen der Heilige Abend.

Als Ariane zurück zur Tankstelle kam, stand Jolante vor ihrem schwarzen Nissan. «Ich bin fertig», rief sie und stieg in ihr Auto. Dann folgte sie Ariane bis zum Sommerhaus. Sie parkten ihre Autos nebeneinander, stiegen beinahe gleichzeitig aus. «Soll ich dir etwas tragen helfen?», wollte Jolante wissen.

«Nein, aber du kannst mir sagen, ob du einen Kaffee möchtest.»

«Immer.»

Ariane räumte ihre Einkäufe weg, füllte Kaffeepulver und Wasser in die Kaffeemaschine, während Jolante am Tisch saß und ihr zuschaute. Dann spielte sie ein wenig mit den Blättern des Weihnachtssterns. «Ein prächtiges Exemplar», sagte sie.

«Es ist für dich.»

«Für mich? Wieso?»

«Ich wollte meiner Schwester einfach mal eine kleine Freude machen. Ist das so verwunderlich?», fragte Ariane und merkte selbst, dass ihr Ton ein wenig beleidigt klang.

«Nein, ist es nicht. Du warst nur einfach die letzten elf Jahre nicht da. Ich glaube, ich muss mich erst wieder daran gewöhnen, dass ich eine Schwester habe.» Jolante lachte leise.

Ariane stellte zwei Becher auf den Tisch, zögerte kurz. «Eine Halbschwester», sagte sie dann.

«Was?» Jolante riss die Augen auf.

«Ja, tatsächlich.» Ariane stockte, als würden sich die Worte weigern, über ihre Zunge zu gehen. «Wir … wir sind keine richtigen Schwestern. Wir haben unterschiedliche Väter. Deiner war Jörg, und meinen – kenne ich nicht.»

Jolante starrte sie mit leicht geöffnetem Mund an. «Du machst Witze, oder?»

«Nein, ganz und gar nicht. Mit mir teilst du dir die Mutter und mit Viggo den Vater.»

Jolante schwieg. Sie malte mit dem Finger unsichtbare Muster auf die hölzerne Tischplatte. Dann schüttelte sie den Kopf. «Woher weißt du das?»

«Ich habe Fotos gesehen, auf denen Viggo als kleiner Junge neben Jörg abgebildet war.»

«Nicht das mit Viggo, das weiß ich schon. Das mit deinem Vater.»

«Ich weiß es selbst erst seit ein paar Tagen.» Ariane setzte sich. «Viggo und ich, da war so ein Knistern. Und dann habe ich die Fotos gesehen und gedacht, ich hätte mich in meinen eigenen Bruder verliebt. Ina hat mir dann aber gesagt, dass Viggo und ich nicht verwandt sind. Also musste ich ja einen anderen Vater haben, und da habe ich nachgehakt.»

Jolante nickte. Ariane fand, dass sie verstört aussah.

«Und wer ist dein Vater?», wollte sie wissen.

Ariane zuckte mit den Schultern. «Ich bin das Ergebnis eines One-Night-Stands. Das hat Ina wortwörtlich gesagt. Nichts Ernstes.»

«Oje!» Jolante sah bestürzt aus. «Und wie kommst du damit klar?»

«Ich weiß es nicht. Jedenfalls hatte ich bislang nicht das Bedürfnis, meinen Vater kennenzulernen oder so was. Aber vielleicht kommt das noch.»

«Du musst sehr verletzt sein.» Jolante griff über den Tisch nach Arianes Hand.

«Bin ich verletzt? Ich weiß es nicht. Im Augenblick weiß ich so vieles nicht. Ich bin mir meiner nicht mehr sicher. Ich bin mir meiner Familie nicht mehr sicher. Verstehst du? Alles, woran ich geglaubt habe, steht plötzlich in Frage.»

«Danke», flüsterte Jolante plötzlich.

«Danke? Wofür?»

«Dass du mich an deinem Leben teilhaben lässt.»

«Was sagst du da? Habe ich das nicht immer schon?»

Jolante schüttelte den Kopf. «Du hast nie jemanden an deinem Leben teilhaben lassen. Du hast alles mit dir selbst ausgemacht, hast Beschlüsse gefasst, sie verkündet und dann durchgesetzt. Es war immer so, als müsstest du nie mit Unsicherheiten kämpfen. Ich habe dich dafür bewundert.»

Ariane zog die Augenbrauen hoch. Sie starrte Jolante ungläubig an. «Das denkst du über mich?»

Jolante nickte.

«Aber ich bin unsicher. Und ich habe immer von *dir* gedacht, dass du nie unsicher bist.»

Die Schwestern starrten sich an. Ariane wusste nicht, ob sie lachen oder weinen sollte. Dann stand sie auf, trat zu Jolante. Und Jolante erhob sich ebenfalls und nahm Ariane fest in die Arme.

Ariane spürte das Beben, das durch Jolantes Körper ging. Und dann weinte sie auch. Sie spürte Jolantes Tränen an ihrer Wange, die sich dort mit ihren Tränen vermischten. Noch nie zuvor waren sich die Schwestern so nahe gewesen. Doch nach fünf Minuten versickerten die Tränen.

Ariane machte sich behutsam von Jolante los. «Ich muss dir etwas zeigen», sagte sie, nahm Jolante an die Hand und führte sie hinüber in Jörgs Arbeitszimmer. Sie öffnete die oberste Schublade des Grafikschrankes und blickte Jolante an. Jolante lachte auf, dann presste sie eine Hand auf ihren Mund, schüttelte den Kopf, doch Ariane sah, dass ihre Augen weiterlachten.

«Du kennst die Fotos, oder?»

«Nein. Jörg hat sie ein paar Tage vor seinem Tod mit einer analogen Kamera aufgenommen. Er muss den Film gleich entwickelt haben.» Ariane bemerkte, wie zärtlich Jolante über die Fotos strich. Und sie wusste, dass diese Zärtlichkeit Jörg galt.

«Du solltest sie mitnehmen. Alle, meine ich. Du bist seine Tochter. Sie stehen dir zu. Außerdem bist du Künstlerin. Wer sonst könnte diesen künstlerischen Nachlass verwalten.»

«Aber laut Testament sind uns nicht nur die Tantiemen eines imaginären Manuskripts vererbt worden, sondern auch die Fotos. Sie gehören uns beiden.»

«Nein. Sie gehören dir. Dir allein. Nimm sie mit; ich helfe dir beim Transport.»

«Und du?», fragte Jolante, und in ihren Augen glitzerte es konspirativ.

«Ich möchte gern eine Reportage über Jörg drehen, und dazu brauche ich deine Hilfe.»

Kapitel 24

Ina betrat die Wohnung ihrer Eltern so vorsichtig, als laufe sie auf Glas. Jolante schrie in ihren Armen, und als Margarethe die Hände nach dem Bündel ausstreckte, gab Ina sie ihr. Margarethe wiegte sie, summte leise. «Sie ist winzig. Wie alt ist sie?»

Ina lächelte. «Zwei Tage erst.»

«Ob sie wohl Hunger hat?»

«Wo ist Ariane?», fragte Ina, diesmal drängender. Sie öffnete die Tür zum Wohnzimmer. Doch das Zimmer war leer. Ihr Herz schlug ihr bis zum Hals. «Wo ist sie?»

Benno legte seine Hand auf Inas Schulter. «Bist du gekommen, um sie uns wegzunehmen?»

«Wegzunehmen?» Ina starrte ihren Vater fassungslos an. «Sie ist MEIN Kind.»

«Du hast sie im Stich gelassen.» Bennos Stimme zitterte, als er diese Worte aussprach.

«Nein!» Ina schrie beinahe. «Ich wollte ja zurück. Man hat mich nicht gelassen!»

«Wir haben es anders gehört.» Margarethe hielt während des Sprechens den Blick auf die kleine Jolante gerichtet, strich mit dem Zeigefinger sanft über die kleine Wange.

«Was habt ihr gehört?», wollte Ina wissen. Sie standen noch immer im Korridor.

«Man hat uns nicht nur gesagt, dass du dich noch an dem Tag, an dem du deinen Unfall hattest, bei der westdeutschen Botschaft gemeldet hast, man hat uns sogar eine Kopie der Bitte um Asyl gezeigt.» Benno schüttelte den Kopf. «Wir haben es lange nicht glauben wollen.»

«Aber ich habe nicht um Asyl gebeten. Das war die Klinik. Sie dachten sich, dass wir Deutsche sind, und dann haben sie sich an die westdeutsche Botschaft gewandt. Es war ein Versehen.»

Inas Brust hob und senkte sich in schnellen Stößen. Ihr Herz klopfte zum Zerspringen. Was war hier los? Sie hatte wenigstens mit verhaltener Wiedersehensfreude gerechnet. Vielleicht nicht mit offenen Armen, aber doch mit einer Tasse Kaffee. Und jetzt stand sie im Flur der Wohnung ihrer Eltern und rechtfertigte sich.

«Eine Klinik kann keinen Asylantrag stellen. Wir haben deine Unterschrift gesehen.»

Ina runzelte die Stirn. «Das kann nicht sein. Ich habe so etwas nicht unterschrieben.» Sie wedelte mit der Hand, als wäre das alles in diesem Augenblick ganz und gar unwichtig.

«Wo ist Ariane?», fragte sie energisch. «Ich will jetzt wissen, wo meine Tochter ist.»

Margarethe reichte ihr Jolante zurück. «Sie ist beim Nachbarskind zum Spielen.»

«Ich will sie sehen. Jetzt.»

«Wir haben das Sorgerecht für sie.»

«Aber ihr könnt nicht verhindern, dass ich sie zu mir holen werde.»

Plötzlich wurde Ina bewusst, dass sie mit ihren Eltern sprach, als seien sie Feinde. Sie streckte eine Hand nach ihrer Mutter aus. «Du musst mir glauben, dass ich sie nicht im Stich gelassen hätte. Niemals.»

Margarethe nickte, doch sie sagte nichts, sondern blickte ihren Mann an. Der räusperte sich.

«Warum habt ihr mich im Stich gelassen? Warum habt ihr mir nie geschrieben? Ich habe euch gebeten, mir meine Zeugnisse und Studienunterlagen zu schicken, damit ich weiterstudieren kann. Ihr habt es nicht getan. Deshalb bin ich eine abgebrochene Studentin, eine, die immer die ‹Ungelernte› sein wird.» Ihr Gesicht war blass, und ihre Lippen bebten ein wenig. «Und jetzt noch einmal zu studieren, mit dem Baby, das kann ich nicht mehr. Wahrscheinlich habe ich ohnehin zu viel vergessen.»

Jetzt hob Benno die Schultern. «Wir konnten nicht. Du weißt doch, die Stasi.»

«Ihr hättet einen Weg finden müssen.» Ina wollte diesem Satz noch weitere Vorwürfe hinterherschicken, als hinter ihnen plötzlich das Gekicher eines kleinen Mädchens zu hören war. Sie drehte sich um und sah durch die noch immer offene Wohnungstür Ariane die obere Treppe hinabhüpfen.

Ariane lief an Ina vorbei, direkt auf Margarethe zu und schmiegte sich an sie. «Wer ist das?», fragte sie.

«Hast du das Baby schon gesehen?», lenkte Margarethe ab und hob Ariane auf ihre Hüfte. «Schau, es ist ein kleines Mädchen.»

Faszініert betrachtete Ariane den Säugling. «Darf ich es

anfassen?», flüsterte sie. Ina nickte. Sie wollte sagen: Sie ist deine Schwester. Doch es fühlte sich nicht so an. Sie wollte Ariane auf den Arm nehmen, wollte sie küssen, wollte die Tränen ihrer zweijährigen Sehnsucht in das weiche Kinderhaar tropfen lassen, aber es ging nicht. Sie stand hier als Fremde. Sie kam aus einer fremden Welt, hielt ein fremdes Kind auf dem Arm.

Ariane strich dem Säugling mit dem Zeigefinger vorsichtig über die Stirn, dann wandte sie sich an Margarethe. «Oma, bekomme ich auch eine Schwester wie Maja aus dem Kindergarten?»

«Das Baby ist deine kleine Schwester.»

Ariane riss die Augen auf, betrachtete das kleine Wesen aufmerksam.

«Ich bin deine Mama», sagte Ina leise. Sie wollte Ariane berühren. Nur einmal kurz über ihr Haar streichen, doch das kleine Mädchen wandte sich ab. «Frau Weber aus dem Kindergarten hat gesagt, ich hätte keine Mutti mehr.»

Da stiegen Ina Tränen in die Augen. Heiße, bittere Tränen. Ihre Schultern bebten, ihre Lippen zitterten. Damit hatte sie nicht gerechnet. Sie hatte sich mehr als zwei Jahre nach Ariane verzehrt, hatte täglich an sie gedacht, hatte gelitten und geglaubt, auch Ariane und ihre Eltern würden leiden. Und nun stand sie hier im Korridor bei geöffneter Wohnungstür, als wäre sie eine Nachbarin, die sich nur mal kurz ein Ei leihen wollte, und musste erfahren, dass anscheinend niemand sie vermisst hatte. Das tat weh, das tat so weh, dass Ina sofort alles verdrängen musste, um den Schmerz aushalten zu können. Sie musste weg von hier, jetzt gleich und auf der Stelle musste sie weg von hier, sonst würde der Schmerz sie töten. Sie griff weinend in ihre Tasche, holte die Visitenkarte des Hotels heraus, die sie sich heute Morgen an der Rezeption hatte geben lassen. Sie hielt sie Benno vor die Nase. «Da. Damit ihr wisst, wo ihr mich erreichen könnt.»

Und dann drückte sie ihr Baby fest an sich, drehte sich um und rannte die Treppe hinunter. Jolante hatte wieder begonnen zu schreien, und Ina zischte: «Pscht, pscht!», doch das half nichts.

Unten setzte sie sich in ihr Auto. Ihr war klar, dass Jolante wahrscheinlich Hunger hatte, doch sie konnte nicht hier stehen bleiben und ihr Baby stillen. Hier, vor dem Haus, in dem ihre andere Tochter lebte, die sie nicht einmal erkannt hatte. Also startete Ina ihren Wagen, fuhr um die Ecke, legte dort den Kopf auf das Lenkrad und weinte wie noch nie in ihrem Leben. Das Weinen kam tief aus ihrem Inneren und schüttelte sie. Hinter ihr schrie der Säugling in seinem Sitz, und Ina hörte ihn, doch sie konnte einfach nicht aufhören zu weinen. Erst nach einer halben Stunde hatte sie sich so weit beruhigt, dass sie Jolante stillen konnte, aber auch da rann ihr noch ab und zu eine Träne über die Wange.

Kapitel 25

Ariane stand am Fenster, hielt das Telefon ans Ohr gedrückt und starrte nach draußen. Die Landschaft vor ihr war von einer dicken Reifschicht bedeckt. Über dem See lagen wieder einmal dichte Nebelschwaden, man konnte denken, dass der See dampfte. Vorhin hatte Ariane das Fenster geöffnet, und sofort hatten sich weiße Atemwolken vor ihrem Mund gebildet. Auch jetzt fror sie ein wenig. Die Heizung war erst vor kurzem aus dem Nachtmodus erwacht, und es war kühl im Zimmer. Ariane hatte sich ein großes Wolltuch über die Schultern gelegt.

«Willst du das wirklich tun?», fragte sie durchs Telefon. «Jetzt, Anfang Dezember? Willst du nicht bis zum Frühjahr warten?»

Jolante am anderen Ende der Leitung lachte. «Eine Performance ist doch keine Saisonangelegenheit.»

«Du bist also fest entschlossen, sie jetzt und direkt vor dem Gebäude der Sydsvenskan aufzuführen? An einem Samstag?»

«Ja. Das bin ich. Immerhin wäre Jörg an diesem Tag sechzig Jahre alt geworden. Außerdem muss ich samstags nicht in die Tankstelle.»

«Ich komme mit nach Malmö.»

«Echt?» Jolante klang ungläubig.

«Ja. Ich möchte es gern. Ich möchte dabei sein.»

Jolante schwieg.

«Hast du mich gehört?»

«Ja. Wir treffen uns am Samstag um sieben vor meinem Atelier.»

Es klickte in der Leitung, Jolante hatte aufgelegt. Ariane lächelte. Dann zog sie sich an und fuhr zu Ina. Sie hatte ihr versprochen, vor Weihnachten die Schaufenster der Musikalienhandlung neu zu gestalten, und hatte dafür am Tag davor extra Tannenzapfen rund um das Sommerhaus gesammelt. Außerdem hatte sie ein paar Preiselbeersträucher ausgegraben und sie in Blumentöpfe gepflanzt. Sie packte die Sachen in einen Korb, stellte ihn ins Auto und hielt inne. Sie wollte zum See hinunter. Es war ein spontaner Gedanke, den Ariane nicht hätte erklären können, wenn sie gemusst hätte. Es war fast, als hätte sie jemand gerufen. Sie lief vorsichtig über den hölzernen Steg, der durch den Reif an manchen Stellen sehr glatt war. Dann setzte sie sich in den weißen Plastikstuhl, auf dem Jörg bei schönem Wetter gern gesessen und geangelt hatte. Sie blickte in den wabernden Nebel und dachte nach. Sie war jetzt schon einen ganzen Monat in Schweden, und in dieser Zeit war so viel passiert, dass sie noch viel zu wenig Zeit gefunden hatte, über alles nachzudenken. Sie hatte Jolante als sechzehnjährigen Teenager in Schweden zurückgelassen. Und jetzt lernte sie die Schwester allmählich als Frau und Künstlerin kennen. Sie war gespannt auf die Performance und war sich beinahe sicher, dass sie ein großer Erfolg werden würde. Nicht weil das Kunstereignis so bedeutend gewesen wäre, das konnte

Ariane gar nicht einschätzen. Sondern weil sie Jolante nur als Siegerin kannte. Schon als Kind war Jolante stets eine Siegerin gewesen. Sie hatte immer viele Freunde gehabt, während Ariane sich jede einzelne Einladung zum Spielen hart hatte erkämpfen müssen. Sie hatte jedes Jahr wieder ein hervorragendes Zeugnis gehabt, während Ariane im oberen Mittelfeld schwamm und hin und wieder sogar eine Vier kassierte. Jolante wurde bei Ballspielen stets als eine der Ersten in die Mannschaft gewählt, während Ariane fast bis zum Schluss warten musste. Und Jolante hatte eine innige Beziehung zu Ina und Jörg, während Ariane immer eine gewisse Distanz zwischen ihren Eltern und sich gespürt hatte und – was Ina betraf – noch immer spürte. Ariane hatte etwas von Inas Schwermut geerbt, während Jörg anscheinend Jolante seine Lebensfreude vererbt hatte.

Und dann war da Viggo. Sie hatte keinen neuen Freund gesucht. Eigentlich hatte sie noch nie bewusst nach einem Partner gesucht. Sie wurde bislang immer gefunden. Doch das Schreckliche daran war, dass Ariane mit jedem Bewerber eine Beziehung eingegangen war und sich viel Mühe gegeben hatte, damit der Partner seine Wahl auch nicht bereute. Sie hatte sich nie gefragt, ob sie den Mann auch wollte. Es hatte ausgereicht, dass er sie ausgesucht hatte. Und wenn David in Leipzig nicht mit der gemeinsamen Wohnung um die Ecke gekommen wäre, dann wäre sie wahrscheinlich heute noch mit ihm zusammen und würde freitags im Puschkin sitzen und mehr trinken, als gut für sie war. Aber mit Viggo war es anders. Sie wollte Viggo. Und sie wollte von ihm gewollt werden. Sie wusste nicht genau, wie man eine Beziehung auf Augenhöhe führte, aber sie wollte es lernen.

Dann dachte Ariane an Ina. An ihre Mutter, die ihr fremd war. Sie hatte keine Ahnung, warum das so war, doch sie liebte Margarethe mehr als Ina und hatte ein schlechtes Gewissen deswegen. Außerdem war sie sich sicher, dass Ina noch immer etwas vor ihr verbarg, denn immerhin hatte sie ihr ja auch den Vater verheimlicht. Was wusste Ariane noch alles nicht?

Und dann war da noch Jörg. Der Vater, den sie immer bewundert hatte. Plötzlich war er nicht mehr ihr Vater, aber die Gefühle für ihn, die waren sich gleich geblieben. Konnte man einen Mann wie einen Vater lieben, auch wenn er nicht der Vater war? Änderte sich die Liebe, nachdem man erfahren hatte, dass der wirkliche Vater ein anderer war?

Ariane wusste so vieles nicht. Aber sie war fest entschlossen, die Dinge nicht mehr einfach so geschehen zu lassen. Sie stand auf und schlang die Arme um den Oberkörper, weil sie fror. Sie zog sich die Mütze noch ein Stück weiter über die Ohren, dann verließ sie den Steg und fuhr mit dem Auto nach Söderby in die Musikalienhandlung.

«Wo ist eigentlich Jörgs Laptop?», fragte sie, als sie mitten im Schaufenster stand und zwischen den Noten des Weihnachtsoratoriums Tannenzapfen und Preiselbeersträucher platzierte.

«Wie bitte?» Ina war dabei, leere Schuhkartons in Weihnachtspapier zu wickeln, um sie dann als Geschenke ins Schaufenster stellen zu können.

«Jörgs Laptop. Er stand im Sommerhaus. Wo ist er jetzt?»

Ina zuckte mit den Schultern. «Ich habe keine Ahnung.»

Ariane kroch aus dem Schaufenster, klopfte sich die staubigen Hände an ihrer Jeans ab. «Ich glaube dir nicht», sagte sie, und dann stand sie ganz still. Würde Ina sie anschreien, weil sie sie ja fast eine Lügnerin genannt hatte? Würde sie sie aus dem Laden schmeißen?

«Du hast recht», erwiderte Ina und hielt Arianes Blick stand. «Ja. Es gab einen Laptop, aber ich habe ihn in den See geworfen.»

«Du hast was?» Ariane glaubte, sich verhört zu haben.

«Ich habe ihn in den See geworfen. Gleich, nachdem Jörg gestorben ist.»

Ariane schüttelte den Kopf. «Aber warum?»

Ina zuckte mit den Schultern. «Es waren Fotos von mir drauf. Fotos, die niemanden etwas angehen.»

«Du hättest sie löschen können. Jetzt hast du wahrscheinlich einen Teil von Jörgs Werk vernichtet.»

«Das habe ich nicht. Jörg hat seine Fotos immer noch auf einer externen Festplatte gespeichert.»

«Und wo ist die?»

«Ich habe sie.»

Ariane schluckte. Sie wollte ihre Mutter darauf hinweisen, dass Jolante und sie die Rechte an Jörgs Fotos geerbt hatten, doch sie wagte es nicht. «Darf ich sie mal sehen?», fragte sie stattdessen.

«Ich weiß nicht genau, wo ich sie hingelegt habe. Es mussten ja viele Sachen umgeräumt werden. Ich sage dir Bescheid, wenn ich sie gefunden habe.»

Mit einem Mal reichte es Ariane. Sie hatte es plötzlich so

satt, von ihrer Mutter immerzu hingehalten zu werden. Sie wollte ihre Ausreden nicht mehr hören, ihre Ablenkungsmanöver störten sie wie nie zuvor. «Ich möchte die Festplatte heute noch haben», sagte sie mit fester Stimme. «Du weißt, dass du sie Jolante und mir aushändigen musst.»

«Jolante hat nie danach gefragt», sagte Ina, und es klang wie: Sie würde mir nie weh tun.

«Aber ich frage danach.» Ariane brach ab. Dann räusperte sie sich und sprach weiter: «Ich wette, du hast den Laptop in den See geworfen, damit niemand das Manuskript lesen kann. Ich habe keine Ahnung, was in dem Manuskript steht, aber ich weiß sehr genau, dass du Angst hast, jemand könnte es finden und lesen. Was steht darin? Was macht dir solche Angst?»

Ina reckte das Kinn, strich sich eine Haarsträhne aus der Stirn. «Es gibt Dinge, die gehen niemanden außer Jörg und mich etwas an.»

«Aha. Und wer bestimmt, wen was etwas angeht?»

«Ich.» Mit diesen Worten legte Ina das Weihnachtspapier zur Seite. «Ich gehe kurz einkaufen», sagte sie, zog ihren Mantel über und verließ den Laden. Draußen zündete Ina sich eine Zigarette an. Ariane wunderte sich. Früher hatte Ina viel geraucht, aber vor zwei Jahren hatte sie das Rauchen aufgegeben. Ariane hatte nicht gewusst, dass sie wieder damit angefangen hatte. Aber sie wusste so viel nicht über ihre Mutter.

Ariane hatte ein schlechtes Gewissen. Oder eher ein schlechtes Gefühl im Magen. Sie kannte dieses Gefühl sehr gut, es begleitete sie seit ihrer Kindheit und tauchte ausschließlich im Zusammenhang mit Ina auf. Es war das Gefühl, der Mutter zu nahe gekommen zu sein. Sie belästigt zu haben. Ihr Dinge abverlangt zu haben, die sie nicht geben wollte oder konnte. Das Gefühl, der Mutter etwas schuldig zu sein und nicht zu wissen, was es war. Ariane seufzte. Jetzt, in diesem Augenblick, begriff sie, woran das lag. Ina zog sich stets zurück, wenn ihr etwas unangenehm war. Sie ging einfach und ließ den anderen mit seinen Fragen und Ängsten allein. Mit Erwachsenen konnte man so umgehen, aber doch nicht mit Kindern! Und plötzlich bekam Ariane Wut auf ihre Mutter. Eine bisher stille, tief verborgene Wut stieg in ihr auf wie Magensäure. Ariane musste sich setzen und schnappte nach Luft. Dann sprang sie auf und tigerte im Laden auf und ab. Sie wollte Ina zwingen, ihr alles zu sagen, aber wie die richtigen Fragen stellen? Sie hatte ja keine Ahnung, was alles vor ihr verborgen worden war.

Eine Weile rückte Ariane noch die Auslagen im Schaufenster zurecht, bis sie sah, dass Ina zurückkehrte. Ariane wusch sich die Hände, und als Ina den Laden betrat, sagte sie: «Ich muss gehen. Ich kann heute nicht mehr mit dir zusammen sein.» Und Ina nickte, als hätte sie das erwartet, und in Ariane machte sich das bekannte schlechte Gewissen breit. Da schrie sie: «Ich habe ein Recht auf mein Leben, ich habe ein Recht auf die Wahrheit, ich habe ein Recht auf Vater und Mutter.» Sie wusste nicht genau, was sie da eigentlich schrie, sie wusste nur, dass es sich richtig und gut anfühlte.

Kapitel 26

1989

Wie Ina mit Jolante im Arm zurück ins Hotel gekommen war, wusste sie nicht mehr. Sie musste mit dem Auto durch die halbe Stadt gefahren sein, ohne es zu merken. Sie musste an Ampeln gehalten, Vorfahrten beachtet, Spuren gewechselt haben, und das alles automatisch. Als sie wieder zu sich kam, stand sie im Hotelzimmer, drückte Jörg das Baby in den Arm, warf sich selbst aufs Bett und begann wieder zu weinen. Das Weinen kam tief aus ihrem Inneren, und jede einzelne Träne tat ihr weh, riss ein kleines Stückchen von ihrem Herzen ab.

«Was ist los mit dir?», wollte Jörg wissen. Er setzte sich auf die Bettkante, strich Ina über den Rücken. «Was ist bei deinen Eltern passiert?»

Aber Ina konnte nicht antworten. Die Schluchzer füllten ihren Mund vollständig aus, erstickten jedes Wort darin. Jolante fing an zu schreien, aber Ina reagierte nicht darauf. Jörg strich ihr über das Gesicht. «Das Baby hat Hunger», sagte er. «Du musst es stillen.» Ina reagierte noch immer nicht. Doch sie ließ es zu, dass Jörg sie auf den Rücken rollte, ihr die Bluse öffnete, den Still-BH löste und ihr Jolante an die Brust legte. Ina ließ es mit sich geschehen, weinte einfach weiter. Bei jedem tiefen Schluchzer legte sie die Hand auf den Rücken ihres Babys.

Es dauerte lange, sehr lange, bis Ina sich endlich beruhigt hatte. Und dann war ihr Gesicht geschwollen, die Augen rot, die Stimme rau und Ina selbst so erschöpft, dass sie nicht einmal mehr Hunger oder Durst hatte. Sie ließ sich von Jörg ausziehen, als wäre sie ein Kind. Dann rollte sie sich unter der Bettdecke zusammen und sank in einen tiefen Schlaf ohne Träume.

Sie erwachte, als Jörg sanft an ihrer Schulter rüttelte. «Ina, steh auf, deine Eltern warten unten in der Lobby.»

Ina bohrte ihr Gesicht tiefer ins Kissen. «Ich will niemanden sehen.»

Da platzte Jörg der Kragen: «Es reicht, Ina. Seit Tagen machst du Dinge ohne Sinn und Verstand. Ich weiß nicht, was bei deinen Eltern vorgefallen ist, aber du ziehst dich jetzt an und gehst hinunter. Sie sind gekommen, um mit dir zu reden. Sie haben sich in den letzten beiden Jahren um dein Kind gekümmert. Du bist es ihnen schuldig, nach unten zu gehen.»

«Ich bin jemandem was schuldig?», fragte Ina und setzte sich auf. «Ich soll irgendwas schuldig sein? Nein. Das bin ich nicht. Ich wollte ja zurück. Wenn hier jemand Schuld trägt, dann bist du es.»

Jörg erstarrte. «Wie bitte?»

«Nichts.»

«Doch. Wiederhol bitte, was du da gerade gesagt hast.»

Ina schüttelte den Kopf. «Ich habe nichts gesagt.» Dann stand sie auf und ging ins Badezimmer. Sie wusch sich das

Gesicht, putzte sich die Zähne. Jörg stand in der offenen Tür. «Ich habe gehört, was du gesagt hast», sprach er leise.

«Dann muss ich es ja nicht wiederholen», antwortete Ina und wollte an ihm vorbeigehen.

Er hielt sie am Arm fest, sah ihr direkt in die Augen. «Meinst du, was du gesagt hast?», fragte er.

«Du tust mir weh.» Ina riss sich von ihm los, zog sich die Bluse über den Kopf.

«Meinst du, was du gesagt hast?»

Ina blieb stehen, blickte Jörg in die Augen und nickte. Und Jörg nickte auch, dann fragte er leise: «Woher weißt du das?»

Ina runzelte die Stirn. Was sollte sie wissen? Sie hätte fragen können, aber in diesem Augenblick fühlte sie sich wie eine Siegerin, und die Frage hätte ihren Sieg geschmälert. «Ich weiß es eben.» Sie zog sich an, ging zur Tür, blieb auf der Schwelle stehen: «Kommst du mit?»

Jörg saß mit hängenden Schultern und gesenktem Kopf auf der Bettkante. «Brauchst du mich denn?»

Da reckte Ina das Kinn. «Nein.»

Als Ina aus dem Fahrstuhl stieg, sah sie ihre Eltern und Ariane sofort. Sie saßen in ihrer formlosen Kleidung tief in den Ledersesseln, und jeder wusste augenblicklich, dass sie nicht hierhergehörten. Ina hatte nicht gedacht, dass sie heute noch zu tieferen Gefühlen in der Lage wäre, so ausgelaugt und leergeschöpft kam sie sich vor, doch die beiden älteren Leute und das kleine Mädchen mit den Zöpfen taten ihr leid.

Sie ging auf die Eltern zu, hätte wohl gelächelt, wenn ihr

dafür nicht die Kraft gefehlt hätte. «Da bin ich», sagte sie leise und setzte sich ihren Eltern gegenüber. Aber ihr Blick blieb auf Ariane geheftet. Sie betrachtete das kleine Mädchen, den schmalen Körper, die dünnen Zöpfe, die blanken, leuchtenden Blauaugen. Die Kleine trug ein Kleid aus einem Stoff, der leise elektrische Funken abzugeben schien, wenn sie sich bewegte. Sie stand neben ihrer Großmutter, hielt sich an deren Knien fest und betrachtete Ina mit gesenktem Kopf.

«Hallo, Ariane», sagte Ina leise. Am liebsten hätte sie die Arme ausgestreckt, das Kind an sich gezogen, es mit Küssen bedeckt. Sie hatte sich das Wiedersehen so oft ausgemalt, und immer hatte sie dabei ein kleines Mädchen gesehen, das sich ihr in die ausgestreckten Arme warf. Sie streckte einen Arm nach ihrem Kind aus, doch es wich zurück, schmiegte sich an seine Großmutter.

«Ariane, erinnerst du dich noch an mich?», fragte Ina, und das Mädchen verbarg den Kopf im Schoß seiner Oma.

«Sie braucht eine kleine Weile, bis sie auftaut. Sie ist ein wenig schüchtern», erklärte Margarethe.

Und Benno, der bislang geschwiegen hatte, fügte hinzu: «Wir haben ihr beigebracht, nicht mit Fremden zu sprechen.»

Dieser Satz traf Ina wie ein Schlag und warf sie beinahe um.

«Ich bin keine Fremde», flüsterte sie. «Ich bin doch ihre Mutter.» Dabei blickte sie ihre eigene Mutter an, und Margarethe hielt ihrem Blick stand. «Sie kennt dich nicht.»

Ina nickte, blinzelte die Tränen weg, schnäuzte sich. «Warum seid ihr gekommen?»

«Wir wollen wissen, wie es weitergeht», erklärte Benno. «Was soll mit Ariane geschehen? Bleibt ihr in Schweden? Kehrt ihr zurück?»

Ina zuckte mit den Schultern. «Das wissen wir noch nicht. Kein Mensch weiß ja gerade, was als Nächstes geschieht.»

«Und Ariane?» Ina hörte, dass Margarethes Stimme bei dieser Frage zitterte, aber Ina konnte darauf keine Rücksicht nehmen.

«Ich möchte sie bei mir haben.»

Benno nickte. «Und wie soll das vor sich gehen? Sie ist hier im Kindergarten, hat Freunde, hat ein Zuhause. Willst du sie aus alldem herausreißen?»

Ina schluckte. «Sie ist meine Tochter.»

Benno erhob sich, nahm Ariane auf den Arm. «Gut. Dann sag, wie du dir das alles vorstellst. Wenn du denn weißt, was du willst.» Er sagte es so, dass Ina begriff, wie verletzt und wütend ihre Eltern waren.

«Ihr denkt, dass ich absichtlich in Schweden geblieben bin, nicht wahr?»

Margarethe zuckte mit den Schultern. «Ich weiß nicht, was ich denken soll. Sag uns Bescheid, wenn du weißt, was du willst.» Sie holte eine kleine rote Mütze aus ihrer Handtasche und setzte sie Ariane auf.

Ina hätte alles dafür gegeben, ihre Tochter einmal in den Arm zu nehmen. Aber sie ahnte, dass die Kleine in fürchterliches Gebrüll ausbrechen würde. Und obwohl sie sich sagte, dass diese Reaktion normal wäre, war sie im Herzen doch wütend auf ihre Eltern. So, als hätten sie ihr Ariane bewusst entzogen. Und die Eltern waren wütend auf Ina, und es schien, als gäbe es kein Entrinnen aus diesen schrecklichen Gefühlen.

Am nächsten Tag fuhren Ina, Jörg und Jolante zurück nach Sassnitz und von dort mit der Fähre nach Trelleborg und von Trelleborg aus nach Malmö, nach Hause. Die Kleine hatte den Ausflug gut überstanden, aber Jörg war noch immer verärgert darüber, dass Ina dem Neugeborenen so einen Stress angetan hatte. Als sie das Auto vor ihrem Haus in Malmö abstellten, nahm Jörg Jolante behutsam aus dem Kindersitz und trug sie nach oben. Er zog sie sanft aus und legte sie in ihre Babywippe. Dann sagte er zu Ina: «Ich verlange von dir, dass du mehr Rücksicht auf Jolante nimmst. Sie braucht Ruhe und Geborgenheit. Du musst dich um sie kümmern, musst dafür sorgen, dass ihre Bedürfnisse erfüllt werden. Haben wir uns da verstanden? Und du selbst brauchst auch Ruhe. Eine Geburt ist doch anstrengend.» Noch nie hatte Jörg so mit Ina geredet, so bestimmend, so energisch. Ina nickte. Und während Jörg die Taschen auspackte, stillte Ina den Säugling, strich dabei sanft über die weiche, zarte Babywange.

Kapitel 27

Kommt Ina nicht mit?», fragte Ariane, als sie am 3. Dezember pünktlich um sieben vor Jolantes Atelier standen.

«Ich habe sie nicht gefragt», antwortete Jolante.

Ariane zog die Stirn kraus. «Gibt es dafür einen bestimmten Grund?»

Jolante erwiderte: «Ich finde es einfach schön, dass wir drei, die wir irgendwie alle miteinander verschwistert sind, gemeinsam nach Malmö fahren. Ich möchte euch dabeihaben, weil Jörg für uns alle der Vater oder wie ein Vater war.» Sie lachte und lehnte sich kurz an Viggo, der mit Ariane gekommen war. Und Viggo legte den Arm um Jolante und drückte ihr einen Kuss aufs Haar. Er half ihr, die Glasfigur, die in einer mit Holzspänen gepolsterten Kiste lag, auf die Ladefläche seines Jeeps zu laden, dann stiegen sie alle ins Auto und fuhren los. Viggo saß am Steuer, Jolante neben ihm, und Ariane hatte auf dem Rücksitz Platz gefunden. Viggo und Jolante unterhielten sich, Ariane aber hatte hinten Mühe, dem Gespräch zu folgen. Also lehnte sie sich bequem zurück, schaute aus dem Fenster und dachte an den gestrigen Abend. Viggo war gekommen. Er hatte sein Auto neben ihres gestellt und sich im Rückspiegel noch einmal betrachtet und sein wildes Haar geglättet. Ariane hatte ihn aus einem kleinen Zimmer in der oberen Etage beobachtet und gelächelt, als sie seine Bemühungen sah.

Dann war sie die Treppe hinuntergerast, hatte die Tür aufgerissen und war einfach in seine Arme gesprungen. So etwas hatte sie noch nie getan. Sie war eine von den Frauen, die sich zuerst küssen ließen, ehe sie die Küsse zurückgaben. Sie war eine von denen, die man verführen musste, die selbst aber nie verführten. Das war so, weil sie schlichtweg nicht wusste, wie das ging. Weil ihr der Mut dafür fehlte, weil sie Angst vor Zurückweisung hatte. Doch bei Viggo war alles anders. Sie schlang ihre Arme um seinen Hals, küsste ihn so stürmisch, dass er beinahe keine Luft bekam. Sie stolperten ins Haus, Viggo drückte die Tür mit dem Ellbogen zu, trug sie hoch, und dann warf er sie mit Schwung auf das Bett. Ariane lachte. Sie lachte vor Glück, und sie schnurrte vor Lust. Sie riss die Knöpfe von seinem Hemd, und dann versank sie im Duft seiner Haut, in seiner Wärme, in seinen Armen. Es war das erste Mal, dass sie liebte. Bewusst und tatkräftig liebte und sich nicht nur lieben ließ. Es war neu, und es war das Schönste, das Ariane je erlebt hatte.

Sie streckte die Hand aus, fuhr kurz mit dem Finger durch die Stäbe der Kopfstütze hindurch über Viggos Hals. Und Viggo suchte ihren Blick im Spiegel und lächelte sie an.

Und dann waren sie in Malmö. Es war kurz nach elf Uhr, und um zwölf Uhr sollte die Performance beginnen.

Jolante sperrte vor dem Gebäude der Sydsvenskan eine kleine Fläche ab, während Viggo gemeinsam mit Ariane die Kiste mit dem gläsernen Jörg herbeischleppte.

«Ihr müsst mir helfen, die Figur aufzubauen», erklärte Jolante und zeigte ihnen ihre Hände. Sie zitterten. Ariane nahm Jolantes Hände in ihre, rieb sie ein wenig. «Es wird gut werden», sagte sie. «Es wird besser werden, als du jetzt denkst.»

Jolantes Zittern griff auf ihren ganzen Körper über. «Ich bin so aufgeregt», flüsterte sie. «Ich glaube, ich kann das heute nicht machen.»

«Jeder Künstler ist vor seinem Auftritt aufgeregt. Das ist ganz normal. Willst du einen Schluck Wasser? Oder einen Kaffee?», fragte Ariane.

«Ich hätte gern einen UTÖ, aber einen dreifachen.» Jolante lachte gequält. Sie warf einen Blick auf die Uhr, die über dem Eingang der Sydsvenskan hing. «Noch eine Dreiviertelstunde. Wie soll ich die bloß rumkriegen?»

«Schneller, als du glaubst. Hast du die Pressemappen schon geholt?»

Jolante nahm aus einer riesigen Tasche ein halbes Dutzend weiße Mappen heraus. «Du verteilst sie, ja?»

Ariane nickte.

«Nur an die Presseleute. Du erkennst sie …»

«Pst. Ich bin selbst eine von diesen Leuten. Ich weiß, woran man unsereins erkennt.»

Jolante nickte, dann eilte sie hinüber zu Viggo und prüfte, ob er die Figur aus der Holzkiste auch so aufbaute, wie sie sich das vorgestellt hatte. Ariane blickte zu Viggo, und der fing ihren Blick auf, nickte, und Ariane ging zurück zu Viggos Wagen und angelte unter dem Sitz nach ihrer Videokamera, die sie für ihre Reportagen benutzte.

Sie würde die Performance filmen. Jolante wusste nichts davon; es sollte eine Überraschung sein. Sie packte die Videokamera in ihre riesige Schultertasche, dann blieben die ersten Leute stehen. «Was passiert hier?», fragte ein junges Mädchen.

«Es wird eine Performance geben», erklärte Ariane.

«Ach so. Ich dachte erst, es wäre ein Casting oder so.» Das Mädchen ging gelangweilt weiter.

Ein älteres Ehepaar, das einen Hund an der Leine hatte, holte zwei kleine dreibeinige Hocker aus einem Rucksack, dann setzten sich die beiden hin. Ariane ging zu ihnen. «Vielen Dank, dass Sie gekommen sind», sagte sie. «Sie wissen, was hier passiert? In der Sydsvenskan gab es eine Ankündigung.»

Der ältere Mann schüttelte den Kopf und blickte seine Frau an, die ebenfalls den Kopf schüttelte. «Davon wissen wir nichts. Es hieß nur, es gäbe Würstchen.»

Ariane betrachtete das Ehepaar verblüfft und wandte sich kopfschüttelnd ab. Sie hätte die Leute gern beschimpft und davongejagt, aber bislang waren sie die Einzigen, die überhaupt einen Hauch von Interesse zeigten.

Es dauerte noch einmal fünf Minuten, dann kamen ein halbes Dutzend Mitarbeiter der Sydsvenskan. Ariane wollte ihnen die Pressemappen aushändigen, doch die meisten lehnten ab. «Wir kennen doch Jörg Bentheim», sagten sie, und Ariane hoffte, dass Jolante nicht mitbekam, dass die Leute wegen des Vaters gekommen waren und nicht wegen ihr. Dann erklangen von der nahen Kirche zwölf Glockenschläge, und Ariane sah Jolante ganz starr neben ihrer

Glasfigur stehen. Ihr Atem schien zu flattern, ihr Busen hob und senkte sich in schnellen Zügen. Neben den Mitarbeitern der Zeitung und dem älteren Ehepaar, das auf Würstchen wartete, war nur noch eine junge Frau gekommen. Ariane seufzte. Als der letzte Glockenschlag verklungen war, setzte sie ihre Videokamera in Bewegung. Sie filmte Jolante, die auf den gläsernen Mann zuging. Sie hatte beide Hände mit Mull verbunden und umrundete den Glasmann, stieß mit dem Finger an seine Arme, gegen seine Brust, klopfte an seine Glashaut, dann ballte sie eine Hand zur Faust und boxte ihm gegen den Oberarm.

Der ältere Mann fragte seine Frau verständnislos: «Was soll das denn? Wo ist denn der Wagen mit den Würstchen?»

Und die Frau guckte sich tatsächlich in alle Richtungen um, ehe sie mit den Schultern zuckte.

Ariane filmte. Jolante stand jetzt wie eine Boxerin der Glasfigur gegenüber. Sie tänzelte um sie herum, landete hin und wieder einen Treffer. Einmal klirrte es, und Ariane filmte, wie ein gläsernes Ohr zu Boden fiel und in tausend Stücke sprang. Dann schlug Jolante noch einmal an derselben Stelle zu, und jetzt war ein Knirschen zu hören, das Ariane durch Mark und Bein fuhr. Die Mitarbeiter der Zeitung hatten sich bequem hingestellt, die Arme vor der Brust verschränkt, und schwatzten mit ihren Nachbarn. Ariane sah, dass Jolante einmal verärgert zu ihnen hinsah, doch das störte die Journalisten nicht. Noch ein Schlag gegen das Ohr, und ein Sprung lief über die ganze rechte Glaskopfseite. Jolante tänzelte noch immer um die Figur.

«Antanzen», rief sie jetzt laut. «Antanzen, um den anderen zu zerbrechen.»

Der Mann, der auf den Würstchenwagen wartete, klatschte in die Hände. «So isses», schrie er. «So machen die das immer, die Flüchtlinge.»

Jolante stand jetzt ganz still. Ihre Arme hingen locker herab. Sie keuchte, schnappte nach Luft. Dann trat sie zu. Sie trat der Statue ins Knie, und die Figur schwankte, fiel direkt in Jolantes Arme. Da begann sie damit zu tanzen. Sie umschlang die Figur, wiegte sich erst ein paarmal mit ihr hin und her, dann schlang sie ihre Arme um die gläserne Hüfte und schwenkte die Figur einmal im Kreis herum. Die junge Frau, die von Anfang an dabei gewesen war, schrie: «Yeah, yeah, yeah!», und klatschte in die Hände. Ariane filmte sie und wunderte sich, weil die Frau so glücklich wirkte.

Ein jüngeres Ehepaar – er mit einem Weidenkorb über, sie mit einem Baguette unter dem Arm – blieb stehen, fragte das ältere Ehepaar: «Was ist hier los? Was passiert hier?»

«Da tanzt und kämpft eine mit einer Glasfigur», erklärte die ältere Frau. «Was das soll, wissen wir auch nicht. Wir warten auf den Wagen mit den Würstchen.»

Das jüngere Paar nickte und ging weiter. Zwei Jungs rollten krachend mit ihren Skateboards die Straße entlang. Ariane störte der Krach, aber sie wusste, dass Jolante sagen würde: «So etwas gehört einfach dazu.» Deshalb sagte sie nichts, filmte die Jungen aber. Die Performance dauerte bereits zehn Minuten, als die ersten Journalisten auf die Uhr schauten. Ariane kannte diese Blicke: Wir haben nicht den ganzen Tag Zeit; wir müssen eine Deadline einhalten. Und einer von ihnen war sogar so ungeduldig, dass er einfach ging. Eine junge Kollegin starrte ihm nach, sah zurück zu Jolante, die noch immer mit der Glasfigur tanzte, dann zuckte sie leicht mit den Schultern und folgte ihrem Kollegen. Ariane hoffte, dass Jolante den Abgang der beiden nicht bemerken würde, doch vergebens. Jolantes Bewegungen bekamen plötzlich etwas Eckiges. Sie presste die Figur an sich, und Ariane konnte ihre weißen Fingerknöchel erkennen. Dann wirbelte sie die Puppe einmal kräftig von links nach rechts, brach dabei einen Arm ab und ließ ihn klirrend fallen. Wieder klatschte die junge Frau. Dann riss Jolante auch den anderen Arm ab und legte die Figur zwischen die Glasscherben auf den Boden. Sie stand einen Augenblick starr da, sah auf ihr gläsernes Werk, dann holte sie tief Luft und sprang dem Glasmann mit voller Wucht auf die Brust, kreuzte die Arme noch im Sprung schützend vor dem Gesicht. Jetzt zersprang die Figur in tausend Teile. Es knirschte, kleinere Glassplitter flogen durch die Luft.

«Hey, was soll denn das?», wollte der ältere Mann wissen. «Wer macht denn jetzt hier sauber?»

Jolante bückte sich, entnahm dem Glasmann das Herz, das ein Foto war und Jolante darstellte. Sie hielt das Foto hoch, zwei der Journalisten klatschten, die anderen drehten sich um und gingen ohne weitere Anstalten zurück in das Verlagsgebäude.

«Kommen jetzt noch Würstchen, oder was?», fragte die ältere Frau und zerrte ihren Hund von den Glassplittern weg.

«Nein», sagte Ariane. «Es kommen keine Würstchen. Das war nie geplant.»

«Ach so?», fragte die Frau, stand auf, klappte ihren dreibeinigen Sitz zusammen und stopfte ihn in ihren Rucksack. Ihr Mann tat es ihr gleich, dann verschwanden sie.

Jolante stand da, den Kopf gesenkt, vor sich das Meer aus Glasscherben. Ihre Schultern bebten, und Ariane fragte sich, ob sie jetzt weinen würde. Sie wollte zu ihr gehen, sie in den Arm nehmen, aber sie wagte es nicht. Vielleicht kam nur ihr die Performance wie ein Reinfall vor. Vielleicht war Jolante es gewohnt, vor so wenig Publikum zu arbeiten. Vielleicht kam es auch gar nicht auf das Publikum an, sondern allein auf den Akt. Jetzt bückte sich Jolante und zog ihre Schnittschutzschuhe aus. Ariane filmte noch eine letzte Sequenz, dann verstaute sie die Videokamera und suchte nach Viggo. Der kam vom Jeep, in der Hand zwei große Straßenbesen, Schaufel und Kehrblech und unter dem Arm eine Rolle fester Mülltüten. Kurz hinter Jolante blieb er stehen, schien darauf zu warten, dass Jolante wieder vollends im Hier und Jetzt angekommen war. Sie stand noch immer ganz starr, auf Strümpfen, den Kopf gesenkt, und rang nach Luft. Die Frau, die so stürmisch Beifall geklatscht hatte, näherte sich Jolante ebenfalls. Sie tippte ihr auf die Schulter und nahm sie dann einfach in den Arm. Und Jolante ließ sich umarmen, hin und her wiegen, ließ sich küssen.

Ariane musste schlucken. Sie nahm Viggo einen Besen aus der Hand und begann, den Platz von den Scherben zu säubern. «Wer ist die Frau?», fragte sie Viggo leise. Der grinste: «Ein frenetischer Fan jedenfalls.»

Nach einer kleinen Weile, die meisten Glasscherben waren bereits aufgefegt, kam Jolante Hand in Hand mit der Frau auf Viggo und Ariane zu. «Das ist Sonia», verkündete sie. «Meine Freundin.»

Ariane ließ den Besen fallen, wischte sich die Hände an den Jeans ab. «Hey», sagte sie und streckte Sonia eine Hand hin, doch Sonia lachte ein breites, weißzahniges, ansteckendes Lachen, packte Ariane bei den Schultern, zog sie zu sich heran und gab ihr auf jede Wange einen schallenden Kuss. «Ich freue mich, dich kennenzulernen», sagte sie. «Jolante hat von dir erzählt.»

«Wirklich?»

«Ja. Das hat sie. Und von dir auch.» Sonia wandte sich an Viggo, packte auch ihn bei den Schultern und knallte ihm zwei Küsse ins Gesicht.

Viggo lächelte, rieb sich die Hände. «Ich habe einen Tisch bestellt», sagte er, und das Lächeln verwandelte sich zu einem Gesichtsausdruck der Verlegenheit. «Ich dachte, das müssen wir feiern.» Er blickte Jolante an. «Feiert man das Ende einer Performance? Ich habe keine Ahnung. Aber Hunger hätte ich.»

Sonia zeigte wieder ihre weißen Zähne. «Feiern kann man nie genug», erklärte sie und nahm Jolante beim Arm.

Ariane sah, wie müde und erschöpft ihre Schwester war. Erst beim Aperitif mochte sie Jolante danach fragen, wie sie ihre Performance wahrgenommen hatte.

«Ich habe nicht auf die Zuschauer geachtet», sagte Jolante. «Hätte ich es, dann hätte ich anders gehandelt. So habe ich versucht, mit der Glasfigur eine Einheit zu bilden, und ich glaube, das ist mir auch gelungen.» Sie wirkte noch immer erschöpft, unter ihren Augen hatten sich dunkle Ringe gebildet. Und sie sprach kaum. Sonia und Jolante hielten unter dem Tisch Händchen. Auf Ariane wirkte ihre Schwester noch immer ein wenig wie in Trance. Sie versuchte es mit der Überraschung.

«Ich habe deine Performance aufgenommen. Wenn du möchtest, kann ich dir daraus einen kleinen Film schneiden.»

«Wirklich?» Auf Jolantes Gesicht zeigte sich ein Lächeln. «Du hast meine Arbeit dokumentiert?»

«Na ja, nur die Performance, und davor habe ich dich einmal in deinem Atelier beim Glasblasen gefilmt.»

Jolante griff über dem Tisch nach Arianes Hand. «Ich danke dir sehr. Eine Performance ist vergänglich. Wenn sie nicht aufgenommen wird, ist sie nur in der Erinnerung vorhanden. So bleibt etwas.»

«Ich gebe dir den Film, sobald ich ihn fertig habe, ja?» Ariane ließ Jolantes Hand los, wandte sich an Sonia.

«Und was machst du?».

«Ich bin Lehrerin», sagte sie. «Schwedisch und Sport.»

«Hier in Malmö?»

«Nein. In Jonköping.»

«Das ist nicht weit von Söderby. Gerade mal vierzig Kilometer, oder?», fragte Ariane.

Sonia nickte. «Deshalb sehen wir uns ja auch an den meisten Wochenenden. Ich komme freitags und bleibe bis zum Montag in der Früh.»

«Vielleicht können wir uns ja mal abends treffen. Ich

könnte etwas kochen oder so», schlug Ariane vor und blickte zu Viggo.

Viggo grinste. «Oder wir treffen uns bei mir; ich kann nämlich auch kochen. Zum Beispiel Elchwürste.»

Unter dem Tisch verpasste Ariane ihm einen leichten Tritt gegen das Schienbein.

Sonia lachte, drückte Jolante kurz an sich und küsste sie auf die Wange. «Was meinst du, Herz?»

Jolante nickte, doch sie wirkte noch immer vollkommen ausgelaugt.

«War die Performance so, wie du sie dir vorgestellt hast?», fragte Ariane. Sie wagte diese Frage nur, weil Sonia dabei war. Sonia mit dem ansteckenden Lachen. Bislang eine Seltenheit in ihrer Familie.

«Das weiß ich nicht. Ich dachte, ich könnte mich Jörg so nähern, weißt du? Aber ich habe keine Ahnung, ob das gelungen ist.»

Ariane nickte. Sie wusste genau, was Jolante meinte. Sie versuchte es ja ebenfalls mit ihrer Reportage.

«Wie war das bei Jörg und dir», wollte Ariane jetzt von Viggo wissen, «ich meine, ihr habt euch doch gut verstanden, wie seid ihr euch die ersten Male begegnet?» Viggo zuckte mit den Schultern. «Ich wusste immer, dass es ihn gab. Das hat mir als Kind gereicht. Als ich ihn wirklich kennengelernt habe, da war ich schon erwachsen. Er war nie ein Vater für mich, sondern eher ein älterer Freund.»

«Dann hast du gefühlt nie einen Vater gehabt?», fragte Sonia.

Viggo lächelte. «Doch. Bosse. Der Freund meiner Mutter.

Er ist vor drei Jahren gestorben. Er war wirklich ein Vater für mich.»

Sonia nickte. Einen Moment lang schwiegen sie alle, und Ariane dachte an die Bilder, die Viggo ihr neulich schließlich doch gezeigt hatte. Bosse und Viggo, beide mit dem gleichen stolzen Ausdruck im Gesicht vor der Waldhütte, die sie gemeinsam gezimmert hatten. Auf dem Bild jedenfalls glichen sie einander sehr, ohne jedoch Vater und Sohn zu sein.

In die Stille hinein wandte sich Sonia an Jolante: «Und? Hast du es dir überlegt? Hast du dich entschieden?»

Ariane legte den Kopf ein wenig schief. «Was hast du entschieden?»

Jolante schüttelte kaum merklich den Kopf, und Sonia antwortete für sie: «Es geht um die Tankstelle. Man hat Jolante angeboten, sie zu pachten. Es wäre dann ihre Tanke, sie wäre nicht mehr angestellt. Allerdings müsste sie sich mehr kümmern.»

Ariane schwieg betroffen. Sie stellte sich vor, nicht mehr von ihrer Arbeit leben zu können und sich einen Brotjob suchen zu müssen. Im Supermarkt an der Kasse zum Beispiel. Sie griff über den Tisch nach Jolantes Hand. «Kannst du denn nicht als Glasbläserin arbeiten?»

Jolante schüttelte den Kopf, aber sie entzog Ariane nicht ihre Hand. «Ich möchte nicht als Glasbläserin arbeiten. Vasen im Akkord für die Touristen. Nein, das möchte ich nicht.» Sie holte ganz tief Luft, zwang sich ein Lächeln ins Gesicht. «Ich werde die Tankstelle pachten. Es ist entschieden.»

«Wann hast du es entschieden?», fragte Sonia.

«Jetzt gerade», erwiderte Jolante. «Ich habe heute begriffen, dass ich wohl nie von meiner Kunst werde leben können. Das heißt aber nicht, dass ich sie aufgebe. Für Butter, Brot und Glas werde ich mit Hilfe der Tankstelle sorgen.»

Ariane stiegen Tränen in die Augen. Diesen Schluss also hatte Jolante aus der mageren Reaktion auf ihre Performance gezogen. «Ich kann dir Geld leihen. Nicht besonders viel, aber doch so viel, dass du erst einmal damit weitermachen könntest. Du bist gut. Deine Sachen sind gut. Du musst nur an dich glauben.»

Da lachte Jolante endlich. «Ich glaube an mich, Ariane. Das ist es nicht. Es ist auch nicht das Geld. Obwohl ich dir dankbar für dein Angebot bin. Es geht darum, Dinge zu tun, für die man brennt. Leidenschaft empfindet. Ihr wisst schon. Wenn man aber mit der Leidenschaft Geld verdienen muss, geht das eben auf Kosten der Passion. Und wenn man nicht aufpasst, erstickt das Feuer, und am Ende hat man nicht mehr als eine Handvoll Asche. Die Tankstelle garantiert mir, dass ich meine Leidenschaft nicht verkaufen muss. Eigentlich ist sie das Beste, das mir passieren kann.»

«Darauf sollten wir anstoßen.» Viggo winkte nach der Kellnerin.

«Vier Gläser Champagner, bitte», bestellte er, und Ariane war ihm unendlich dankbar für diese Geste. Dann kam der Champagner, und sie stießen an und tranken ihre Gläser alle auf Ex aus. Sonia knallte ihr Glas als Erste auf den Tisch. «Jetzt kann ich es euch ja sagen: Ich hasse Champagner. Er macht das Leben einfach saurer.»

Kapitel 28

1989

Weihnachten 1989 feierten sie in Malmö. Benno und Margarethe kamen mit ihrem roten Škoda, und in Malmö blieben die Leute auf der Straße stehen, um sich dieses merkwürdige Auto anzuschauen. Ein Mann trat sogar zu Benno, während der die Taschen aus dem Kofferraum holte, und fragte ihn irgendetwas. Der Mann fragte auf Schwedisch und danach auf Englisch, aber Benno hätte ihm lediglich auf Russisch antworten können. Also lächelte er nur freundlich.

«Ich bin sehr froh, dass der Škoda uns bis hierher gebracht hat», sagte Benno, als Jörg die Leipziger von der Fähre abholte.

«Du kannst dir bald ein neues Auto kaufen, wenn du willst.» Jörg strich mit der Hand über die Motorhaube seines schwarzen Audi 100.

Benno schüttelte den Kopf. «Ich fahre ihn erst acht Jahre und habe davor zehn Jahre auf ihn gewartet. So ein Auto gibt man nicht einfach auf.»

Und dann fuhren sie los, Jörg vorneweg und der rote Škoda hinterher.

Ina war schon ein paar Tage vorher vor Aufregung ganz

blass gewesen. Sie war mehrmals in die Einkaufsstraße von Malmö gegangen, hatte nach Geschenken gesucht. Schließlich hatte sie für Benno eine warme, weiche Sofadecke gekauft, für Margarethe ein Fläschchen Chanel Nr. 5 und für Ariane unzählige Bilder- und Wörterbücher auf Schwedisch, dazu Kleidung, Legosteine sowie bei IKEA ein Kinderbett und einen Hochstuhl. Das Bett stand neben Jolantes Wiege im Kinderzimmer. Sie hatte ein Fach im Kleiderschrank frei gemacht und noch einen kleinen Spieltisch zwischen die Betten gestellt. An der Wand hingen Plakate von Pippi Langstrumpf und Karlsson vom Dach, im Kühlschrank standen etliche Flaschen Bier und Obstsäfte. Ina hatte Schokolade eingekauft und Pudding und all die Dinge, über die sie vor zwei Jahren so gestaunt hatte.

Und dann kamen Benno und Margarethe mit dem roten Škoda. Ina rannte die Treppe hinab, doch auf dem letzten Absatz blieb sie stehen. Was sollte sie tun, wenn sie sich wirklich nicht mehr verstanden? Wenn es so war wie vor sechs Wochen in Leipzig? Wenn sie sich nichts mehr zu sagen hätten? Oder für das, was sie sagen wollten, keine Worte fanden?

Sie sah Jörg, Benno und Margarethe mit Ariane vor der Haustür aus Milchglas stehen, sie klingelten. Da riss sie sich zusammen und öffnete die Tür. Sie hatte sich so fest vorgenommen, zu lächeln, ja, sie hatte es sogar vor dem Spiegel geübt. Ein freundliches, herzliches Lächeln. Aber das Lächeln verdorrte, bevor es ihre Lippen erreichte. Sie starrte auf Ariane, die sich am Rock ihrer Großmutter festhielt. Ina kniete sich vor sie, ohne ihre Eltern zu begrüßen: «Hallo, Ariane. Ich freue mich so, dass du gekommen bist.»

Ariane starrte ihre Mutter an, ohne eine Miene zu verziehen. «Du wolltest doch etwas sagen, Ariane. Wir haben das doch im Auto geübt. Was wolltest du sagen?», drängte Margarethe.

Ariane umschlang ihre Oma noch fester. «Guten Tag, Mutti», flüsterte sie.

«Mutti?» Ina lachte. «Oh, mein Gott, dieses Wort habe ich nicht mehr gehört, seit ich aus Leipzig weg bin.»

Margarethe runzelte unzufrieden die Stirn. «Wie sagt man denn hier? Was hätten wir denn deiner Meinung nach üben sollen?» Ihre Worte klangen ein bisschen schnippisch.

«Jetzt kommt doch alle erst einmal herein», versuchte Jörg zu vermitteln.

Benno legte seiner Frau eine Hand auf den Arm. «Margarethe, bitte.»

«Hier sagt man ‹Mamma›», erklärte Ina. Dann strich sie Ariane eine Haarsträhne aus dem Gesicht. «Aber du kannst sagen, was du gern magst.»

Endlich trat Ina einen Schritt von der Tür weg. «Kommt rein, kommt rein», wiederholte sie Jörgs Worte. «Kann ich etwas tragen?»

Benno schüttelte den Kopf. Er trug eine dunkelbraune Reisetasche aus Kunstleder und einen großen Stoffbeutel, während Margarethe Ariane an der Hand hielt und Jörg einen Koffer herbeischleppte.

Die ersten beiden Stunden des Besuches verliefen steif. Jeder machte nur belanglose Bemerkungen. Man sagte Bitte und Danke, und: «Ja, das verstehe ich», und: «Doch, so denke ich auch.» Man lächelte und sagte: «Das macht doch nichts», aber all diese Worte waren nicht die Wahrheit, wenn sie auch nicht gelogen waren. Es waren die Worte über den Worten, doch die sprach man erst, als Ariane in ihrem neuen Kinderbettchen neben dem Baby Jolante schlief.

«Kommt ihr zurück nach Deutschland?», fragte Benno also schließlich.

«Wir haben darüber nachgedacht», erklärte Jörg. «Tatsächlich würde ich gern hierbleiben, ich habe einen guten Job.»

«Du würdest doch aber bestimmt auch in Leipzig etwas finden», bemerkte Margarethe.

«Ja. Vielleicht. Bestimmt sogar. Aber ich möchte in Schweden bleiben. Es läuft hier gut für mich.»

«Und du, Ina?»

Ina zuckte mit den Achseln. «Mir ist es egal. Ich fühle mich wohl in Malmö und weiß nicht, ob ich mich in Leipzig je wieder zu Hause fühlen könnte. Ich habe keine Ahnung, ob ihr versteht, was ich meine.»

Zu Inas Überraschung nickte Margarethe: «Ich verstehe dich. Es ist schwer, an einen Ort zurückzukehren, an den man so viele Erinnerungen hat. Der Ort hat sich verändert, und vielleicht stören einen diese Veränderungen.»

«Ja. So ist es», sagte Ina, doch das war nicht die Wahrheit. Sie wollte nicht zurück in die Heimat, weil die Heimat sie einfach verstoßen, verraten hatte. Aber das würde sie erst später einmal mit Margarethe und Benno besprechen, die sie ja noch immer für eine Frau hielten, die ihr Kind im Stich gelassen hatte. Sie war wütend, traurig, ärgerlich, dass Benno und Margarethe so von ihr dachten, und deshalb war sie auch noch nicht bereit, mit ihnen darüber zu reden.

«Das heißt, ihr bleibt hier?», fragte Benno.

Ina nickte. «Ja. Unter einer Bedingung.»

«Welcher Bedingung?» Margarethe war ein wenig blass geworden.

Ina blickte zu Jörg, und Jörg nickte. «Wir wollen Ariane nach Malmö holen.»

Ina sah Tränen in den Augen ihrer Mutter schimmern. «Ich habe es geahnt», flüsterte diese.

Ina schwieg. Sie hatte beide Hände im Schoß miteinander verschlungen und starrte auf die Tischplatte, auf der eine Flasche Rotwein und vier Gläser standen, dazu Nüsse und Weihnachtsplätzchen.

«Wann?», fragte Benno. Sein Kinn wirkte kantig, und Ina sah erst jetzt, wie grau er geworden war.

«So bald wie möglich», sagte Ina.

«Wir … wir …», Benno brach ab und wischte sich über die Augen. «Unser ganzes Leben wurde umgekrempelt, als du wegbliebst und Ariane zu uns kam. Deine Mutter musste ihre Arbeit aufgeben, weil sie es in dem Archiv so allein nicht ausgehalten hat und weil die Kollegen sie gemieden haben. Jetzt wird sie nichts mehr finden. Die Betriebe bauen Stellen ab.»

Ina schwieg, räusperte sich, sagte dann leise: «Das wusste ich nicht.»

«Doch. Das hast du gewusst. Du hättest es jedenfalls wissen können. Was mit den Familien von Republikflüchtlingen geschieht, hast du gewusst.»

Jörg stand auf. «Ich denke, wir brauchen jetzt alle erst einmal einen Schnaps.» Draußen fielen ein paar magere Schneeflocken. Die Straßenlaternen verbreiteten kaltes, klares Licht. Es hatte in den letzten Tagen viel geschneit, doch der Schnee war nicht liegen geblieben, hatte nur die Straßen und Gehwege geputzt. Ina erhob sich und zog die Vorhänge vor. Jörg hatte Schnapsgläser geholt, goss aus einer Flasche finnischen Wodka ein.

«Prost», sagte er und goss den Wodka in einem Zug hinunter, während Ina nur ein wenig daran nippte. Sie konnte keinen Schnaps trinken, denn sie stillte Jolante.

«Wie habt ihr euch das genau vorgestellt?», wollte Benno jetzt wissen.

«Wir dachten, dass Margarethe vielleicht in den ersten Wochen mit Ariane hier sein kann. Damit sich Ariane schneller eingewöhnt.»

Margarethe schüttelte den Kopf. «Das kommt nicht in Frage. Das halte ich nicht aus. Das wäre ja so, als müsste ich mir die Kleine jeden Tag ein Stück mehr aus dem Herzen reißen.» Sie blickte auf ihre Hände, die den Rocksaum ein wenig knüllten. «Es ist grausam, so etwas zu verlangen.»

Ina schluckte. Sie stand auf, legte ihrer Mutter eine Hand auf die Schulter. «Verzeih mir bitte, ich will dir nicht weh tun. Sag mir, wie es für dich am besten ist.»

Und Margarethe fasste nach Inas Hand. «Ich kann dich ja verstehen. Es ist doch normal, dass du deine Tochter bei dir haben willst. Aber ist sie jetzt nicht auch ein bisschen meine Tochter?» Jetzt brach Margarethe in bittere Tränen aus, und Ina fühlte sich schuldig, ohne genau zu wissen, worin ihre Schuld bestand.

Später lag Ina im Bett auf der Seite und starrte die roten Zahlen auf dem Wecker an. Es war weit nach Mitternacht, doch sie konnte nicht schlafen. Sie dachte an den Abend, an dem sich jeder als Opfer und niemand als Täter gefühlt hatte. Ina war Opfer, denn sie hatte ihr Kind so lange missen müssen. Margarethe und Benno waren Opfer, weil sie dieses Kind nun hergeben sollten. Jörg war Opfer, weil er nur mit diesem Kind in Schweden bleiben konnte. Und sogar Jolante war ein Opfer, weil sie nun nicht mehr die ungeteilte Aufmerksamkeit ihrer Eltern hatte. Sie saßen miteinander an einem Tisch, nannten sich Familie und waren doch alles andere als das.

Kapitel 29

Ariane fuhr mit Viggo zurück nach Söderby, Jolante mit Sonia. Sie blickte während der Fahrt aus dem Fenster, betrachtete die immergrünen Nadelwälder, die abgeernteten Felder, die Krähen, die in den Furchen hockten. Es war ein trüber Tag mit schweren tiefhängenden Wolken, Nieselregen und einem Licht, das die Nadelwälder grau färbte und die großen Findlinge wie Kobolde erscheinen ließ. Im Radio liefen die Nachrichten, danach der Wetterbericht. Es wurde vor Glatteis und überfrierender Nässe gewarnt.

«Was ist?», fragte Viggo. «Du bist so still.»

«Ich denke nach.»

«Worüber?»

Ariane seufzte. «Über meine Schwester. Ich habe ihre Performance gefilmt, und jetzt frage ich mich, ob ich nicht lieber über sie eine Doku drehen sollte.»

«Die Überlegung ist es wert. Hast du schon einen Titel im Kopf?»

«Ich weiß nicht. Vielleicht: junge Künstler in Schweden.»

«Und dann willst du ihre Performance zeigen, bei der eigentlich niemand zugeschaut hat?»

«Tja, das ist es ja, worüber ich nachdenke.»

«Bau sie mit ein in die Doku über Jörg. Beginne damit oder lass sie damit enden.»

Ariane blickte Viggo dankbar an. «Ja, so könnte es vielleicht gehen. Ich muss darüber nachdenken.»

Sie sah auf seine Hände, die das Lenkrad hielten. Kräftige Hände mit langen Fingern. Hände, die sowohl zupacken als auch streicheln konnten. Sie löste den Gurt, beugte sich weit zu Viggo hinüber und küsste seine rechte Hand. Eine ungewöhnliche Zärtlichkeit, die Viggo grinsen ließ. «Wofür war das jetzt?», fragte er.

«Für nichts. Für alles.»

Sie fuhren an einem Schild vorbei, das zum Selbstschlagen von Weihnachtsbäumen einlud. «Wo wirst du Weihnachten feiern?», fragte Viggo.

Ariane blickte entsetzt nach vorn. «Du hast recht, in drei Wochen ist Weihnachten. Oh, mein Gott, das habe ich bislang verdrängt.»

«Ich werde zu meiner Mutter nach Stockholm fahren», erklärte Viggo. «Und es wäre sehr schön, wenn du mich begleiten würdest. Ich möchte dich gern vorstellen.» Er warf einen Blick in den Rückspiegel, dann setzte er den Blinker und überholte ein Forstfahrzeug. «Ich habe noch nie eine Frau mit nach Hause genommen.»

«Wirklich?»

«Nein, nicht wirklich. Ich sag das bloß immer, es klingt so gut.» Als er Arianes entrüsteten Blick bemerkte, lenkte er sofort ein: «Ist doch Quatsch. Du bist die Erste, wirklich.»

Ariane holte tief Luft. Sie war gerührt. Auch David war es ernst gewesen mit ihr, denn sonst hätte er wohl kaum mit ihr zusammenziehen wollen. Aber bei David hatte es sich nach Drang angefühlt, während Viggos Worte sie einfach nur glücklich machten. Auch wenn sie absagen musste.

«Ich würde gern am 23. oder 24. Dezember nach Leipzig fliegen», sagte sie. «Ich möchte mit meinen Großeltern feiern. Das heißt, wenn Ina mich nicht braucht. Außerdem möchte ich dem Fernsehsender meine Reportagen vorstellen.» Sie lachte. «Falls ich jemals damit fertig werden sollte. Bislang habe ich nur die zehn Minuten im Elchpark.»

«Am Heiligen Abend wärst du also hier, wenn Ina dich bittet, mit ihr zu feiern?», fragte Viggo.

«Ja. Jolante und ich würden dann den Abend bei Ina verbringen. Wobei ich gar nicht weiß, ob Jolante nicht mit Sonia feiern will und ob sie dann überhaupt zu Ina kommen würden. Ich weiß noch nicht einmal, ob Ina und Sonia sich schon kennen.»

«Dann bitte ich dich jedenfalls, dir den 23. freizuhalten. Da möchte ich mit dir feiern.» Viggo fuhr den Jeep rechts ran, winkte Sonia und Jolante, die vorbeifuhren.

«Was hast du vor?», fragte Ariane.

Viggo sah sie an, hielt ihren Blick fest. «Ich möchte dir einen Weihnachtsbaum schlagen.» Er sagte es leise, aber Ariane blieb einen kleinen Moment die Luft weg. Sie presste eine Hand auf ihr Herz. Es kam ihr so vor, als hätte sie niemals ein schöneres Geschenk bekommen. Ich möchte dir einen Weihnachtsbaum schlagen. Das klang nach Zukunft, nach Freude, nach Wärme. Es klang nach Zusammengehörigkeit.

«Warum schaust du denn so ergriffen?», wollte Viggo wissen.

Ariane lachte, schüttelte den Kopf. «Ach», sie winkte ab, «ich glaube, ich bin einfach nur ein bisschen sentimental.»

«Sentimental?»

«Ja. Mir hat noch nie jemand ein so tolles Geschenk gemacht.»

«Wirklich? Dann ist es ja höchste Zeit!», rief Viggo, riss die Fahrertür auf, rannte förmlich um sein Auto herum, öffnete schwungvoll die Beifahrertür und zog Ariane in seine Arme. Dann nahm er ihr Gesicht in seine Hände und blickte ihr tief in die Augen. «Ich habe das noch nie zu einer Frau gesagt: Ich liebe dich, Ariane. Ich liebe dich so, wie ich noch nie zuvor eine Frau geliebt habe.»

In der nächsten Woche war Ariane beinahe jeden Tag im Elchpark. Sie filmte die Elche beim Fressen, beim Schlafen, bei allen Dingen, die Elche so taten. Sie kam ihnen nahe. Und je näher Ariane den Tieren kam, umso mehr hing sie an ihnen. Sie filmte auch Viggo, fuhr neben ihm im Jeep, kontrollierte mit ihm den gesamten Park. Eine Elchkuh zog eine Blutspur hinter sich her, und Viggo machte sich Sorgen deswegen. «Ich muss herausfinden, was mit ihr ist», erklärte er und stieg über den Zaun in das Gehege. Elche waren freundliche, scheue Tiere, die den Menschen mieden. Doch an Viggo hatten sich die Tiere gewöhnt. Und insbesondere die Elchkuh, der Viggo beim Kalben geholfen hatte. Sie ließ ihn bis auf ein paar Meter an sich heran, und Viggo konnte erkennen, dass sie sich den rechten Hinterhuf verletzt hatte. Er rief den Tierarzt, und der Tierarzt schoss einen Betäubungsschuss auf die Elchkuh ab. Dann stieg er zu Viggo in das umzäunte Gelände, während Ariane hinter der Absperrung stand und alles filmte. Der Tierarzt untersuchte die Kuh, säuberte die Wunde am hinteren Huf, spritzte ein Antibiotikum und kam dann zurück, während Viggo noch zwei Stunden bei dem Tier blieb, bis es allmählich aus der Narkose erwachte.

Dann fuhr Ariane noch einmal nach Gränna und drehte eine kurze Dokumentation über die Stadt der Zuckerkochereien und der berühmten rot-weiß gestreiften Zuckerstangen. Die beiden kurzen Filme konnten gut in Kultur- und Ländermagazinen ausgestrahlt werden. Aber das würde Ariane alles mit Johann Speckhals besprechen, wenn sie in Leipzig war.

Auf dem Heimweg besuchte sie Sonia in Jonköping. Sonia hatte Ariane eingeladen, und Ariane kam der Einladung gern nach. Sie mochte Sonia, mochte ihr weißzahniges Lachen, mochte es, wie sie mit Jolante umging. Ariane hatte in Gränna ein paar Zuckerstangen für Sonia gekauft und hielt sie in der Hand, als sie bei ihr klingelte.

Sonia öffnete die Tür, strahlte Ariane an und umarmte sie. «Herzlich willkommen. Komm rein.»

Sie führte Ariane in ein Wohnzimmer, das hell und fröhlich eingerichtet war. Überall standen die Möbel des großen schwedischen Möbelhauses, auf den Dielen lagen bunte Teppiche, ein großer, sehr breiter Fernseher nahm beinahe eine ganze Wand ein. Sonia schien Arianes Blick auf das Gerät bemerkt zu haben. «Ja, du wirst es nicht glauben, aber ich sehe sehr gern fern», erklärte Sonia ohne die geringste Verlegenheit, und Ariane bewunderte sie dafür. «Am liebsten schaue ich mir amerikanische Serien an. Und ab und zu einen Psychothriller.» Sie lachte wieder. «Nur wenn Jolante da ist, dann bleibt die Kiste aus.»

Dann saßen sie in der Küche, tranken Kaffee und aßen Zimtschnecken. «Sie ist eine großartige Künstlerin», schwärmte Sonia. «Aber sie glaubt nicht so richtig an sich selbst.»

Ariane runzelte die Stirn. «Ist das so? Ich hatte bislang einen anderen Eindruck.»

«Ja. Es ist so. Jörg war berühmt, deine Reportagen kommen im Fernsehen. Jolante sagt, du wusstest schon lange, was du einmal werden wolltest, bist gleich nach der Schule nach Leipzig gegangen und hast beim Fernsehen dein Praktikum gemacht. Jolante wollte eigentlich auch Fotografie studieren. Fotografie oder Journalismus. Aber sie hat sich nicht getraut. ‹Mein Vater und meine Schwester drehen wunderbare Filme. Selbst wenn ich 300 Jahre alt würde, habe ich keine Chance, so gut zu werden wie die beiden.›»

«Das hat sie gesagt?» Ariane schüttelte verwundert den Kopf.

«Das hat sie gesagt. Sie hat lange gebraucht, bis sie gewusst hat, was sie will. Na ja, wenigstens so ungefähr. Ich befürchte, ganz ausgestanden ist das Thema noch nicht.» Wieder lachte Sonia, doch Ariane merkte, dass es kein fröhliches Lachen war.

«Du meinst die Performance?», fragte Ariane behutsam.

Sonia nickte. «Sie hat sich den Kopf darüber zerbrochen, warum nur so wenige Leute gekommen sind. Ja, sie ist sogar der Meinung, dass eigentlich gar keiner gekommen ist.

Das Wurstpaar hatte sich verlaufen, die Journalisten waren gekommen, um Jörg Tribut zu zollen, wir waren da, weil wir sie lieben. Aber nicht ein Einziger ist wegen ihrer Kunst gekommen.»

«Sie muss sehr traurig gewesen sein», sagte Ariane. «Aber sie hat sich tapfer geschlagen. Ich hätte mir an ihrer Stelle wahrscheinlich die Augen aus dem Kopf geheult.»

«Na ja. Sie hat eine Tankstelle gepachtet. Das ist so ähnlich wie weinen.» Sonia lachte wieder, aber inzwischen hatte Ariane verstanden, dass Sonia oft lachte, um von ihren wahren Gefühlen abzulenken.

«Machst du dir Sorgen um Jolante?», fragte Ariane.

«Ja. Das tue ich, aber auch noch aus anderem Grund. Ich liebe sie wirklich, weißt du. Aber ich bin nicht sicher, ob ich die Richtige für sie bin.»

«Warum denn nicht?»

«Sieh dich doch um. Im Gegensatz zu ihr bin ich spießig. Ich glaube, ich kann sie nicht inspirieren. Und Inspiration braucht sie.»

Da lachte Ariane, stand auf und umarmte Sonia. «Nein. Du bist doch nicht spießig. Du bist ein wenig anders als Jolante. Und genau daraus zieht sie Inspiration.»

«Meinst du?» Sonia wirkte ungläubig.

«Das weiß ich. Zwei Künstler in einem Haushalt? Das geht oft schief.»

«Danke, Ariane», sagte Sonia leise, und dieses Mal lachte sie nicht.

Während der Heimfahrt dachte Ariane über Jolante nach. Sie war froh, dass sie eine Gefährtin wie Sonia gefunden hatte, denn erst jetzt fiel ihr auf, dass Jolante immer ein wenig einsam gewirkt hatte. Ariane bog in den Waldweg ein, der zu ihrem Sommerhaus führte, und entdeckte Viggos Jeep unter einer Kiefer. Sie parkte ihren Wagen daneben und stieg aus. Sie musste unwillkürlich lächeln, als sie die Axtschläge, das merkwürdig vertraute Geräusch des Holzhackens, hörte. Viggo war so in seine Arbeit vertieft, dass er Arianes Ankunft nicht bemerkte. Ariane blieb ein Stück hinter ihm stehen. Viggo trug ein enges langes Shirt, und jedes Mal, wenn er die Axt hob, sah Ariane seine Muskeln spielen. Er stand breitbeinig da und hieb ein Holzstück nach dem anderen mit einem Schlag in der Mitte entzwei. Dann nahm er jeweils die beiden Teile und warf sie schwungvoll auf den Haufen zu seiner Rechten, griff sich aus dem Stapel linker Hand einen neuen Klotz und hieb auch ihn entzwei. Und Ariane stand einfach nur da und betrachtete diesen Mann und gestand sich ein, dass er ihr mehr bedeutete als je einer zuvor.

Plötzlich wandte Viggo sich um. Er hielt die Axt in der rechten Hand und zog eine Augenbraue hoch. «Beobachtest du mich?», wollte er wissen. «Wie lange stehst du da schon?»

Ariane lächelte. «Ein paar Minuten. Du gefällst mir als Holzmichel ausgesprochen gut.»

«Wie hast du mich genannt?»

«Holzmichel!»

«Na, warte!» Er ließ die Axt fallen und sprintete auf sie zu.

Ariane quietschte auf, rannte los, wurde eingefangen

und fand sich an Viggos Brust wieder. Sie roch seinen Duft aus Holz, Schweiß, Wald und Kiefern und fühlte sich – zu Hause. War es so? War sie gar nicht in Deutschland oder Schweden zu Hause, sondern einfach bei diesem Menschen?

Kapitel 30

1990

Ariane blieb schüchtern. Auch, als sie schon vier Wochen in Malmö bei Ina, Jörg und Jolante lebte. Zwei Wochen war Oma Margarethe geblieben. Zum Schluss war Ina allein mit Ariane und dem Baby auf den Spielplatz gegangen, und Ariane hatte nicht geweint. Nur abends war es schwierig, sie ins Bett zu bringen. Sie weinte nicht, sie steckte bloß den kleinen Daumen in ihren Mund und sah Ina mit großen, traurigen Augen an. «Ich will Oma!», flüsterte sie, doch Ina schüttelte den Kopf. «Nein, ich bin ja bei dir.»

«Aber ich will Oma.»

Manchmal fiel es Ina schwer, nicht wütend zu werden. Sie hatte sich so nach ihrem Kind gesehnt, und nun, wo es da war, wollte das Kind die Mutter nicht. Und es waren zwei so traurige Wochen gewesen. Jeden Abend weinte Oma Margarethe. Sie weinte, weil sie traurig war, das Kind hergeben zu müssen. Und Ina weinte auch. Sie weinte, weil die Tochter ihr so fremd geworden war, dass sie sie gar nicht mehr kannte. Und auch ihre Mutter war ihr fremd geworden. Sie hatte den Eindruck, dass Margarethe und Ariane eine Front gegen sie bildeten. Und sie hatte den Eindruck, dass sie hart dagegen kämpfen musste. Denn sie wollte ihr Kind zurück.

Wenn Margarethe fragte: «Wie war es auf dem Spielplatz?», dann antwortete Ina: «Wie soll es gewesen sein? Ganz normal.» Aber das stimmte natürlich nicht. Die anderen Kinder lachten mit ihren Müttern, warfen sich weinend in deren Arme, wenn sie sich weh getan hatten. Aber als Ariane hingefallen war und sich den Kopf dabei ein wenig angeschlagen hatte, da rannte sie nicht zu ihrer Mutter, ja, sie weinte nicht einmal richtig, stand einfach nur starr da und ließ die Tränen tonlos über ihre Wangen rollen. Als Ina sie dann in den Arm nahm, machte sie sich ganz steif. Und später, als Margarethe fragte, wie es auf dem Spielplatz gewesen war, warf sich Ariane in deren Arme und erzählte ihr, dass sie sich weh getan hatte. Und erst da weinte Ariane, und Margarethe nahm sie in die Arme, wiegte sie hin und her und sprach tröstende Worte, während Ina unbeachtet danebenstand.

Und dann fuhr Margarethe zurück nach Leipzig, und Ariane sprach über eine Woche beinahe kein Wort. «Magst du einen Keks?», fragte Ina, und Ariane nickte. «Möchtest du mal das Baby streicheln?», wollte Jörg wissen, und Ariane schüttelte den Kopf.

«Ich komme mir vor, als wäre ich ihre Stiefmutter!», beschwerte sich Ina bei Jörg. «Ich komme einfach nicht an sie heran.»

«Das gibt sich. Das wird schon», versuchte Jörg sie zu beruhigen, aber es gab sich nicht, und es wurde nicht. Nicht nach zwei Monaten, nicht nach einem halben Jahr, nicht nach einem Jahr. Es wurde besser, aber es wurde nicht heil. Ariane lächelte, wenn Ina sie mit Jolante vom Kindergarten abholte. Sie hatte schnell Schwedisch gelernt und sprach mit ihrer Mutter nur in dieser Sprache, auch wenn Ina Deutsch mit ihr sprach. Arianes Deutsch war für Margarethe und Benno reserviert. Und wann immer sie sich weh getan hatte, wurde sie ganz steif und starr und stand einfach nur da, bis der größte Schmerz nachgelassen hatte. Es tat Ina weh, ihre Tochter im Schmerz allein zu sehen, doch sie konnte nichts tun.

Und dann kam Ariane in die Schule. Sie sprach mittlerweile so gut Schwedisch wie die anderen Kinder. Am Tag der Einschulung trug sie ein weißblaues Kleid, das Ina ihr gekauft hatte und das ihr sehr gut stand. In den Händen hielt sie stolz eine Zuckertüte. Arianes Haar war gewachsen, reichte ihr den halben Rücken hinunter. Die blauen Augen lächelten und lachten noch immer selten, doch dann und wann taten sie es. Als sie die Schule fast erreicht hatten, nahm Ariane Oma Margarethes Hand und blickte zu ihr hoch. Und Margarethe lächelte, küsste sie aufs Haar und sagte «Mein großes Mädchen» zu ihr. Ina wäre am liebsten dazwischengegangen, weil Ariane nicht Margarethes großes Mädchen war, sondern *ihr* großes Mädchen, und zugleich wusste Ina, wie albern sie sich benahm. Deshalb lächelte auch sie, nahm die fast vierjährige Jolante auf den Arm und bedeckte deren Haar mit Küssen. Und das blieb so. Jolante war Inas Tochter. Und Ariane blieb Margarethes Tochter. Immer. Und jeden Sommer fuhr Ariane nach Leipzig, und wenn sie wiederkam, dann war sie noch verschlossener als zuvor. Nur Jörg fand manchmal Zugang zu ihr. Er hatte keine Erwartungen an die Kleine, er nahm gern und erfreut, was sie ihm gab, und verlangte nichts von ihr. Sie gingen oft zusammen spazieren, und Jörg zeigte ihr, wie viele Farben in einem eigentlich grauen Himmel steckten. Ariane hörte ihm zu, wenn er ihr die Namen von Blumen und Tieren nannte. Sie saß still neben ihm, wenn er im See angelte, und wenn sie Ärger hatte, bat sie ihn, mit ihrer Oma in Leipzig telefonieren zu dürfen. Sie war nett zu Jolante, aber nicht herzlich. Sie teilte ihr Spielzeug mit ihr, aber sie spielte nicht mit ihr. Es war, als lebte Ariane in einer abgeschlossenen Kapsel, die sie nur in Anwesenheit ihrer Großeltern öffnete.

«Was habt ihr mit ihr gemacht?», fragte Ina eines Tages Margarethe und Benno.

«Wir haben sie liebgehabt und für sie gesorgt», antwortete Margarethe.

«Ihr habt sie mir weggenommen», beharrte Ina.

Benno schüttelte den Kopf. «Du bist in Schweden geblieben und hast dein Kind alleingelassen.»

Dann schenkte Jörg Ariane die erste Kamera. Es war ein hochwertiger Apparat, viel zu gut für ein achtjähriges Mädchen. Eine analoge Kamera von Canon, ein Modell für Profis. Jörg hatte sich eine Digitalkamera aus Amerika mitgebracht, eine Apple QuickTake, die er von da an für seine Fotoreportagen neben der Videokamera benutzte.

Für Ariane eröffnete sich eine neue Welt. Sie lief beinahe jeden Nachmittag nach der Schule durch die Stadt und fotografierte. Sie konnte unendlich geduldig auf das richtige Motiv warten. Einmal fand sie ein Taubenei, dessen Schale einen Riss hatte. Sie wartete über zwei Stunden mit dem Finger auf dem Auslöser, bis endlich der Kopf des Taubenbabys in dem Riss erschien. Dann eilte sie stolz nach Hause und sagte zu Jörg: «Papa, ich habe eben mein bestes Foto gemacht.»

Ina verzog den Mund, als sie ihre Tochter so sprechen hörte. «Woher willst du wissen, wie gut deine Fotos sind?», fragte sie, und es klang nicht eben freundlich.

«Ein guter Fotograf fühlt so etwas», erwiderte Jörg an Arianes Stelle. Und dann nahm er das Mädchen mit in seine Dunkelkammer, und die beiden entwickelten die Fotos.

«Es ist wirklich sehr gut», lobte Jörg.

«Kannst du mir bitte noch einen Abzug davon machen?», fragte Ariane.

«Natürlich. Was willst du denn damit?»

Ariane schwieg, trat von einem Bein auf das andere.

«Willst du es mir nicht sagen?», fragte Jörg.

«Doch. Dir kann ich es sagen, aber sag es Mamma nicht weiter: Ich möchte das Foto Oma Margarethe und Opa Benno schicken.»

Jörg nickte. «Du brauchst einen Umschlag und eine Briefmarke. Ich lege dir beides in dein Zimmer.»

Von da an schickte sie jedes Foto, das ihr gut gelungen war, an Oma Margarethe und Opa Benno. Und immer gab ihr Jörg die Abzüge, die Umschläge und die Briefmarken. Und Oma Margarethe klebte die Fotos in ein Album, und wenn Ariane in Leipzig war, dann ließ sich Margarethe genau erklären, wo und wie die Aufnahmen entstanden waren.

Eines Tages, Ariane war elf Jahre alt, machte Jörg beim Abendbrot einen Vorschlag: «Was hältst du davon, wenn wir uns weiter oben in Småland ein Sommerhaus mieten und Margarethe und Benno einladen, mit uns dort Urlaub zu machen?»

«Oh, ja», rief Ariane aus, doch ein Blick auf ihre Mutter ließ sie wieder verstummen.

Jolante dagegen protestierte: «Ich will nicht mit Oma und Opa Ferien machen. Sie sind so alt. Ich möchte lieber ins Kindersommerlager fahren.»

«Wir reden später darüber», beschloss Ina mit einem funkelnden Blick zu Jörg das Gespräch.

Später, die Mädchen lagen schon in ihren Betten, hörte Ariane aus dem Wohnzimmer laute Stimmen. Sie öffnete die Tür und schloss sie leise wieder hinter sich, weil Jolante schon schlief. Dann setzte sie sich im Korridor auf den Boden und lehnte sich mit dem Rücken gegen die Wand.

«Wie kommst du nur auf diese Idee, Urlaub mit meinen Eltern machen zu wollen?», schrie Ina.

«Ich dachte, es würde uns allen guttun», erwiderte Jörg, und auch er war laut geworden. «Euer Verhältnis muss endlich besser werden. Ihr müsst klären, was zwischen euch steht.»

«Müssen wir nicht», schrie Ina. «Und ein Urlaub kommt auch nicht in Frage. Ich hasse meine Eltern!»

Danach herrschte kurze Zeit Stille. Endlich hörte Ariane Jörg fragen: «Warum? Was haben sie dir denn getan?»

Und Ina erwiderte, auch leiser nun: «Sie haben mich nie verstanden. Sie verstehen mich auch jetzt nicht. Sie haben mir Ariane weggenommen und begreifen es nicht einmal.»

«Ach, so ist das», sagte Jörg. «Du hast Ariane geliebt. Und weil sie dich nicht wiederliebt, nicht so, wie du dir das vorgestellt hast, musst du jetzt deine Eltern hassen.»

Kapitel 31

Am Morgen des Luciafestes, am 13. Dezember, wurde Ariane zeitig wach. Viggo schlief neben ihr. Er hatte einen Arm auf ihre Betthälfte geschoben und lag auf der Seite. Sein Haar war verwuschelt, und er atmete leise und regelmäßig. Die Bettdecke war ein wenig herabgerutscht, sodass Ariane seinen Oberkörper betrachten konnte. Sie lächelte, berührte mit der Hand ganz leicht sein Sixpack. Sie hatte noch nie in ihrem Leben einen Freund mit Sixpack gehabt. Ja, sie hätte sich wahrscheinlich sogar darüber lustig gemacht, hätte etwas von Muckibudenmuskeln und Anabolikadrinks gesagt, doch von Viggo wusste sie ja, dass er nie in einen Fitnessclub ging. Sein Sixpack hatte nichts mit Hanteln und Gewichten zu tun, sondern mit Äxten zum Holzhacken und anderen körperlichen Arbeiten, die in einem Elchpark so anfielen. Sanft zog sie die Bettdecke über seine Schultern, denn im Zimmer war es kühl. Sie hüllte sich in ihren warmen Morgenmantel und ging in die Küche. Auf dem Blech im Backofen lagen die Lussekatter, die Luciakatzen, die sie gestern Abend ganz traditionell gebacken hatte. Das Safrangebäck war ein Backwerk, das es nur zum Luciafest gab, und obgleich sie es gern aß, hatte sie zum eigentlichen Fest ein gespaltenes Verhältnis. Einmal, sie war zwölf Jahre alt gewesen, da wurde sie in ihrer Schulklasse als Lucia ausgewählt. Sie sollte in jenem Jahr ein weißes Kleid mit rotem Band tragen und dazu einen Kranz aus Kerzen auf dem Kopf. Sie erinnerte sich noch ganz genau an den Tag, an dem sie beim Abendessen davon erzählte. Sie war stolz, so unheimlich stolz, und hatte geglaubt, dass auch ihre Eltern stolz wären. Dass Oma Margarethe und Opa Benno es waren, verstand sich von selbst. Sie berichtete also beim Abendessen davon und fragte Ina, ob sie ihr ein Luciakleid kaufen könne, doch Ina schüttelte den Kopf. «Wir müssten zwei Kleider kaufen, dafür reicht das Geld nicht.»

«Wieso zwei Kleider?», hatte Ariane wissen wollen.

«Eines für dich und eines für Jolante», hatte Ina geantwortet.

«Bist du von deiner Klasse auch zur Lucia gewählt worden?», fragte Ariane ihre kleine Schwester, aber Jolante schüttelte den Kopf. «Nein, in unserer Klasse ist es Tuva geworden.» Sie schien deswegen nicht besonders traurig zu sein, aber Ina blieb bei ihrer Meinung: «Ihr seid Schwestern. Ihr seid entweder beide Lucia oder keine.»

Ariane starrte ihre Mutter fassungslos an. «Aber warum denn?», fragte sie leise.

Und auch Jörg sagte: «Auf die Begründung bin ich aber gespannt.»

«Ich muss das nicht begründen, es liegt auf der Hand. Wir haben zwei Mädchen, die wir gleich behandeln. Und wenn eine die Lucia ist, dann muss es auch die andere sein, sonst ist es nicht gerecht.»

Jolante zuckte mit den Achseln. «Ich will gar nicht die Lucia sein. Da muss man so aufpassen, dass einem der Kerzenkranz nicht vom Kopf fällt. Ich möchte lieber eines von den Mädchen sein, die nur eine Kerze in der Hand tragen.»

«Schluss.» Ina schlug mit der Handfläche auf den Tisch. «Entweder alle beide oder gar keine.»

Da verschränkte Ariane beide Arme vor der Brust. «Dann gar keine.»

Und als später Jörg in ihr Zimmer kam und sagte, er habe mit ihrer Mutter geredet und natürlich könne sie die Lucia sein, da schüttelte Ariane den Kopf. «Jetzt will ich nicht mehr.»

Jedes Jahr am Luciatag dachte Ariane daran, obwohl dieses Ereignis beinahe zwanzig Jahre zurücklag. Sie wusste noch immer nicht, warum Ina damals so entschieden hatte. Sie hatte sie ein paar Jahre später einmal danach gefragt. Da hatte Ina den Kopf geschüttelt und behauptet, sie könne sich nicht daran erinnern. Aber Ariane wusste, dass sie sich das nicht eingebildet hatte.

Jetzt füllte sie die Kaffeemaschine mit Wasser und Kaffeepulver, deckte den Tisch, und während der Kaffee durchlief, ging sie zurück ins Schlafzimmer, um Viggo zu wecken. Sie lüpfte seine Bettdecke und kroch zu ihm. Viggo, noch immer halb schlafend, legte einen Arm um sie und schnurrte zufrieden. Sie küsste ihn auf die Schultern, strich über seine Wangen, seine Lippen, sein Haar. «Du musst aufstehen», flüsterte sie. Doch Viggo begann, mit seinen warmen Händen über ihren Körper zu streichen, sodass sie erst eine halbe Stunde später zum Frühstücken kamen.

«Heute Abend sind wir alle bei meiner Mutter zum Luciaessen eingeladen», sagte Ariane und schenkte sich noch eine zweite Tasse Kaffee ein. «Du kannst natürlich selbst entscheiden, ob du mitkommen möchtest oder nicht. Jolante wird auch da sein.»

«Und Sonia?», fragte Viggo.

«Ich habe keine Ahnung. Ich weiß ja nicht einmal, ob Jolante Ina schon von Sonia erzählt hat.»

«Als Lehrerin und an einem Dienstag muss sie vielleicht mit ihrer Schulklasse feiern. Ich bin jedenfalls dabei.»

Am Abend, als Ariane mit Viggo und einem großen Weihnachtsstern unter dem Arm vor dem Haus stand, in dem Ina wohnte, parkte auf der gegenüberliegenden Straßenseite gerade ein kleiner grauer Audi ein, und kurz darauf stieg Sonia aus. Ariane winkte ihr, und Sonia kam mit einem Lächeln auf Viggo und sie zu. «Mein Gott, ich bin so froh, euch hier draußen zu treffen. Jetzt muss ich mich nicht ganz allein eurer Mutter stellen.»

«Du bist zum ersten Mal hier?», fragte Ariane.

«Ja. Und wenn es nach Jolante gegangen wäre, dann wäre ich noch lange nicht der Familie vorgestellt worden.»

Sie holte ein Buch aus ihrer Handtasche, das in Geschenkpapier gewickelt war. «Ich hoffe, Ina liest gern. Jedenfalls habe ich ihr ein Buch gekauft.»

«Sie liest gern. Sie wird sich bestimmt darüber freuen. Wollen wir klingeln?» Ariane streckte die Hand aus, doch Sonia hielt sie fest. «Guck mich noch mal an, sehe ich gut aus? Ich möchte keinen schlechten Eindruck machen.»

Ariane lachte, strich flüchtig durch Sonias halblanges Haar. «Du siehst phantastisch aus. Du bist eine schöne Frau. Und jetzt komm.»

Wenig später stand Sonia vor Ina, während Viggo und Ariane sich im Hintergrund hielten. Ina reichte Sonia die Hand, eine Geste, die Abstand und Distanz verriet. Sonia trat einen Schritt vor, als wolle sie Ina umarmen, aber dann nahm sie einfach nur deren Hand und schüttelte sie. «Ich freue mich, Sie endlich kennenzulernen», sagte sie. Ina nickte. «Kommen Sie rein und lassen Sie uns einander mit Vornamen ansprechen, wie man es hier macht.»

Ina ließ Ariane vorbei, reichte auch Viggo die Hand, und dann tat Ariane etwas, das sie selten gemacht hatte: Sie umarmte ihre Mutter. Es war eine herzliche Umarmung, eine, die ihrem Seelenzustand entsprach.

Später saßen sie alle um den großen Esstisch herum, der schon Jolantes und Arianes Kindheit begleitet hatte. In der Mitte hatte Ina in einer riesigen Form Janssons frestelse serviert. Während andere Familien diesen Auflauf aus Kartoffeln, Anchovis, Zwiebeln und Sahne zu Weihnachten aßen, gab es ihn bei Bentheims am Luciatag. An Weihnachten wurde eine Gans gebraten. In den Keramikbechern dampfte Glögg, heißer Rotwein mit Zimt, Kardamom, Ingwer und Nelken. Die Skandinavier streckten den Rotwein gern noch mit Wodka oder Korn, doch dieser harten Mischung war in dieser Runde wohl nur Viggo gewachsen.

Ina trug eine eisblaue Bluse, die am Hals von einer weichen Schluppe gehalten wurde. Sie hatte ein wenig Mascara und Rouge aufgelegt, doch sie wirkte so reserviert wie immer. Sie verteilte den Janssons frestelse auf die Teller, dann setzte sie sich, nahm ihre Damastserviette aus dem silbernen Halter und legte sie sich auf den Schoß. Während dieser ganzen Zeremonie wich Ina den Blicken ihrer Gäste aus. Dann aßen sie und lobten die Köchin, und Sonia, die einfach sehr freundlich war, sagte, sie hätte nie einen besseren Janssons frestelse gegessen, ein Kompliment, auf das Ina mit einem Lächeln reagierte. Schließlich räumten die Schwestern den Tisch ab, während Viggo Glögg nachfüllte, und dann stießen sie an. Es entstand ein Schweigen am Tisch. Sonia sah die anderen irritiert an, dann fragte sie höflich: «Was hast du eigentlich gemacht, als du noch in der DDR gelebt hast, Ina?»

Ina erschrak regelrecht bei dieser Frage. Sie spielte mit dem Wachs der Kerze, dann antwortete sie: «Ich habe Gesang studiert. Gesang und Musikwissenschaften.»

«Du wolltest Sängerin werden?», fragte Sonia weiter.

Ina lächelte, aber es war ein trauriges Lächeln. «Ja. Ich wollte Sängerin werden. Opernsängerin. Ich hatte eine gute Sopranstimme.»

Jolante und Ariane blickten sich überrascht an, sahen dann zu Ina. «Das wusste ich nicht», sagte Ariane. «Warum bist du keine Sängerin geworden?»

Ina verzog den Mund. «Na ja, wir sind dann nach Schweden gegangen.»

«Ich bin in Malmö geboren. Da warst du 26 Jahre alt. Hast du wegen uns dein Studium aufgegeben? Weil du zwei Kinder hattest?», wollte Jolante wissen.

«Moment mal!», hakte Ariane nach. «Du bist am 10.11.1989 geboren. Und zwar in Malmö. Wieso eigentlich?» Ariane sah ihre Mutter an. «Du warst einen Tag nachdem die Grenze geöffnet worden ist, schon in einem

Malmöer Krankenhaus und nicht mehr in Leipzig?» Sie wusste selbst nicht, warum ihr das erst jetzt auffiel. Natürlich kannte sie Jolantes Geburtsdaten, doch bislang hatte sie sich nie gefragt, wie Ina und Jolante nach Malmö gekommen waren und wo sie selbst an diesem Tag gewesen war.

Ina lächelte, aber Ariane sah, dass es ein künstliches Lächeln war. «Das hat sich so ergeben», erklärte sie lapidar.

«Nein. So kommst du mir nicht davon. Wo war ich an diesem Tag?» Ariane hatte die Ellbogen auf den Tisch gestützt. Sie war verärgert. Viggo griff nach ihrer Hand. «Lass das doch jetzt.» Aber Ariane schüttelte seine Hand ab. «Nein. Das möchte ich wissen. Wo war ich am 10. November 1989?»

«Du warst in Leipzig.» Inas Erwiderung kam leise, aber trotzig.

«Wieso? Wieso war ich in Leipzig und Jolante und du in Malmö?» Ariane hätte am liebsten mit der Faust auf den Tisch gehauen, doch dann sah sie den Schmerz in den Augen ihrer Mutter. Sie hatte ihre Mutter selten weinen sehen, sehr selten. Eigentlich nur einmal kurz bei Jörgs Beerdigung.

«Und wie kann Jörg Viggos Vater sein? Viggo wurde 1984 in Stockholm geboren. Wie ist Jörg nach Stockholm gekommen?», drängte Ariane. Es war alles so deprimierend. Immer stieß sie gegen Mauern. Niemand verriet ihr etwas. Viggo legte den Arm um sie, zog sie an sich. Sie hatte ihn das schon einmal gefragt, doch er hatte gesagt, sie solle mit ihren Fragen zu Ina gehen. Er wolle sich nicht in Familienangelegenheiten einmischen. Doch jetzt schien er seine Meinung geändert zu haben. «Meine Mutter war im Sommer 1983 in der DDR, in Leipzig. Sie hat auf einer Textilfachmesse für einen schwedischen Aussteller gearbeitet. Jörg war am ostdeutschen Nachbarstand beschäftigt. Dort haben sie sich kennengelernt und sich ineinander verliebt. Jörg hat erst ein paar Jahre später erfahren, dass er Vater geworden war.»

«Und wann seid ihr nach Schweden gegangen?» Ariane starrte Ina an, aber die hatte sich wieder in ihr Schweigen zurückgezogen. Sie zuckte nur mit den Schultern.

Plötzlich reichte es Ariane. Sie hatte das Gefühl, es keine Sekunde länger in Inas Wohnung aushalten zu können. Es gab so viele Fragen und keine Antworten. Nur ein Schulterzucken. Als ob sie keine Antwort verdiente. Sie konnte Ina nicht zwingen, etwas preiszugeben, was sie aber konnte, war, wütend auf Ina zu sein. Sehr wütend. Sie sprang auf, warf ihre Serviette auf den Tisch. «Ich halte das nicht mehr aus», schrie sie. «Die ganzen Lügen und Ausreden. Ich habe es einfach satt.»

Dann stürmte sie hinaus. Ina ging ihr nach, wollte sie am Ärmel festhalten. «Warte bitte», rief sie, doch Ariane riss sich los, fauchte ihre Mutter an: «Jetzt ist mir klar, warum es das Manuskript nicht geben darf.»

Unten auf der Straße lehnte sie sich gegen die Hauswand. Ihr Atem ging schnell. Dann zündete sie sich eine Zigarette an und sog den Rauch tief ein. Ihre Wut verflog, und Traurigkeit stieg in ihr auf. Und die Traurigkeit wog schwer, setzte sich auf ihre Schultern, drückte sie hinunter, zog ihr in den Nacken.

Dann ging die Tür, und Viggo stand neben ihr, legte ihr

den Mantel um die Schultern, band den Schal, setzte ihr die Mütze auf. «Lass uns fahren», sagte er leise und fügte kopfschüttelnd und lächelnd zugleich an: «Du mit deiner ungestümen Ungeduld. Deine Mutter hat die Wahrheit zwar ganz schön eingefroren, aber ich glaube, du kommst da nicht ran, indem du den Eispickel schwingst. Wart's ab, ich hab das Gefühl, das Tauwetter hat schon eingesetzt.» Und dann zog er Ariane in seine Arme und strich über ihren Rücken, bis sie sich beruhigt hatte.

Kapitel 32

Ariane wachte auf und tastete mit der Hand nach der anderen Bettseite. Das Bett neben ihr war leer. Sie öffnete die Augen und sah nur ein zerwühltes Kissen. Aus der Küche kam der Duft von frischgebrühtem Kaffee. Im Radio wurden Weihnachtslieder gespielt, und ein Sprecher erklärte, dass nun der Geschenke-Countdown liefe. Sie lächelte, stand auf, zog sich den Bademantel an und fuhr sich mit der Bürste kurz durchs Haar. Dann ging sie in die Küche hinunter. Viggo stand mit dem Rücken zu ihr an der Arbeitsplatte und drapierte Wurst und Käse auf einem Holzbrett. Ariane schlang ihre Arme von hinten um ihn und presste ihre Wange an seinen Rücken. Sie hörte Viggos Herz schlagen, roch seinen Duft, spürte die Muskeln unter ihren Händen. Hierbleiben, dachte sie. Für immer einfach so stehen bleiben. Viggo drehte sich um, schlang nun seine Arme um sie, und Arianes Gesicht lag über seinem Herzen. «Muss ich je wieder weg von dir?», fragte Ariane leise.

Viggo lachte. «Nicht unbedingt. Nur, wenn du Frühstück möchtest.»

«Oh ja.» Ariane machte sich los, zog Viggo an der Hand zum gedeckten Tisch. Viggo goss Kaffee ein, reichte Ariane die Zuckerdose. «Willst du wirklich heute noch fahren?», fragte er.

«Ja. Ich muss sogar, weil ich nur noch auf dieser Fähre einen Platz bekommen habe.»

«Dann bist du ja erst gegen Mitternacht in Leipzig.»

«Ja. Anders geht es nicht. Ina hat mir erst vor ein paar Tagen gesagt, dass sie zu Weihnachten am liebsten alleine wäre.»

Er sagte nicht, wie schade er es fand, dass sie ihn nicht nach Stockholm zu seiner Mutter begleitete, und Ariane war dankbar dafür. Sie reichte ihm den Korb mit den Brötchen, die noch warm vom Backofen waren. Viggo nahm sich ein Brötchen, legte es auf seinen Teller. «Möchtest du, dass ich mitkomme?»

Ariane lächelte, nahm ihren Kaffeebecher in beide Hände und blies hinein. «Nein. Fahr du zu deiner Mutter.»

«Sicher?», fragte Viggo.

«Nein. Eigentlich nicht», lachte sie, dann wurde sie wieder ernst. «Ich muss das alleine machen.»

Viggo nickte. «Hat Ina noch irgendetwas von sich hören lassen?»

«Ja. Sie hat mir eine E-Mail geschrieben und mir fröhliche Weihnachten gewünscht. Sie braucht Zeit zum Nachdenken und zum Trauern, hat sie gesagt.»

«Und hast du ihr geantwortet?»

«Ja. Ich habe ihr geschrieben, dass ich nach Leipzig fahre.» Sie brach ab, spielte kurz mit dem Salzstreuer. «Ich möchte sie erst wiedersehen, wenn ich alles weiß.»

«Und du meinst, deine Großeltern können dir dabei helfen?»

Bei diesem Satz verdunkelte sich Arianes Gesicht. «Ich

habe ein bisschen Angst ... Es gibt etwas, das sie mir nie gesagt haben. Ich habe Angst, ich könnte mich von ihnen verraten fühlen.»

Viggo griff über den Tisch nach Arianes Hand. «Ich glaube nicht, dass du Angst haben musst. Sie wollten immer alle nur dein Bestes.»

Ariane setzte sich gerade hin, entspannte die Schultern. «Glaubst du das wirklich?», fragte sie.

«Ja.»

«Glaubst du das auch von Ina?»

«Ich weiß nicht, so gut kenne ich sie nicht.»

«Ina denkt immer nur an sich selbst.»

Darauf erwiderte Viggo nichts.

«Oder siehst du das anders? Sie hält das Manuskript bestimmt zurück, weil darin Sachen stehen, die sie nicht gerade gut dastehen lassen.»

«Da wär ich vorsichtig. Du kennst das Manuskript doch gar nicht.»

«Ja schon», sagte Ariane, «aber anders kann ich es mir nicht erklären. Ich glaube sogar, dass sie das Manuskript vernichtet hat.» Sie klang bitter, und sie war es auch.

«Dann musst du wohl nach Leipzig fahren, um endlich Frieden zu finden.» Viggo schob seinen Teller zur Seite, legte die Unterarme auf den Tisch. «Was kann dabei schlimmstenfalls passieren?»

Ariane zuckte mit den Schultern. «Ich glaube, ich habe Angst davor zu erfahren, dass ich ein ungewolltes Kind bin. Verstehst du? Dass mich niemand wollte, dass ich ein Unfall war, ein Missgeschick.» Als sie das sagte, traten ihr wieder Tränen in die Augen. «Sie hat ja gesagt, dass ich das Ergebnis eines One-Night-Stands bin, der Vater war für sie vollkommen unwichtig.»

«Ja. Aber sie hat nie gesagt, dass sie dich nicht wollte. Sie hätte abtreiben können, das ging in der DDR doch ziemlich leicht. Aber sie hat nicht abgetrieben, sie hat dich behalten.»

Über Arianes Wangen rollten stumme Tränen. Sie wischte sie mit den Händen weg. «Meinst du? Meinst du, sie hat mich gewollt?»

«Ja, Ariane, da bin ich ganz sicher.»

Viggo trank seinen Kaffee aus, stellte den Becher mit Schwung auf die Tischplatte. «Und jetzt mach die Augen zu.»

Dann nahm Viggo sie bei der Hand und führte sie zum Wohnzimmer, öffnete die Tür. «So. Jetzt kannst du gucken.»

Ariane öffnete die Augen und schlug sich mit einem leisen Schrei die Hände vor den Mund. Mitten im Raum stand ein wunderschön geschmückter Weihnachtsbaum. Es roch nach Äpfeln und den Buchenholzscheiten im Kamin. Ein Räuchermännchen stieß kleine Rauchwölkchen aus, und unter dem Baum lagen mehrere eingepackte Geschenke.

«Fröhliche Weihnachten», wünschte Viggo und nahm Ariane in die Arme. «Fröhliche Weihnachten.»

Ariane wurde ganz und gar von einem warmen Gefühl überrollt. Sie kannte das Gefühl, aber sie hatte es selten erlebt: Geborgenheit. Sie schmiegte sich wieder an Viggo und sagte leise: «Bei dir bin ich zu Hause.»

Und Viggo hob ihr Kinn an, sodass sie ihm in die Augen

schauen musste. «Ja», sagte er. «Bei mir bist du zu Hause. Und ich bin bei dir zu Hause. Und der Rest – der wird sich schon klären.» Er legte seine Lippen ganz sanft auf Arianes Lippen, und Ariane öffnete ihren Mund zu einem innigen Kuss.

«Jetzt musst du deine Geschenke auspacken», forderte Viggo sie auf, als Ariane sich endlich von ihm löste.

«Warte», bat Ariane. «Lass mich auch deine Geschenke holen.» Und schon war sie aus dem Zimmer, rannte die Treppe hinauf und legte kurz darauf zwei weitere Geschenke unter den Baum, die in schlichtes weißes Papier gewickelt und mit roten Schleifen und grünen Tannenzweigen geschmückt waren.

«Du fängst an», bestimmte Viggo und reichte Ariane ein Päckchen. Langsam öffnete sie es und holte ein paar dick gefütterte Handschuhe heraus.

«Sie sind aus Elchleder. Ich habe sie selbst gemacht», erklärte Viggo.

«Ich habe noch nie so ein schönes Geschenk bekommen ... Ach doch, den Weihnachtsbaum», fügte sie lachend an, als sie Viggos plötzlich strengen Blick bemerkte. «Und jetzt musst du auspacken.» Sie reichte ihm das erste weiße Päckchen, sah zu, wie sorgfältig und langsam Viggo die Schleife abwickelte. Dann schlug er das Papier zur Seite und blickte auf das gerahmte Foto von sich im Gehege des Elchparkes. «Wann hast du das gemacht?», fragte er überrascht.

«Ein guter Fotograf weiß sich immer anzuschleichen», sagte Ariane lächelnd.

Viggo küsste sie. «Danke schön. Das Bild ist wunderbar. Ich werde es in meinem Büro aufhängen.»

«Ich würde gern eine ganze Serie von dir machen», gab Ariane zu. «Würdest du mein Modell sein?»

Viggo lachte, wischte sich verlegen über die Augen. «Nein. Das Foto ist toll, aber ich glaube, mir ist es lieber, wenn ich dafür nicht extra posieren muss.»

«Na schön, ich weiß ja, wie das mit dem Anschleichen funktioniert», erklärte Ariane.

Viggo lachte. «Und jetzt habe ich noch ein Geschenk für dich. Es ist von Jolante.» Viggo drehte sich um, nahm ein großes längliches Paket hoch und reichte es Ariane. «Vorsicht, es ist zerbrechlich.»

Ariane legte das Paket auf den Teppich, löste vorsichtig die Verpackung, und dann hatte sie eine Kiste vor sich, die mit Sägespänen gefüllt war. Und in den Sägespänen lag eine gläserne Figur. Ariane sah zu Viggo auf, und ihr Atem ging rasch. Sie umfasste die Figur behutsam und stellte sie auf. Und dort, wo das unsichtbare Herz der Figur lag, fand Ariane einen roten Briefumschlag. «Was ist da drin?», fragte sie, und ihre Stimme zitterte leise dabei.

«Ein Brief von Jolante an dich.»

«Aber ich kann ihn nicht lesen.»

«Du musst die Figur schon zerbrechen, um den Brief lesen zu können.»

«Nein, das kann ich nicht.»

«Dann wirst du nicht erfahren, was Jolante dir geschrieben hat.»

Ariane überlegte ein wenig, strich dabei der Glasfrau

über den Körper. Dann legte sie den Kopf schief. «Weißt du, Viggo, ich glaube, ich muss die Figur gar nicht zerbrechen.»

«Warum nicht?»

«Früher dachte ich immer, Jolante und ich wären wie Feuer und Wasser. Ich dachte, wir würden uns niemals mögen. Es war nicht so, dass ich geglaubt hätte, wir wollten einander schaden. Nein, nicht so. Ich dachte einfach, es gäbe nichts, das uns verbindet. Es hat sich einfach auch nie angefühlt, als hätte ich eine Schwester. Und jetzt hat sich das etwas verändert. Jolante ist mir nähergekommen. Sehr viel näher. Ich muss nicht lesen, was sie mir geschrieben hat, denn ich weiß, dass sie nichts schreiben würde, das mich verletzen könnte.» Ariane lächelte. «Sie ist schließlich unsere Schwester.»

Kapitel 33

Von Söderby bis Trelleborg fuhr Ariane durch ein Winterwonderland. Es hatte geschneit, zehn Zentimeter nur, doch das Land sah verändert aus. Still. Feierlich. Und friedvoll. Die Geräusche waren gedämpft, die Farben und Formen wie durch einen Weichzeichner verändert. In den Ortschaften waren Lichterketten über die Straßen gespannt, die Schaufenster waren weihnachtlich dekoriert. Ariane fuhr und genoss jeden Meter, jeden Blick aus dem Fenster. Sie war glücklich. Und weil das so ungewohnt für sie war, wusste sie nicht so recht, was sie machen sollte. Sie hätte am liebsten über das ganze Gesicht gestrahlt, aber auch das schaffte sie nicht. Und mit einem Mal wurde ihr etwas bewusst: Sie fürchtete sich vor der Freude. Sie hatte Angst, dass es Unglück brachte, wenn sie sich freute. Ähnlich ging es ihr mit Lob. Wenn Johann Speckhals sie für eine Reportage gelobt hatte, dann hatte sie am nächsten Tag Schwierigkeiten bei der Arbeit gehabt. Sie hatte dann Angst, ihr Niveau nicht halten zu können. Woher das kam? Sie wusste es nicht, und sie wollte es auch nicht herausfinden.

Auf der Fähre herrschte ebenfalls weihnachtliche Stimmung. Überall erklangen Weihnachtslieder vom Band, unter Deck standen geschmückte Tannenbäume. Viele Passagiere hatten riesige Tüten und Beutel mit Geschenken dabei, die Kinder hatten vor Aufregung rote Wangen und glänzende Augen. Ariane setzte sich in den gepolsterten Sessel und nahm ihr Buch heraus. Doch dann hielt sie es nur in Händen, ohne zu lesen. Ihr gegenüber saß eine junge Frau, jünger als Ariane, und hatte ein Baby auf dem Schoß. Das Baby nuckelte an seinem Schnuller, lehnte das Köpfchen gegen die Brust der Mama und schlief dann ein. Und Ariane nahm dieses Bild in sich auf, und zum ersten Mal in ihrem Leben bekam sie Sehnsucht nach einem Kind. Sie lächelte ein wenig, beugte sich vor und fragte die Mutter: «Wie alt ist das Baby?»

«Zehn Monate.»

«Es ist wunderbar, euch beide zu sehen.»

Die junge Frau lachte. «Ehrlich gesagt bin ich ziemlich fertig. Ich hätte nicht gedacht, dass Babys so anstrengend sein können. Ich glaube, ich habe seit der Geburt keine einzige Nacht durchgeschlafen.» Dabei strahlten ihre Augen, und sie strich dem Baby behutsam mit dem Zeigefinger über die Wange. Die Berührung wirkte so innig und liebevoll, dass Ariane ein Schauer über den Rücken rann. Ob Ina mich je so berührt hat?, fragte sie sich. Sie konnte sich das nicht vorstellen, und doch, sie hatte es als Kind erlebt, dass Ina sie in den Arm genommen hatte, wenn sie sich weh getan hatte.

Sie kam am späten Abend in Leipzig an und bezog ihr Zimmer in einer kleinen Pension in Grünau. Margarethe und Benno hatten gesagt, sie solle bei ihnen übernachten, doch das wollte Ariane nicht. Sie wusste, dass Margarethe und Benno das nicht verstanden und deswegen sogar ein wenig verletzt waren, aber Ariane fühlte sich einfach zu erwachsen, zu eigenständig, um bei ihren Großeltern auf der Couch zu übernachten. Sie zog sich aus, duschte, öffnete die Flasche Rotwein, die sie mitgebracht hatte, trank ein Glas und schlief dann bis zum nächsten Morgen.

Sie wachte spät auf, war der letzte Gast beim Frühstück. Als sie ihren Kaffee getrunken hatte, fuhr sie in die Innenstadt, um noch ein paar Geschenke einzukaufen. Die Läden waren voll, überall lärmten Weihnachtslieder, die Verkäufer trugen alberne rote Zipfelmützen. Kinder drückten sich die Nasen an Schaufenstern platt, während ihre Mütter entnervt an ihnen zerrten. Männer trugen stoisch Einkaufstüten, Frauen drängelten an Kassen. Ariane kaufte für Margarethe und Benno Karten für ein Konzert im Gewandhaus, außerdem ein Trüffelolivenöl, ein paar seltene Gewürze und ein Bestsellerlisten-Kochbuch, weil Margarethe so gern kochte und Benno so gern aß. Dann entdeckte sie ein kleines Geschäft, in dem es besondere Papiere gab. Ariane kaufte für Jolante ein Skizzen- und Ideenbuch aus verschiedenen Papieren – liniert, unliniert, kariert –, mit Hüllen und Pappseiten, mit Umschlägen und einem wundervollen Cover. Dann entdeckte sie für Sonia ein himmelblaues, japanisches Teeservice und brauchte nun nur noch etwas für Ina. Sie wollte ihr etwas Besonderes kaufen. Etwas, das nur Töchter ihren Müttern zu schenken wagten. Aber was? Ein Parfum? Welches benutzte Ina? Ein Kleidungsstück? Welche Größe hatte sie? Noten? Wann hatte sie das letzte Mal Klavier gespielt? Ariane konnte sich nicht erinnern. Sie bummelte von Geschäft zu Geschäft, aber sie fand nichts, das ihr passend erschien. Als die Läden um 14 Uhr schlossen, hatte sie noch immer nichts gefunden. Also fuhr sie zurück in ihre Pension, packte die gekauften Geschenke in rotes Papier und band grüne Schleifen darum. Dann rief sie Viggo an. «Wie geht es dir?», fragte sie.

«Ich vermisse dich.»

«Ich vermisse dich auch.»

«Was hast du heute gemacht?», erkundigte sich Viggo.

«Ich habe noch die letzten Weihnachtseinkäufe gemacht. Nur für Ina habe ich nichts gefunden.»

«Warum nicht?»

«Ich finde es schwierig, sie zu beschenken.»

«Wirklich?» Viggo schien ehrlich verwundert. «Sie liebt zum Beispiel Chorkonzerte. Und im nächsten Jahr findet in Malmö ein Chorfestival statt.»

«Das wusste ich nicht.» Ariane war ehrlich betroffen. Wie konnte es sein, dass Viggo mehr über Ina wusste als sie selbst? Zum ersten Mal fragte sich Ariane, ob sie Ina genügend Interesse entgegenbrachte. Bislang hatte sie sich stets über Ina beklagt, über ihre mangelnde Anteilnahme, über zu wenig Herzlichkeit. Aber sie selbst war keinen Deut besser.

«Geht es dir gut bei deiner Mutter?», wollte Ariane jetzt wissen.

Viggo lachte. «Na klar. Ich bin gern mit meiner Mutter zusammen. Es ist unkompliziert.»

«Ich wünschte, das könnte ich von Ina auch sagen.»

«Mach sie nicht schlimmer, als sie ist.»

«Ich muss auflegen, Viggo. Frohe Weihnachten.»

«Dir auch frohe Weihnachten, Liebste.»

Danach hielt Ariane verwundert den Telefonhörer in der Hand. Sie konnte noch immer kaum glauben, was Viggo da gesagt hatte. Und plötzlich fiel ihr etwas ein. Verona. Die Opernfestspiele in Verona. Soweit Ariane wusste, war Ina noch nie in Verona gewesen. Sie könnten eine Busreise dorthin unternehmen. Ein wenig aufgeregt ließ Ariane den Computer hochfahren und ging auf die Seite eines bekannten Reiseveranstalters. Sie fand schnell, was sie suchte, und buchte eine fünftägige Busreise mit zwei Opernaufführungen in Verona, einer Stadtbesichtigung und einem Ausflug an den Gardasee mit Weinprobe. Womöglich würde es Ina nicht gefallen, mit einer Reisegruppe und in einem Bus unterwegs zu sein, doch Ariane hatte Angst davor, so lange Zeit mit ihrer Mutter allein zu sein. Kurz überlegte sie, ob sie auch Jolante dazu einladen sollte, doch dann entschied sie sich dagegen. Sie konnte sich gut vorstellen, mit Jolante zu verreisen, vielleicht aber konnten sie auch einmal zu viert eine Kurzreise unternehmen: Jolante, Sonia, Viggo und sie. Jetzt war Ina dran. Ariane lächelte, als sie die Buchung bestätigte. Dann blickte sie auf die Uhr und beschloss, Ina anzurufen und ihr fröhliche Weihnachten zu wünschen. Sie wählte die Nummer und lauschte dem Klingeln, aber Ina nahm nicht ab. Sie probierte es im Laden, war aber auch dort erfolglos. Wo war Ina? Sie hatte doch zu Hause feiern wollen. Sie musste eigentlich dort sein. War etwas passiert? Nein, dann hätte Jolante sich bestimmt schon gemeldet. Dennoch wählte Ariane kurzerhand Jolantes Handynummer.

«Fröhliche Weihnachten», rief sie durch das Telefon.

«Dir auch fröhliche Weihnachten. Bist du schon in Leipzig?»

«Ja. Seit gestern Abend. Du, ich erreiche Mamma nicht. Weißt du, wo sie steckt?»

«Nein. Ich weiß nur, dass sie uns ausgeladen hat.»

«Wie? Ausgeladen?»

«Sonia und ich wollten doch am ersten Weihnachtstag zu ihr fahren. Morgen Mittag also. Sonia hat noch nie eine richtig deutsche Weihnachtsgans gegessen. Und gestern hat Ina uns ausgeladen. Sie hat am Nachmittag angerufen und gesagt, sie hätte etwas anderes vor, es wäre sehr wichtig.»

«Aha. Und weißt du, was es ist?»

«Nein. Ich habe gefragt, aber sie hat nichts verraten.»

«Vielleicht hat sie einen neuen Freund?», überlegte Ariane.

«Das glaube ich nicht. Papa ist ja gerade mal ein paar Monate tot.»

«Meinst du, wir müssen uns Sorgen machen?»

«Nein. Ich glaube nicht. Sonia und ich feiern bei mir im Atelier. Morgen habe ich Spätschicht an der Tankstelle, aber am Vormittag kann ich gut bei Ina vorbeifahren.»

«Es wäre gut, wenn du das machen würdest. Rufst du mich anschließend an oder schickst mir eine SMS?»

«Ja. Das mache ich. Und jetzt noch mal fröhliche Weihnachten.»

«Warte!», rief Ariane und schwieg dann.

«Was ist denn?», wollte Jolante wissen.

«Dein ... dein Geschenk. Es ... es ...»

«Ja?»

«Ich musste tatsächlich ein bisschen weinen. Danke schön. Von ganzem Herzen danke.»

Ariane konnte förmlich sehen, wie Jolante am anderen Ende der Leitung lächelte. «Gern geschehen.»

«Ich lege jetzt auf, sonst sage ich noch Dinge, die ich später bereue», sagte Ariane, und auch sie lächelte über das ganze Gesicht.

«Oh, sag mir, was du bereust!», hauchte Jolante in gespielt verruchtem Tonfall.

«Ich habe dich lieb.» Das hatte Ariane noch nie zu ihrer Schwester gesagt, aber jetzt wusste sie, dass sie die Wahrheit sprach.

«Ich dich auch!», erwiderte Jolante, dann klickte es in der Leitung. Sie hatte aufgelegt.

Kapitel 34

Ariane ging den ungefähr zwei Kilometer langen Weg von der Pension bis zum Haus ihrer Großeltern zu Fuß. Sie lief langsam, freute sich an den Lichtern in den Fenstern, über die Weihnachtssterne, die erzgebirgischen Schwibbögen und die friedliche Stille, die über der Stadt lag. Sie kam an der Taborkirche vorbei, und als sie auf Höhe der Kirchentür war, begannen die Glocken zu läuten. Die Tür ging auf, und Kinder, die Kerzen in den Händen hielten, strömten hinaus. Ariane blieb stehen. Weihnachten war für sie ein ganz besonderes Fest, auf das sie sich jedes Jahr schon wochenlang freute. Sie glaubte wirklich, dass in der Heiligen Nacht Wünsche in Erfüllung gingen. Und jedes Jahr sah sie hinauf zum Himmel und wartete ein klitzekleines bisschen darauf, einen Rentierschlitten mit dem Weihnachtsmann zu sehen. Sie wollte tief in ihrem Inneren am Weihnachtszauber ihrer Kindheit festhalten.

Sie lief langsam zwischen den fremden Eltern und Großeltern hindurch, die ihre aufgeregten Kinder an den Händen hielten. «Kommt jetzt die Bescherung?», wollte ein ungefähr siebenjähriges Mädchen wissen.

«Ich weiß nicht, ob der Weihnachtsmann schon da gewesen ist», antwortete der Vater. «Meinst du denn, dass du das Jahr über artig warst?»

Das Mädchen nickte voller Überzeugung, und Ariane freute sich über das Selbstbewusstsein des Kindes.

War sie auch so gewesen? Sie erinnerte sich an die Weihnachtsfeste in Schweden, die sie immer auf die deutsche Art gefeiert hatten. Am 23. Dezember waren Oma Margarethe und Opa Benno eingetroffen und hatten geheimnisvolle Taschen und Pakete ins Gästezimmer getragen. Jolante und ihr war es streng verboten gewesen, dort hineinzugehen. Während Jolante heimlich durchs Schlüsselloch spähte, klopfte Ariane immerzu an die Tür, um ihrer Oma irgendwelche Fragen zu stellen und dabei durch den Türspalt nach den Geschenken zu äugen. Am nächsten Morgen schmückte Jörg den Weihnachtsbaum, während Ina und Margarethe in der Küche beschäftigt waren und Opa Benno mit den beiden Mädchen durch die weihnachtlich geschmückte Stadt gelaufen war, zuerst durch Malmö und später, als Jolante drei Jahre alt und Ariane eingeschult worden war, in Söderby. Die Eltern hatten das Haus in der kleinen Stadt gekauft, weil Söderby genau zwischen Stockholm und Kopenhagen lag, zwei Städten, in denen Jörg, der mittlerweile als freier Bildjournalist und Fotograf arbeitete, sehr oft zu tun hatte. Opa Benno nahm Jolante an seine linke Hand und Ariane an seine rechte, und dann erzählte er Geschichten. Geschichten von Himpelchen und Pimpelchen, vom Hörselzwerg, der in den Hörselbergen in Thüringen lebte, Märchen vom kleinen Jirka oder der Hexe Babajaga, die in einem Haus wohnte, das auf einem Hühnerfuß stand. Wenn sie mittags nach Hause zurückkehrten, gab es Buchstabensuppe, und jedes Jahr wieder versuchte Ariane ihren

Namen auf den Tellerrand zu legen, und jedes Mal musste sie das zweite A Opa Benno abluchsen. Und dann zogen sich Oma und Opa ins Gästezimmer zurück und Mamma und Papa ins Wohnzimmer, und Jolante und Ariane versuchten, in ihren Zimmern die selbstgebastelten Geschenke ordentlich einzupacken. Danach stiegen die Schwestern gemeinsam in die Badewanne, zogen ihre schönsten Kleider an und warteten ungeduldig, bis das Glöckchen erklang. Dann rannten sie ins Wohnzimmer, bestaunten die Pakete, die unter dem Baum lagen, und konnten vor Aufregung kaum stillhalten. Doch zuerst wurde der Stollen angeschnitten. Jolante liebte dieses Gebäck, während Ariane die Zähne hob. Sie hasste Rosinen. Aber ein Stollen ohne Rosinen war kein Stollen, also musste sie die Rosinen herauspicken. Die Großeltern und die Eltern tranken zum Kaffee einen Cognac, und danach durften endlich, endlich die Geschenke ausgepackt werden. Ariane hatte sich immer gefragt, warum Ina sofort nach dem Auspacken den Kartoffelsalat aus dem Kühlschrank holte und die Würstchen ins heiße Wasser legte. Sie hatten ja gerade erst Kaffee getrunken, alle waren noch satt. Später dachte sie, dass Ina es so eilig mit dem Essen hatte, damit niemand auf die Idee kam, zu lange über seine Geschenke nachzudenken. Ina schenkte eher ungern. Nicht, weil sie ungern gab, sondern weil sie wohl Angst vor dem hatte, was die Leute aus ihren Geschenken lesen würden. Und so schenkte sie Margarethe jedes Jahr wieder eine handgearbeitete Tischdecke mit Stickereien, und Benno bekam handgemachte Hausschuhe, die mit Schaffell gefüttert waren. Für Jörg kaufte Ina jedes

Jahr Bücher über Fotografie, und die Kinder bekamen Kleidung, die sie manchmal mochten und manchmal nicht. Oft hatte Ina noch ein neues Spiel gekauft. Nicht als Geschenk für jemanden persönlich, sondern als eine Art Familiengeschenk. Sie spielten das Spiel einmal am Weihnachtsabend und meist nie wieder. Hatte Ina möglicherweise jedes Jahr aufs Neue gehofft, sie würden sich von nun an regelmäßig um einen Tisch herum versammeln und spielen? Das hatten sie nie gemacht, so eine Familie waren sie nicht. Sie aßen zusammen, und das musste reichen.

Ariane seufzte. Die Kirchenglocken hatten aufgehört zu läuten, die Kirchgänger hatten sich verlaufen. Ariane steckte die Hände in ihre Manteltaschen, kuschelte sich tiefer in ihren Schal und lief weiter. Es war kalt geworden. Nasskalt. Der Himmel war bedeckt, Mond und Sterne hinter Wolken versteckt. Es nieselte, und das Pflaster glänzte nass. Ein Weihnachtsmann auf einem Fahrrad überholte sie, zwei Taxis und eine fast leere Straßenbahn folgten. Dann war sie endlich in Grünau angelangt und klingelte am Haus ihrer Großeltern.

«Ariane?», hörte sie ihre Oma vom Balkon herunterrufen. Sie trat einen Schritt zurück, winkte Margarethe. «Ja. Ich bin es.» Der Summer ertönte, dann eilte Ariane die Treppe hinauf. Oma Margarethe stand schon in der Tür. «Fröhliche Weihnachten, mein Liebes», sagte sie und küsste Ariane auf beide Wangen.

«Fröhliche Weihnachten, Oma.»

Ariane hängte ihren Mantel auf einen Bügel, wickelte sich aus dem Schal und betrat das Wohnzimmer, in dem es so wunderbar nach Tanne, Kaffee und Räuchermännchen roch. Opa Benno trug ein hellblaues Hemd und eine dunkelblaue Krawatte, er roch nach Rasierwasser. «Fröhliche Weihnachten, Ariane», wünschte auch er und zog die Enkelin an die Brust.

Dann kam Oma Margarethe mit der Kaffeekanne, goss allen ein, und Opa Benno schnitt die Stollen an. Zuerst einen größeren mit Rosinen, dann einen kleineren. «Er ist mit Marzipan und ohne Rosinen», erklärte Margarethe und packte Ariane ein Stück auf den Teller. Opa Benno legte eine Schallplatte mit Weihnachtsliedern auf den alten Plattenspieler, wischte mit einem Lappen vorsichtig über die Platte, dann führte er den Tonarm darauf, und es erklang ein Konzert des Thomanerchores mit Weihnachtsliedern.

Ariane erzählte von ihrer Fahrt, von der Nacht in der Pension, von ihren Einkäufen am Morgen. «Meint ihr, Ina würde sich freuen, mit mir nach Verona zu den Opernfestspielen zu fahren?», fragte sie. Sie hatte die Reise zwar gestern schon gebucht, aber beim Aufstehen hatte sie plötzlich an ihrer Idee gezweifelt.

«Warum willst du denn mit ihr nach Verona fahren?», fragte Opa Benno.

Ariane schrak angesichts dieser Frage ein wenig zurück. «Was? Wie meinst du das?»

«Warum möchtest du mit Ina nach Verona?», wiederholte Benno. «Denkst du, du musst irgendetwas gutmachen?»

«Nein. Eigentlich nicht. Ich weiß es nicht.» Ariane war verwirrt. Was war das für eine Frage? Sie fühlte sich getroffen. Aber warum? «Vielleicht habe ich Ina nie so geliebt, wie eine Tochter ihre Mutter lieben sollte.»

Margarethe wechselte einen Blick mit Benno. «Lass es gut sein. Dafür ist nachher noch Zeit.»

Benno nickte. «Hast ja recht.»

Margarethe räumte mit Arianes Hilfe den Tisch ab, während Benno den Cognac und Gläser aus dem Schrank holte. Dann stießen sie an, und danach holte Ariane ihre Geschenke und verteilte sie. Sie genoss die gelöste Stimmung. Sie wusste, dass sie mit ihren Geschenken den Geschmack der Großeltern getroffen hatte. Und vor allem wusste sie, dass in diesen Geschenken keine versteckten oder offenen Botschaften enthalten waren. Sie waren das, was sie waren. Nicht mehr, nicht weniger.

Sie bekam von Margarethe und Benno einen Umschlag. «Wir schenken dir in diesem Jahr Geld», erklärte Benno. «Du bist dabei, dir ein neues Leben aufzubauen, und wir denken, dass du dafür keine weitere Decke, kein weiteres Kettchen oder sonst irgendwas besser brauchen kannst als Geld.»

Ariane lächelte und nickte. Sie nahm den Umschlag gern entgegen, aber sie zählte die Scheine nicht. Sie war ein wenig verlegen. Doch Benno half ihr darüber hinweg. «Wir möchten dir aber noch etwas geben», sagte er und wurde dabei sehr ernst. Er blickte zu Margarethe, und Margarethe nickte ihm zu.

«Was denn?» Ariane spürte den Ernst und wurde unsicher.

«Es ist das Manuskript.»

«Was für ein ... Moment mal ... *Das* Manuskript?»

«Ja.»

Benno überreichte ihr einen Stapel Blätter, den er ordentlich gelocht und in einen Hefter gepackt hatte. Ariane nahm ihn in die Hand. Er wog schwer. «Jörgs Manuskript?», fragte sie noch einmal.

«Ja.»

«Wie seid ihr denn dazu gekommen?» Ariane war ehrlich verblüfft.

«Jörg hat es uns gegeben.»

«Warum?» Ariane zog die Stirn in Falten.

«Es geht auch um uns darin. Er wollte wissen, ob wir mit einer Veröffentlichung einverstanden wären. Und er wollte auch wissen, ob er unsere Rolle korrekt dargestellt hat. Es ist eine Familiengeschichte.»

«Und? Seid ihr einverstanden?»

Benno fasste nach Margarethes Hand. «Ja, Ariane. Das sind wir. Die Wahrheit muss endlich ans Licht kommen.»

Am liebsten hätte Ariane sofort mit dem Lesen begonnen, doch das verbot sich natürlich von selbst. Oma Margarethe schien ihre Gedanken lesen zu können. «Lies es morgen. Und dann reden wir. Wir werden alle deine Fragen beantworten, versprochen.»

In diesem Augenblick klingelte Arianes Handy. «Vielleicht ist es Viggo», sagte sie.

«Du kannst ruhig drangehen.»

Sie nickte, verließ das Wohnzimmer. «Ja? Ariane Bentheim?»

«Ich bin's. Wollte nur mal hören, wie es dir geht.»

«David? Bist du das?»

«Ja. Wer denn sonst?»

«Es geht mir gut, danke.»

«Bist du in Leipzig?»

«Ja. Das bin ich. Bei meinen Großeltern.»

«Prima. Dann können wir uns ja treffen. Hättest du morgen Zeit?», fragte David.

Einen Augenblick lang war Ariane verunsichert. Was wollte David? Sie hatte über ein Vierteljahr nichts von ihm gehört. Und jetzt tat er so, als hätten sie sich gestern zum letzten Mal gesehen. «Äh ... Nein. Warum sollten wir uns überhaupt treffen? Und wie kommst du darauf, mich ausgerechnet an Heiligabend anzurufen?»

«Also entschuldige mal. Wir waren ewig zusammen. Du warst die Frau meines Lebens. Wenn du gewollt hättest, dann wären wir jetzt verheiratet und du wahrscheinlich schon schwanger.»

Ariane starrte auf den Hörer und schüttelte den Kopf. Sie hatte wirklich vollkommen andere Erinnerungen an ihre Beziehung.

«Bist du nicht mit Pamela zusammen?», fragte sie.

«Nein. Da ist Schluss. Das war nie so wie mit dir.»

Und plötzlich verstand Ariane. «So ist das also. Sie hat mit dir Schluss gemacht, und damit du die Zeit bis zur nächsten Liebe gut überstehst, schaust du mal, was die Verflossenen so machen. Richtig?»

«Wie das klingt, wenn du das so sagst. Ich wollte einfach nur mal hören, wie es dir geht.» David klang tatsächlich ein wenig beleidigt.

«Mach's gut, David. Und ruf mich nicht mehr an, wenn du Trost brauchst oder dir langweilig ist.»

Ariane überlegte, ob sie das Handy ausschalten sollte, doch dann dachte sie an Viggo und steckte es zurück in ihre Handtasche.

«War es was Wichtiges?», wollte Margarethe wissen.

Ariane schüttelte den Kopf. «David hat sich gelangweilt.»

«Ach so.» Ariane liebte ihre Großmutter auch deshalb, weil sie genau wusste, wann Ariane über ein Thema reden wollte und wann nicht.

«Ich möchte jetzt gern deine Mutter anrufen und hören, wie es ihr geht», erklärte Oma Margarethe. «Es ist schließlich das erste Weihnachtsfest ohne Jörg.»

«Ich möchte auch mit ihr sprechen», sagte Ariane und reichte ihrer Oma den Festnetzhörer.

Margarethe wählte. Benno und Ariane waren still, sodass alle drei das Klingeln hören konnten. Es klingelte. Und klingelte. Und klingelte. Und als es ein Dutzend Mal geklingelt hatte, legte Margarethe den Hörer zurück auf die Ladestation. «Sie ist nicht da», stellte Opa Benno verwundert fest. «Wo kann sie denn sein?»

Oma Margarethe seufzte. «Das arme Kind. Ich hoffe, sie sitzt nicht allein in ihrer Wohnung.»

«Meinst du, sie ist allein dort?», wollte Ariane wissen. «Allein in Söderby?»

«Kann gut sein», sagte Margarethe. «Ina hat schon immer viel mit sich selbst ausgemacht.»

Kurz vor Mitternacht machte sich Ariane auf den Weg in die Pension. Opa Benno hatte angeboten, sie zu fahren, doch sie hatte abgelehnt, weil sie wusste, dass Oma Margarethe in die Mitternachtsmesse gehen wollte. Ariane glaubte nicht an Gott. Ina und Jörg hatten ebenfalls nicht an Gott geglaubt, und so hatte Ariane nichts über die christliche Religion erfahren, bis sie irgendwann die Bibel gelesen hatte. In der Schule hatte sie sich für das Fach Ethik entschieden, aber nach der Bibellektüre war sie freiwillig zum Religionsunterricht gegangen. Nicht, weil sie plötzlich zu Gott gefunden hatte, sondern weil sie wissen wollte, warum die anderen glaubten. Eine Antwort hatte sie nicht gefunden. Benno und Margarethe hatten ihr erzählt, dass Christen es in der DDR nicht leicht gehabt hatten. Die Religionsausübung war nicht verboten gewesen, aber auch nicht gern gesehen. Benno und Margarethe waren beide als Kinder konfirmiert worden, und während Benno in der DDR-Zeit den Glauben nicht vermisst hatte, war Margarethe nach der Wende wieder Mitglied einer Kirchengemeinde geworden.

Die Stadt war still. Die Straßen waren leer. Nicht einmal ein Taxi kam vorüber. Ariane brauchte eine knappe halbe Stunde bis zur Pension, doch je näher sie ihr kam, desto langsamer wurden ihre Schritte. Der Hefter mit dem Manuskript wog schwer. Benno hatte ihr erzählt, dass sie auch Jolante ein Exemplar geschickt hatten. Sie hatten gewollt, dass die Schwestern ihr Erbe zur selben Zeit erhielten. Ariane hätte gern mit Jolante telefoniert, um sie zu fragen, ob sie schon mit dem Lesen begonnen hatte, doch sie zwang sich, wenigstens bis zum nächsten oder übernächsten Tag zu warten. Sie hatte bei Margarethe und Benno drei Gläser Rotwein getrunken und spürte nun, dass sie leicht beschwipst war. Ariane schloss ihr Zimmer auf, knipste die Nachttischlampe an und legte sich auf das Bett. Dann schlug sie den Hefter auf.

Kapitel 35

Ina hatte sich das Weihnachtsfest ganz anders vorgestellt. Sie hatte erwartet, dass es schlimm werden würde, denn schließlich war es das erste Fest ohne Jörg, doch sie hatte nicht damit gerechnet, dass es so schlimm würde. Sie hatte gedacht, sie könnte mit ihren Töchtern feiern. Sie hatte geglaubt, sie wären auch ohne Jörg eine Familie, aber dann war alles anders gekommen. Jolante hatte plötzlich eine Lebenspartnerin, die wichtiger war als die Mutter, und Ariane fuhr zu den Großeltern nach Leipzig. Wie immer. Als ob Ina gar nicht zählte. Aber es war natürlich auch ihre eigene Schuld, dass sie nun allein in ihrer Wohnung in Söderby hockte. Sie hatte Ariane nicht gesagt, dass sie sich auf ein Weihnachtsfest mit ihr gefreut hatte, sie hatte sie sogar ausgeladen. Sie hatte auch Jolante gegenüber ihre Enttäuschung für sich behalten. Ja, sie wusste, es war ganz und gar ihre Schuld, dass sie hier jetzt allein saß, und dennoch war sie verärgert und maßlos enttäuscht von ihren Töchtern. Sie kannten ihre Mutter, sie mussten doch wissen, dass sie das eine sagte, aber das andere meinte. Ina hatte erwartet, dass ihre Töchter darauf drangen, bei ihr zu sein, sie hatte fest damit gerechnet, dass sie auf die Worte hinter ihren Worten lauschen würden, aber das hatten sie nicht getan. Und wenn Ina ehrlich war, dann hatten ihre Töchter sie eigentlich schon immer nur beim Wort genommen. Sie und auch Jörg. Wenn sie wüssten! Ach, Ina hatte die Wahrheit immer für sich behalten. Als Last auf ihren Schultern. Und jedes Jahr war die Last schwerer und schwerer geworden. So schwer, dass sie beinahe darunter zerbrach. So schwer, dass ihre Töchter sie darunter nicht finden konnten. Sie hatte gehofft, es würde leichter werden nach Jörgs Tod. Nun, sie hatte sich geirrt. Es war noch schwerer geworden. Es gab jetzt niemanden mehr, den sie bezichtigen konnte, der seine Schuld bekennen konnte. Es gab nur noch sie. Und das verdammte Manuskript. Sie hatte tatsächlich geglaubt, es vernichtet zu haben. Aber sie hatte Jörg unterschätzt. Jörg und seinen Willen zur Veröffentlichung. Seinen Willen, dass alles ans Licht käme. Ina goss sich ein Glas Wein ein und trank es, während sie am Fenster stand und auf die Straße blickte. Es hatte geschneit. Dicke Flocken waren vom Himmel gefallen und hatten die Stadt in ein weißes Tuch gehüllt. Die Lichterketten, die sich von einer Straßenseite zur anderen zogen, strahlten in goldenem Licht. In den Häusern gegenüber leuchteten die Weihnachtsbäume. Alles sah so heimelig und gemütlich aus. Nur sie war allein, hatte sich nicht einmal die Mühe gemacht, den Weihnachtsbaum zu schmücken, den Viggo ihr gebracht hatte. Er stand einfach im Wohnzimmer im Ständer und reckte seine kahlen Zweige nach ihr. Auf dem Tisch befanden sich die Schachteln mit den Weihnachtskugeln. Wunderschöne Kugeln. Ein Dutzend davon hatte Jolante selbst geblasen und ihr am Vortag vorbeigebracht. Dieses Geschenk war das schönste, das sie seit Jahren erhalten hatte. Nun ja, sie hatte keinen

Grund, sich deshalb zu beklagen, schließlich hatte sie sich nie etwas gewünscht. Sie hatte auch hier gehofft, dass Jörg wissen würde, was sie begehrte, schließlich sagte er immer wieder, dass er sie liebte. Und dann kam er an Weihnachten mit einem Armband an, für das man sich Kugeln und Anhänger kaufen konnte. Für jeden besonderen Anlass ein Stück. Ina hatte das Armband furchtbar gefunden und es nie getragen. Und auch die beiden Anhänger, die sie von Ariane zum Geburtstag bekommen hatte, lagen noch unbenutzt in ihren Schachteln. «Warum trägst du das Armband nicht?», hatte Jörg gefragt. Und Ina hatte geantwortet: «Ich habe solche Angst, es zu verlieren, weißt du. Die liebsten Dinge bewahre ich einfach in Schachteln auf. So kann ich sie mir immer anziehen, aber ich laufe nicht Gefahr, sie zu verlieren.» Und Jörg hatte ein wenig den Kopf geschüttelt, die Lüge aber hatte er Ina abgekauft.

Die Glocke vom Kirchturm verkündete die zweite Stunde nach Mitternacht, als Inas Handy klingelte. Sie runzelte die Stirn. Wer rief so spät noch an? Vor ein paar Stunden schon hatte es geklingelt, und Ina hatte nur auf das Display gesehen und das Gespräch nicht angenommen. Der Anruf war aus Leipzig gekommen. Und später hatte Jolante noch angerufen, aber auch da hatte Ina das Gespräch nicht angenommen. Jetzt nahm sie ihr Handy hoch – Arianes Nummer. Auf der Stelle begann ihr Herz zu rasen. Noch nie hatte Ariane sie nachts angerufen. Es konnte nur bedeuten … Sie hielt den Hörer ans Ohr. «Ja?», fragte sie und fand selbst, dass ihre Stimme klein und blass klang.

«Ich habe das Manuskript», sagte Ariane, und Ina hörte

Tränen in ihrer Stimme. «Warum hast du mir das alles nicht schon früher erzählt?»

«Was denn? Was meinst du?», fragte Ina, aber Ariane antwortete nicht. Für ein paar Sekunden erklang noch ihr Schluchzen, dann hatte Ariane aufgelegt.

Ina ließ sich auf Jörgs Sessel sinken, der vor dem Fenster stand. Sie starrte vor sich hin und hätte nicht sagen können, ob ihr Kopf voller Gedanken war, die wie Strudel umeinanderkreisten, oder ob ihr Kopf ganz leer war. Leer wahrscheinlich. So leer wie auch ihr Herz. Sie fühlte nichts. Gar nichts. Ihr Herz schlug ruhig und gelassen. So müssen sich die Leute gefühlt haben, wenn sie zum Schafott geführt worden waren. Hatte sie nicht alles versucht, um das zu verhindern? Eine ganze Weile saß sie so da, und in ihrem Kopf sah sie die Bilder ihres Lebens. Sie hatte einmal gehört, dass das Leben in den Sekunden oder Minuten vor dem Tod im Zeitraffer an einem vorüberzieht. Aber bei ihr war es in diesem Moment so, und sie fragte sich, was da gerade in ihr starb.

Aber dann sprang sie auf, als würde jede Sekunde zählen, warf ein paar Sachen in ihre Tasche, startete ihr Auto und fuhr los.

Kapitel 36

Ariane lag auf ihrem Bett und las. Tränen tropften ihr aus den Augen, benetzten das Papier, machten sie für ein paar Augenblicke blind. Da stand ihr Leben, und es war so anders, als sie immer geglaubt hatte. Alles war anders. Ina war anders, als sie gedacht hatte. Und jetzt liefen ihre Tränen, weil Ina ihr so unendlich leidtat. Was für ein Leben! Wie kann ein einziger Augenblick der Unachtsamkeit die Weichen für den Rest eines Lebens stellen? Ariane hatte gewusst, dass es Fehler gab, die man nicht wiedergutmachen konnte, aber ihr Wissen war theoretisch gewesen. Und Jörg. Auch ihn hatte sie nicht gekannt. Und wenn sie bislang von Ina ein schlechteres Bild hatte, dann hatte sie von Jörg ein besseres gehabt. Er hatte einmal im Leben wie ein egoistisches Schwein gehandelt, hatte nur an sich selbst gedacht. Es tat weh, so über ihn zu denken. Es tat weh, diese Dinge über ihn lesen zu müssen.

Ariane hatte sich immer über die Ehe ihrer Eltern gewundert, die so anders war als die Ehe ihrer Großeltern. Benno nannte Margarethe immer «meine Motte», und sie sagte oft «mein Lieber» zu ihm, und Ariane war sich sicher, dass diese Koseworte auch tatsächlich so gemeint waren. Wenn Benno und Margarethe unterwegs waren, dann gingen sie oft Hand in Hand, oder Margarethe hakte sich bei Benno ein. Sie warteten aufeinander. Hustete Benno, eilte Margarethe in die Apotheke, hatte Margarethe einen Termin bei ihrem Zuckerarzt, dann fuhr Benno sie und wartete geduldig, bis sie fertig war. Sie kochte seine Lieblingsspeisen, er trug die Einkäufe nach Hause und schenkte ihr jeden Freitag einen Blumenstrauß. Und sie lachten zusammen. Jeden Tag. Benno und Margarethe. Das war eine Einheit, sie waren nicht einzeln denkbar. Ariane hatte sie selten streiten gehört, und wenn, dann nie respektlos. Sie wusste, dass Margarethe Benno liebte und Benno Margarethe. Sie hatte sich immer wohl gefühlt bei den beiden und hatte sich für sich selbst eine Ehe wie die der Herbigs gewünscht.

Dagegen die Ehe von Jörg und Ina. Eine Ehe, die so anders war, dass Ariane sie eigentlich nicht als Ehe bezeichnen mochte. Aber wie nannte man zwei Menschen, die verheiratet waren, sich aber begegneten, als wären sie Fremde? Sie erinnerte sich an eine Begebenheit, da war sie vierzehn Jahre alt gewesen. Jörg war nach Lappland gefahren, um eine Reportage über die Samen zu drehen. Er sollte zwei Wochen weg sein, doch nach einer Woche kam der Anruf. Jörg war krank geworden. So krank, dass er in Rovaniemi, der Hauptstadt Lapplands, ins Krankenhaus musste. Ariane hatte neben ihrer Mutter gestanden, als der Anruf kam. Ina hatte genickt und gesagt: «Gut, dann weiß ich Bescheid.» Sie hatte nicht gefragt, warum Jörg ins Krankenhaus gekommen war, die Kollegin von Jörg hatte es dann von sich aus erzählt; eine stark entzündete Gallenblase, die entfernt werden musste. «Gut, dann weiß ich Bescheid.» Nicht: Ich komme sofort. Nicht: Bitte halten Sie mich auf dem Laufenden. Nicht einmal: Kann ich mit ihm sprechen? Sondern nur: Gut, dann weiß ich Bescheid.

Und auch Ariane hatte seitdem Bescheid gewusst. Sie hatte verstanden, dass die getrennten Schlafzimmer ihrer Eltern nichts mit dem angeblichen Schnarchen ihres Vaters zu tun hatten. Sie hatte verstanden, dass Ina und Jörg keine Einheit waren wie Margarethe und Benno, sondern zwei Einzelwesen mit einer kleinen Schnittmenge.

Später hatte sie sich gefragt, warum sich Jörg und Ina nicht voneinander scheiden ließen. Sie hatte nicht verstanden, warum sie aneinanderklebten, als wäre jeder die lebenslange Strafe des anderen.

Aber jetzt verstand Ariane: Ina hatte sich nicht scheiden lassen, um Jörg tatsächlich zu bestrafen. Und Jörg hatte diese Strafe angenommen. Bis beinahe zuletzt. Er hatte das Manuskript geschrieben. Das Manuskript, in dem stand, wie es wirklich gewesen war. In dem auch stand, warum Ina so war, wie sie war. Unversöhnlich. Bitter. Misstrauisch.

Aber auch Jörg tat ihr leid. Er war schuld daran, dass Ariane und Ina getrennt worden waren. Er war es gewesen, der sich noch am Tag des Unfalls an die westdeutsche Botschaft gewandt und um Asyl ersucht hatte. Zu einem Zeitpunkt, als Ina und Jörg von der ostdeutschen Chorreisegruppe vermisst worden waren. Er hätte nur in der Jugendherberge anrufen müssen, dann hätten sie gewusst, dass Ina nicht flüchten wollte. Aber er hatte es nicht getan. Weil er im Westen bleiben wollte und weil alles andere als der Asylantrag für sie beide in der westdeutschen Botschaft nur Komplikationen mit sich gebracht hätte. Er hatte sogar Inas Unterschrift gefälscht, um im Westen bleiben zu können. Das war schlimm, das war nicht wiedergutzumachen. Er hatte nur an sich selbst gedacht in diesem Augenblick. Er hatte sich wie ein Schwein verhalten. Aber wenn man es anders betrachtete, dann hatte er eigentlich nichts Schlimmes getan. Er hatte doch nur lieben und geliebt sein wollen! Er hatte gekämpft für diese Liebe, hatte Risiken auf sich genommen und hatte diese Liebe – Viggos Mutter – doch nicht haben können. Wenn jemand schuld war, dann die Regierung der DDR. Ja, man konnte sogar sagen, dass es im Grunde sehr anständig von ihm gewesen war, dass er Inas wegen auf seine große Liebe verzichtet hatte. Er hatte sie nicht alleingelassen. Er hatte sie geheiratet, weil sie ihn gebraucht hatte. Aber wem hatte das alles geholfen? Niemandem. Es hatte nur noch mehr Unglück heraufbeschworen. Es hatte nur Verlierer gegeben.

Und dann hatte Ariane noch Mitleid mit Margarethe und Benno. Auch deren Leben war nicht so verlaufen, wie sie es sich wahrscheinlich gewünscht hätten. Aber sie hatten getan, was nötig war. Was ihnen richtig erschienen war. Sie hatten die Tochter verraten, um die Enkelin zu retten. Sie hatten auf eigene Pläne verzichtet, hatten plötzlich wieder ein Kleinkind im Haus, dessen Eltern sie nicht waren. Und hatte man es ihnen gedankt? Nein.

Schließlich hatte sie noch Mitleid mit sich selbst. Sie hatte immer gewusst, dass es ein Geheimnis in ihrer Familie gab. Aber sie hatte nicht gedacht, dass es so eng mit ihrem Schicksal verknüpft war. Sie hatte sich fremd gefühlt und sich selbst dafür die Schuld gegeben. Beinahe dreißig Jahre lang. Und erst jetzt hatte sie erfahren, dass es nicht ihre Schuld gewesen war. Sie war wirklich eine Fremde gewesen. Von Anfang an. Schon, als Ina noch mit ihr in Leipzig gewesen war, denn Ina hatte die Hälfte von ihr, die Hälfte, die sie von ihrem Vater hatte, nicht gekannt, weil Ina Arianes Vater kaum gekannt hatte. Ina hatte ein Kind zur Welt gebracht, von dem sie nur die Hälfte wusste und kannte.

Sie legte das Manuskript weg. Sie hatte genug gelesen. Ein Blick auf die Uhr zeigte ihr, dass es schon zwei Stunden nach Mitternacht war. Sie wählte Inas Nummer. Sie wollte ihrer Mutter sagen, dass sie ihr alles verzieh, sie wollte sie bitten, noch einmal ganz neu mit ihr anzufangen. Sie wollte sie in den Arm nehmen, wollte ihr sagen, dass sie sie liebhatte, doch als Ina ans Telefon ging, da konnte sie nur sagen: «Ich habe das Manuskript gelesen.» Und kurz darauf hatte sie aufgelegt. Weil die Gefühle so groß waren und die Worte dafür viel zu klein. Weil das Leben so schwer und kompliziert war und das Verdrängen und Vergessen so leicht. Und so stand sie am Fenster – genau wie Ina in Söderby –, blickte auf die Straße und hoffte, dass der neue Tag vielleicht auch einen neuen Anfang brächte.

Kapitel 37

Ina hastete durch den Kopenhagener Flughafen. Es war mittlerweile sechs Uhr am Morgen. Die Umhängetasche drückte auf ihrer Schulter, der Mantel war zu warm, sie schwitzte. Sie eilte zum Schalter der Scandinavian Airlines und fragte nach einem Flug nach Leipzig. Die Angestellte hinter dem Tresen schüttelte den Kopf. Ina rannte zum Ticketschalter der Lufthansa, aber auch die hatte in den nächsten 24 Stunden keine Flüge nach Leipzig im Angebot. Inas mühsam aufrechterhaltene Beherrschung löste sich in Verzweiflung auf. Sie wusste, dass ihr Leben gerade auf dem Prüfstand stand. Und sie wusste auch, dass sie alles verlieren konnte, was sie noch hatte: ihre Töchter und ihre Eltern. Genauso gut wusste sie aber auch, dass sie viel zu gewinnen hatte. Alles hing davon ab, wie schnell sie jetzt in Leipzig sein konnte. Gar nicht, wie es aussah. Enttäuscht und plötzlich vollkommen kraftlos ließ sie sich auf eine Bank sinken. Sie nahm die Umhängetasche ab und fühlte sich unfassbar müde. Sie lehnte sich an und schloss für einen Moment die Augen. Plötzlich spürte sie eine Hand auf ihrer Schulter. Sie schrak zusammen und blickte auf. «Würde Ihnen auch ein Flug nach Berlin helfen? Die Maschine hat Verspätung; Sie könnten sie gerade noch erreichen. Und von Berlin aus fahren Sie dann mit dem Zug nach Leipzig.»

Ina strahlte. «Wirklich?», fragte sie, und die Müdigkeit war wie weggeblasen.

«Bitte beeilen Sie sich, das Boarding ist in wenigen Minuten abgeschlossen.»

«Danke!»

Augenblicke später hetzte Ina zu ihrem Gate. Sie war wirklich die Letzte, doch sie strahlte über das ganze Gesicht. Als sie eine Stunde später in Berlin landeten, da strahlte sie noch immer. Sie fuhr mit der U-Bahn bis zum Hauptbahnhof, wartete nur eine Dreiviertelstunde und zwei Tassen Kaffee lang auf den Zug, dann stieg sie ein, und als sie in Leipzig eintraf, war gerade die Sonne aufgegangen. Und als sie den typischen Geruch dieser Stadt einatmete, da wusste sie auf einmal, dass alles gut werden würde. Sie nahm sich ein Taxi und überlegte, ob sie sich zur Familienpension Prima Vera fahren lassen sollte oder zu ihren Eltern. «Nach Grünau», sagte sie schließlich. «In die Alte Salzstraße.»

Eine halbe Stunde später bezahlte sie das Taxi und blickte an der Hausfassade nach oben. Sie war lange nicht hier gewesen. Mehr als zehn Jahre nicht. Und sie hatte ihre Eltern vermisst. So schrecklich vermisst. Normalerweise trug Ina einen Panzer um ihr Herz, aber nun, an diesem Weihnachtstag, da zeigten sich erste Risse. Sie seufzte, wollte die drei Stufen hochsteigen und klingeln, da erschien Bennos Kopf auf dem Balkon. Zaghaft lächelte Ina. Sie hob die Hand, winkte ein wenig. Und Benno, ihr Vater, strahlte über das ganze Gesicht. Er verschwand, und kurz darauf summte der Türöffner. Sie drückte die Tür auf und hörte auch schon Schritte die Treppe hinunterklappern.

Und dann stand sie vor Benno, und Benno öffnete einfach die Arme, und Ina stürzte sich in seine Umarmung wie ein lange verschollenes Kind. Nun kam auch Margarethe die Treppe hinab, und Ina wechselte vom Arm ihres Vaters in den ihrer Mutter. Margarethe drückte Ina ganz fest an sich: «Endlich», flüsterte Margarethe und blinzelte die Tränen weg. «Endlich bist du da, mein Liebes.»

Eine halbe Stunde später hatte Margarethe Kaffee gekocht und Brötchen aufgebacken. Sie hatte den Tisch in der Wohnküche gedeckt, obgleich Feiertag war. Die Küche war sehr eng, sodass alle drei dicht beieinandersitzen mussten. Aber genau das brauchten sie jetzt, darauf hatten sie so lange verzichten müssen: auf Nähe.

«Ina, gibst du mir bitte den Honig rüber?», bat Margarethe und strich mit dem Finger über Inas Hand, als die ihr den Honig reichte.

«Möchtest du noch Kaffee?», fragte Benno, als Ina ihre Tasse noch nicht einmal halb ausgetrunken hatte.

Ina aß langsam und genüsslich. Sie kaute jeden einzelnen Bissen dreißig Mal, trank den Kaffee in kleinen Schlucken. Sie tat es, weil ihr sehr lange kein Frühstück mehr so gut geschmeckt hatte wie dieses. Und sie tat es, weil sie wusste: Wenn das Frühstück vorbei war, dann würden sie reden müssen. Und reden gehörte nicht zu Inas Spezialitäten. Doch sie hatte am eigenen Leib erfahren, was geschah, wenn man schwieg. Also fragte sie ihre Eltern schließlich: «Soll ich Ariane anrufen? Soll ich sie bitten hierherzukommen?»

Und Margarethe stiegen wieder die Tränen in die Augen.

Sie lächelte, als sie sie mit dem Taschentuch wegtupfte. «Ja», sagte sie mit einer Stimme, die leicht zitterte. «Ruf sie an.» Dann griff sie über den Tisch nach Bennos Hand. «Ich weiß nicht, wie lange ich auf diesen Tag gewartet habe.»

Ina erhob sich, holte ihr Handy, tippte Arianes Nummer ein.

«Fröhliche Weihnachten, Ariane», sagte sie. «Und ehe du beginnst, mir Fragen zu stellen, sage ich dir, dass ich in Leipzig bin. Bei Benno und Margarethe. Es würde mich freuen, wenn du auch kämst. So schnell wie möglich.»

Sie wartete Arianes Antwort nicht ab, sie wollte jetzt keine Fragen beantworten. Sie wollte nicht reden, sie wollte handeln. Richtig handeln.

Kapitel 38

Ariane legte auf. Sie hatte die ganze Nacht nicht geschlafen und war müde und unfassbar erschöpft. Sie hatte Jörgs Manuskript gelesen und wusste nun nicht mehr, was zu denken und zu fühlen war. Kurz überlegte sie, ob sie Viggo anrufen sollte, aber dann entschied sie sich dagegen. Sie müsste ihm alles erklären, und dazu fehlte ihr in diesem Augenblick die Kraft. Langsam stieg sie in die Dusche, ließ das warme Wasser über ihren Körper rinnen. Noch immer fühlte sie sich seltsam leer. In der Nacht noch war ihr Herz voller Mitleid gewesen, doch nun war auch dieses Gefühl irgendwie verbraucht. Ariane stellte das Wasser so kalt ein, wie sie nur konnte. Sie japste nach Luft, aber sofort wurde sie wach, und endlich fühlte sie wenigstens die Kälte. Ariane trödelte. Das tat sie immer, wenn ihr etwas Unangenehmes bevorstand. Sie föhnte sich ausgiebig die Haare, dann rief sie Jolante an.

«Hast du es gelesen?», fragte sie.

«Ja. Habe ich.»

«Und? Was sagst du?»

«Ich weiß es nicht. Ich will das gar nicht beurteilen. Wir waren nicht dabei», sagte Jolante.

«Würdest du auch so reden, wenn du in meiner Haut stecken würdest?»

«Ach, Ariane, es tut mir alles so wahnsinnig leid. Es hätte alles anders sein können. Wir zwei haben viel versäumt.»

«Ja. Das stimmt. Aber wir können das nachholen. Andere Sachen sind endgültig vorbei.»

«Du meinst Jörg?»

«Ja. Ich habe ihn immer für meinen Vater gehalten. Und dann habe ich erfahren, dass er nicht mein leiblicher Vater war. Ich dachte, das würde nichts ausmachen, weil er mir ja ein sozialer Vater war. Doch seit gestern weiß ich, dass auch das nicht die ganze Wahrheit ist.» Ariane hatte Mühe, nicht schon wieder in Tränen auszubrechen.

«Ach, Ariane. Ich wünschte, ich könnte dich jetzt in den Arm nehmen. Ich wünschte, ich wäre bei dir.»

«Ina ist hier.»

«Wirklich? Wegen des Manuskriptes?»

«Ja. Benno hat am vierten Advent mit ihr telefoniert. Er hat ihr gesagt, dass er uns das Manuskript übergibt. Sie muss Angst bekommen haben. Wahrscheinlich hat sie deshalb das Weihnachtsfest nicht mit uns feiern wollen», erklärte Ariane.

«Woher weißt du das?»

«Benno hat es mir gesagt.»

«Und jetzt? Was machst du jetzt, Ariane?»

«Ina ist bei Benno und Margarethe. Sie wartet dort auf mich. Wahrscheinlich will sie alles erklären. Oder sie will die Geschichte, die Jörg aufgeschrieben hat, umdeuten.»

«Das kannst du nicht zulassen.»

«Doch, Jolante. Das könnte ich, denn ich weiß nicht, ob ich mit der Wahrheit klarkomme.»

«Hmm. Ruf an, wenn ich dir helfen kann. Ich komme auch nach Leipzig, wenn du das willst.»

«Danke.»

«Hör mal: Egal, was passiert, du bist meine Schwester. Und ich liebe dich.»

Noch immer klangen diese drei Worte ungewohnt, ja sogar ein wenig gefährlich in Arianes Ohren. Noch immer würde sie diese Worte am liebsten einfach wegwischen. Aus Angst, dass sie am Ende nicht wahr waren. Aber sie antwortete leise: «Ich liebe dich auch.»

Dann zog sie sich ihren Mantel an, wickelte sich den Schal um den Hals, setzte ihre Mütze auf und verließ die Pension. Sie lief mit den Händen in den Taschen durch die stillen Leipziger Straßen. Der Himmel war mit grauen Wolken bedeckt, und es schien, als würde es heute gar nicht richtig hell werden. In einer Parterrewohnung schaute ein kleiner Junge im Schlafanzug aus dem Fenster. Er hatte einen Schokoladenweihnachtsmann in der Hand, dem bereits der Kopf fehlte. Der kleine Junge winkte Ariane zu. Sie winkte zurück. Dann wurde sie von einer Joggerin überholt und später von einem Mann, der seinen Hund ausführte. Die Autos, denen sie begegnete, konnte sie an einer Hand abzählen. Obwohl sie langsam lief, kam sie dem Neubaugebiet, in dem ihre Großeltern lebten, rasch näher. Ihr Herz begann heftiger zu schlagen, und am liebsten hätte sie sich in ihr Auto gesetzt und wäre zurück nach Söderby gefahren, zurück zu Viggo, in dessen Armen ihr nichts passieren konnte. Solange sie denken konnte, hatte sie das Geheimnis, das über ihrer Familie lag, gespürt. Und jetzt, da sie endlich alles erfahren sollte, hatte sie Angst. Angst, mit der Wahrheit nicht leben, nicht umgehen zu können. Sie war fast an der Alten Salzstraße angelangt, als sie Ina von weitem sah. Sie kam ihr mit hochgeschlagenem Kragen entgegen. Ariane wurde schneller. «Mamma!», rief sie, doch Ina lief weiter auf sie zu. Und dann standen sie einander gegenüber, und Ina fragte: «Gehst du ein Stück mit mir?» Sie zeigte auf den Schönauer Park, der links neben der Straße lag. «Ich habe deinen Kinderwagen früher oft hier langgeschoben.»

Ariane schüttelte den Kopf. «Ich möchte jetzt nicht mit dir allein sein. Ich möchte erst erfahren, ob das, was im Manuskript steht, auch stimmt. Ich möchte, dass Margarethe und Benno dabei sind.»

Ina nickte, drehte sich um, lief los. Schweigend. Und Ariane lief zuerst hinter ihr her, dann neben ihr. «Es ist kalt», stellte Ina unterwegs fest. «Aber zu Hause ist es noch kälter.»

«Ja», erwiderte Ariane.

«Es wird sicher keinen Schnee geben», fuhr Ina fort.

«Kann sein.»

«Hattest du eine gute Reise hierher?»

Ariane blieb stehen. «Du musst dich nicht mit mir unterhalten, als wäre ich eine Nachbarin, die denselben Weg hat wie du. Wir können schweigen. Wir kennen uns gut genug dafür.»

Ina blieb überrascht stehen.

«Du denkst, du bist die Einzige, die gelitten hat, ja?», wollte Ariane wissen. Sie spürte, wie Wut in ihr aufstieg.

Wut auf Ina, die einfach so über das Wetter reden wollte, als wäre nichts geschehen.

Ina antwortete nicht, sondern ging langsam weiter.

Und jetzt erkannte Ariane die Gefühle wieder, die sie ihr ganzes Leben lang begleitet hatten: Ohnmacht. Ausgrenzung. Unverständnis. Sie überholte Ina, wollte wenigstens einmal nicht die sein, die stehengelassen wurde, sondern die, die stehenließ. Sie kam als Erste vor Bennos und Margarethes Haus an. Sie klingelte und wartete mit verschränkten Armen, bis Ina sie erreicht hatte.

«Da seid ihr ja», empfing sie Oma Margarethe. «Ich hatte schon Angst, ihr hättet euch verlaufen.» Sie lächelte schief, dann seufzte sie: «Ach, meine lieben Mädchen.» Sie schüttelte den Kopf. Ariane umarmte sie. «Nicht weinen, Oma.» Aber sie sagte nicht: «Alles wird wieder gut.»

«Kommt rein!» Opa Benno öffnete die Tür zum Wohnzimmer. In der Mitte des Esstisches stand ein Tablett mit Kaffee, Sahne und Zucker, dazu ein paar Plätzchen. Ariane achtete darauf, dass sie Ina gegenübersaß, denn sie wollte versuchen, im Gesicht ihrer Mutter zu lesen.

«Stimmt das, was im Manuskript steht?», wollte Ariane wissen, noch bevor Margarethe allen Kaffee eingeschenkt hatte.

«Ja. Es stimmt.»

«Wie lange weißt du es schon?»

Ina zuckte mit den Achseln. «Ich habe vor einigen Jahren im Sommer ein Wochenende mit Jörg im Haus am See verbracht. Er schrieb die ganze Zeit, doch er hat mir nicht gesagt, was er da schrieb. Einmal ist er mit dem Boot rausgefahren, um zu angeln. Da bin ich an seinen Computer gegangen ...» Ina brach ab, schüttelte den Kopf, sprach stockend weiter. «Ich ... ich ... hatte nicht gewusst, dass Jörg seine Republikflucht geplant hatte. Dass ihm die Fahrt mit dem Motorrad nur allzu gelegen kam, weil es unauffälliger aussah.» Jetzt senkte sie den Kopf und atmete schwer. Margarethe griff nach Inas Hand, und Ina hob den Kopf und blickte Margarethe dankend an. «Ich wusste nicht, dass Jörg sich am Tag nach dem Unfall bei der westdeutschen Botschaft gemeldet hatte, um für uns Asyl in der Bundesrepublik zu beantragen. Ich wollte doch nicht in den Westen! Ich wollte nur zurück zu meinem Kind!» Jetzt weinte Ina wirklich. Sie schluchzte, ihre Schultern bebten. Ariane saß wie erstarrt und schaute ihre Mutter an. Sie hatte Ina noch nie derart weinen sehen. Sie wusste nicht, ob sie aufstehen und sie trösten sollte, sie wusste gar nichts in diesem Augenblick. Es dauerte ein paar Minuten, bis Ina weitersprechen konnte. «Er hat mich geheiratet, weil er ein schlechtes Gewissen hatte.» Sie schlug mit der flachen Hand auf den Tisch. «Das müsst ihr euch mal vorstellen! Er schneidet mir den Rückweg in die Heimat ab, bringt mich um mein Kind und um mein Studium und denkt, indem er mich heiratet, ist alles wieder gut!»

«Du hättest ihn nicht heiraten müssen», wagte Margarethe einzuwerfen.

«Doch. Ich musste. Wie sollte ich denn alleine in Schweden klarkommen? Wie sollte ich je Ariane zurückbekommen? Ich hatte Angst, ich habe ihn gebraucht. Ich hatte doch sonst nichts und niemanden.»

Ariane war verblüfft. Sie hätte nie gedacht, dass ihre Mutter jemanden brauchte. Sie war doch immer so beherrscht und tat, als könne sie jedes Problem lösen. «Hast du ihn später geliebt?», fragte Ariane.

Ina schüttelte den Kopf. «Ich habe ihn gemocht. Zumindest so lange, bis ich wusste, wie sehr er mich betrogen und verraten hatte. Dann hat er fast nur noch im Sommerhaus gewohnt. Er hat sich Mühe gegeben, mir mit dem Haus geholfen. Aber immer, wenn wir uns gesehen haben, kam das alles wieder in mir hoch. Seine letzten Worte lauteten: ‹Sorg dafür, dass das Manuskript veröffentlicht wird.› Ich habe es noch in derselben Nacht gelesen. Ich konnte kaum glauben, was ich da las. Und ich wollte auf gar keinen Fall, dass ihr, Jolante und du, die Wahrheit erfahrt. Aber ich wollte auch nicht mehr allein sein mit all den Lügen und Geheimnissen. Ich war so hilflos. Und dann bist du auch noch nach Söderby gekommen und hast dich in Viggo verliebt. Da wusste ich, dass jetzt alles ans Licht kommen würde.»

Ein paar Minuten schwiegen sie, um das, was sie gerade gehört hatten, zu verdauen.

«Im Manuskript steht, dass es ein Glück für mich war, bei Oma und Opa aufwachsen zu können. Die meisten Kinder von Republikflüchtlingen kamen ins Heim.»

Ina nickte. «Frag sie, was sie dafür tun mussten.»

Ariane runzelte die Stirn. «Was denn?»

Margarethe sah zu Benno, und Benno erwiderte ihren Blick. Er legte die verschränkten Hände auf den Tisch. «Wir mussten den Kontakt zu Ina abbrechen. Absolutes Kontaktverbot. Das war üblich. Wir mussten unsere Tochter aufgeben, um unsere Enkelin zu retten.» Und jetzt geschah das Schlimmste, das Ariane je erlebt hatte. Opa Benno begann zu weinen. Lautlos weinte er, nur seine Schultern bebten ein wenig. Die Tränen tropften auf die Tischdecke. Niemand am Tisch sagte etwas. Oma Margarethe, selbst mit Tränen in den Augen, streichelte Benno über den Rücken. Ina saß stocksteif und starrte auf die Tischdecke. Und Ariane blickte vom einen zum anderen. Dann sah Benno auf, griff über den Tisch nach Inas Hand. «Ich werde mir nie verzeihen können, dass ich dich verraten und aufgegeben habe. Auch, wenn es einen guten Grund dafür gab.»

Ariane hielt die Luft an. Ihr wurde übel, die Kehle war trocken, die Augen brannten, als wäre Sand hineingeraten. Ihre Großeltern hatten Ina verraten. Wie schlimm das für sie gewesen sein musste! Allein in Schweden, verlassen von den Eltern, abgeschnitten von ihrem Kind. Ariane musste nach Atem ringen. Ihr Herz tat weh, und endlich stand sie auf, hockte sich neben ihre Mutter, nahm sie in den Arm. «Es tut mir leid», sagte sie ganz sanft. «Es tut mir so leid, was dir passiert ist.»

Als sich alle wieder ein wenig beruhigt hatten, war der Kaffee in den Tassen kalt geworden. Ariane merkte, dass sie am ganzen Körper zitterte. Schauer rannen über ihren Rücken, und sie biss die Zähne fest aufeinander, damit sie nicht klapperten. Dann brachte Oma Margarethe Wasser und Gläser. Opa Benno war aufgestanden, stand vor der kleinen Bar in der Schrankwand. «Wer braucht etwas Stärkeres als Wasser?», fragte er.

Epilog

Ein Dreivierteljahr später

Die Sonne schien an diesem 2. September, aber sie hatte schon einiges an Kraft eingebüßt. Das grelle, scharfkantige Sommerlicht war dem weichen, gelben Herbstlicht gewichen. Die ersten Zugvögel sammelten sich, die Preiselbeeren standen in voller Frucht.

«Wir sollten bald in die Preiselbeeren gehen und Konfitüre kochen», stellte Ariane fest.

Viggo lachte. «Du bist im achten Monat schwanger. Ich glaube nicht, dass du dich noch so gut bücken kannst. Jolante, Sonia und ich gehen am Wochenende in die Preiselbeeren. Du hast Küchendienst.»

Ariane seufzte. «Ich wünschte, dieser Tag wäre schon vorüber.»

«Hast du Angst?», fragte Viggo.

Ariane blickte zum See, den Kaffeebecher in den Händen. «Nein. Jetzt nicht mehr. Früher hatte ich immer Angst. Ich wusste es nur nicht. Wusste nicht, dass diese Schwere im Magen Angst war.»

«Was ist es dann?»

«Zu Weihnachten habe ich die Wahrheit über unsere Familie erfahren. Ich hätte wütend sein sollen auf Jörg. Er hat meine Mutter verraten, hat dafür gesorgt, dass sie mich im Stich lassen musste, hat auch Benno und Margarethe Schmerz zugefügt. Aber ich bin nicht wütend auf ihn. Nicht mehr.»

«Weißt du, warum?»

Ariane stellte ihren Kaffeebecher auf den Tisch. «Ich weiß es nicht genau, aber es hat wohl mit dir zu tun. Wäre Jörg ein anderer gewesen, dann gäbe es dich womöglich nicht. Oder wir hätten uns nie getroffen. Außerdem bin ich einfach so beruhigt, dass es nun in unserer Familie keine Geheimnisse mehr gibt.»

«Zur Frankfurter Buchmesse erscheint Jörgs Buch.» Viggo griff nach Arianes Hand. «Es geht darin ja auch um dich. Macht es dir etwas aus, dass dein Leben ein bisschen öffentlich wird?»

«Nein. Eigentlich nicht. Immerhin hatte ich mal vor, ein Porträt über ihn zu drehen. Na ja, jetzt steht erst mal was anderes an. Und im Buch wurden ja die Namen verändert. Obwohl sich die, die uns kennen, leicht zusammenreimen können, wer wer ist. Aber die, die uns kennen, können auch ruhig die Wahrheit über uns erfahren. Wir haben alle viele Fehler gemacht. Aber unsere Fehler waren menschlich.»

Sie legte eine Hand auf ihren Bauch. «Schade, dass ich in Frankfurt nicht dabei sein kann. Aber du hast schon recht, zwei Wochen vor dem Geburtstermin brauche ich nicht mehr durch die Weltgeschichte zu tingeln. Ina muss sogar allein fahren, denn Jolante muss bei der Silberhochzeit von Sonias Eltern sein. Sie ist schließlich die Schwiegertochter.»

«Thomas Freund wird bei Ina sein.»

Ariane lächelte. «Ja, da scheint was im Busch zu sein, oder? Ich habe zwar keine Ahnung von der Schriftstellerei, aber ich finde es doch recht ungewöhnlich, dass die beiden drei Wochen lang in der Toskana an Jörgs Manuskript gearbeitet haben. Außerdem habe ich den Eindruck, dass Ina inzwischen häufiger in Leipzig ist als in Söderby. Frau Broder schmeißt den Laden mittlerweile ganz alleine.»

«Ich freue mich für sie. Sie ist glücklicher. Ist dir aufgefallen, wie häufig sie lacht, wenn man sie denn mal zu sehen kriegt?»

«Ja. Sie ist verliebt. Sie ist glücklich. Und vor allem: Sie hat sich das Glück schwer verdienen müssen.» Sie brach ab, blickte Viggo an und fuhr fort: «Während ich das Glück geschenkt bekommen habe.»

Viggo lachte. «Warte nur ab, bis du den Preis kennst.» Dann schaute er auf seine Uhr. «Wir müssen uns beeilen. In einer Stunde sollen wir auf dem Friedhof sein.»

Als sie dort eintrafen, waren die anderen alle schon da. Sonia und Jolante standen Hand in Hand bei Ina und Thomas Freund. Ina lächelte, als sie Ariane und Viggo sah. Sie breitete die Arme aus, zog Ariane an sich, küsste sie auf die Wange und schob sie wieder ein Stück von sich. Dann betrachtete sie Arianes Bauch. «Darf ich?», fragte sie. Ariane nickte, und Ina streichelte ihren Bauch und sagte leise: «Hallo, Kleines, ich bin deine Oma.»

«Und hier sind deine beiden Tanten», warf Jolante ein und umarmte Ariane ebenfalls. «Wäre ich an deiner Stelle, ich könnte vor Aufregung nicht mehr schlafen», sagte sie, während auch Sonia scheu über Arianes Bauch strich.

«Es sind noch sechs Wochen bis zum Termin. Ich muss noch ein bisschen schlafen, denn wenn ich der Hebamme glaube, dann erwartet mich bald ein riesiges Schlafdefizit.»

«Wenn du schlafen willst, später, meine ich, dann bring das Baby zu uns», schlug Sonia vor.

«Das werde ich tun. Darauf kannst du dich verlassen.»

Der Pfarrer kam den Weg zwischen den Gräbern entlang. Er trug seinen Talar und hielt eine Bibel in der Hand. «Guten Morgen. Sind Sie bereit?»

Ina nickte. Sie fasste nach Thomas Freunds Hand, dann stellten sich alle um das Grab von Jörg Bentheim auf.

«Wer ohne Schuld ist, der werfe den ersten Stein», sagte der Pfarrer, und sein Blick glitt vom einen zum anderen. «Wir sind heute hier, um zu vergeben. Wir sind heute hier, um einen Neuanfang zu finden.»

Carmen Korn

Töchter einer neuen Zeit

Jahrgang 1900. Henny Godhusen ist achtzehn Jahre alt, als endlich Frieden herrscht. Henny ist sich sicher, die dunklen Jahre liegen hinter ihr. Voller Lebensfreude stürzt sie sich in die Hebammenausbildung an der Frauenklinik Finkenau in Hamburg-Uhlenhorst. Hier kommen die unterschiedlichsten Menschen zusammen. Doch es sind drei Frauen, die Henny auf ihrem Weg begleiten werden: Ida wohnt in einem herrschaftlichen Haus und weiß nicht viel vom Leben jenseits der Beletage. Käthe dagegen stammt aus einfachen Verhältnissen und unterstützt die Kommunisten. Und Lina führt als alleinstehende Lehrerin ein unabhängiges Leben. So verschieden die Frauen sind, so eng ist ihre Freundschaft.

Der Roman einer Generation, der Roman eines Jahrhunderts.

448 Seiten

Ro 384/1

Weitere Informationen finden Sie unter www.rowohlt.de

MIX
Papier aus verantwortungsvollen Quellen
FSC® C083411

Das für dieses Buch verwendete Papier ist FSC®-zertifiziert.